U0727546

西玄长安九千里

岳保强 著

云南人民出版社

图书在版编目（ＣＩＰ）数据

西去长安九千里 / 岳保强著. —— 昆明 : 云南人民
出版社, 2025. 2. —— ISBN 978-7-222-23255-6

Ⅰ. I267

中国国家版本馆CIP数据核字第2025654QY7号

责任编辑：朱　颖
责任校对：何　娜
责任印制：窦雪松

西去长安九千里

XI QU CHANGAN JIUQIAN LI

岳保强　著

出　　版	云南人民出版社
发　　行	云南人民出版社
社　　址	昆明市环城西路609号
邮　　编	650034
网　　址	www.ynpph.com.cn
E-mail	ynrms@sina.com
开　　本	889mm×1194mm　1/32
印　　张	10.75
字　　数	230千
版　　次	2025年2月第1版
印　　次	2025年2月第1次印刷
印　　刷	三河市华东印刷有限公司
书　　号	ISBN 978-7-222-23255-6
定　　价	98.00元

云南人民出版社微信公众号

如需购买图书、反馈意见，请与我社联系。
图书发行电话：0871-64107659

离你最近的地方，路途最远。

——泰戈尔

行吟在辽阔的天空下

卢一萍

《汉书·西域传》载："疏勒国，王治疏勒城，去长安九千三百五十里。" 两千年时光荏苒，疏勒国早在历史长河中化为烟尘，"疏勒"一名却存续至今，成为南疆一重要地标。

我在帕米尔高原戍过边，保强在疏勒带过兵，同在喀什地域，同为边疆卫士，但因我们分属不同部队，各自履行职责，遗憾当时未有交集。后来我调成都军区工作，退役后居蓉；他自阿里边防退役，亦来成都生活。时均已卸甲，两鬓染霜，我们才终于相见。忽一日，他拿出一摞散文书稿请我"指教"，嘱我作序，并说从此"退隐江湖"，专心写作。那一刻，我本想劝他，写作不易，却又不能夺人爱好，欲言又止。不承想，翻开书稿，我的思绪即被其文字牵引，越千山万水，回到了遥远边陲。

保强是陕西关中人，军校毕业后毅然入疆。东为长安故里，西为从戎之疏勒故地，《西去长安九千里》这一书名，无疑体现了他对长安和疏勒的眷念，也寄托着他的家国情怀。

这部散文集书写新疆，分瀚海珠琲、戍楼西望、烟火尘心、雪泥鸿爪四辑，收文 32 篇，计 20 余万言。或钩沉西域历史，或采撷军旅记忆，或歌唱新疆风情，或描绘生民命途。作者笔下既有历史斑驳与时代迷幻，又有生命之坚韧与脆弱。其心诚，其血热，其情真，故其文自带温度和暖意。

保强在新疆军旅工作生活二十余年，足迹遍及天山南北，将青春奉献边疆。他的文章深情、大气，无愁怨，无遗恨，多感念，常满怀豪情。他崇仰雪山冰峰，赞美大漠长河，讴歌边防官兵，结交各族朋友。广阔的边疆拓宽了他的视野，为他提供了扎实的写作素材，也丰富了他的内心世界，壮大了他写作的雄心，使得《西去长安九千里》波澜壮阔，气韵连贯悠长。

自张骞凿空西域，丝路所到之处，风起云涌，英雄辈出，但作者不只关注英雄豪杰、重大事件，而且进入历史深处，挖掘被湮没的细节和人物予以重新书写，使其焕发出新的光彩。《纵使以身相许》写远嫁西域的女子如何在异乡活出生命的尊严。《塞外诗心》从古今边塞诗人的胸襟，看新旧边塞诗的境界，弦外之音仍是"战争与和平"的永恒话题。《不肯零落成泥》用一随军秀才求取功名的历程，提醒人们思考，在人生失意的境况下如何寻找生命的意义。

自古以来，军事史是西域历史的重要篇章，征人与边关无法割裂。身为军人，作者了解军营，理解战士。登戍楼而西望，所见皆是官兵风采，将士情怀。《开往喀什的长途汽车》写一新兵独自踏上陌生长旅的窘迫、无奈、身不由己。《也迷里之约》《帕米尔深处》《此夜格登山》诸篇章，则呈现了边防哨所的特殊场景，少有人描绘。《在白哈巴醒来》虽写边防，但借用军人视角，观察来疆的追梦人，别有一种滋味。

即使远在边疆，依然有人间烟火。记录那些热爱生活、以身搏命的普通人，是该书另一特点。独闯新疆的少年、跑长途的卡车司机、经营餐馆的孤女、草原上帐篷旅店的服务生……均有文章，写出了每个生命闪光的瞬间。《丝路禽声》让人明白，生活需要执着于梦想，但有时坦然接受现实也能活得自在。生命无常，悲剧往往以喜剧开场。《春风落白杏》写得缠绵凄婉，读罢不由得心生悲悯，很难说是春风的无情，还是白杏的不幸。《独库琵琶曲》貌似在写自驾旅行，其实是想表达沟通之难。阅读这些文字，眼前总会出现一个个真实、鲜活的人，在苦难中坚守，在无望中奋争，在无法逃避的生活中寻找属于自己的幸福与快乐。

二十余春秋，值得书写之事众多。作者用个人经历敲击时代钟鼓，以小见大，有形有声，把过往的琐事浸润在当下的追忆中，映照生活真相，见情见性。《满心东湖水》《玉成沙》表现爱情的真挚与纯粹。《扎灯记》《风雪果子沟》诉说亲情的深沉与温暖。长安路远，莫怨世情淡薄；星座难觅，当惜友情无价。生活丝缕，无不关情。

九千里路云和月，即使在交通便捷的今天，新疆依然称得上"远方"，而南疆则更远。其地虽远，却诗意充沛。《西去长安九千里》中真挚的情感、深情的笔墨，正好引领我们穿越时空，走进那片遥远而诗意的大地。

是为序。

（卢一萍，著名作家，原成都军区文艺创作室副主任）

目 录

第一辑

瀚海珠琲

纵使以身相许

吾家嫁我兮天一方，远托异国兮乌孙王。

穹庐为室兮旃为墙，以肉为食兮酪为浆。

居常土思兮心内伤，愿为黄鹄兮归故乡。

——《悲秋歌》

婚礼在伊犁一个酒店举行。新娘是我堂妹。我是她唯一的娘家人。

堂妹容若仙子，娇小可人，飞出象牙塔后，化身一枚棋子，落在体制内。妹夫是中学老师，从书卷中走来，颇有几分儒雅。相隔千里的两条小溪，曲曲折折，潺潺湲湲，最终在乌孙故地汇成一条深情的大河。

现场宾客很多，我都不认识。与新郎家人碰过几杯酒，趁他们忙于应酬，我悄悄离开酒店，来到伊犁河边。

天气温润，河风中弥漫着淡淡的泥沙味。我想起老家的渭河。伊水滔滔，西去异邦。渭河滚滚，东赴大海。不同的禀赋与性格，竟然有相似的气息。天地之大，不可捉摸。沿着河边绿道漫步，酒意回旋，眼皮渐重，坐在树荫下的长椅上小憩。

河水低吟，似乎想告诉我什么。我闭目倾听，思绪袅袅，仿佛回到了秦岭脚下。

手机铃声响起，是堂妹在找我。匆匆赶回酒店，客人大多散去。一双璧人坐在礼台边等我。

"哥，奶奶找你，想跟你说说话。"妹夫说。

适才在宴席上，我见过她老人家。南方口音，银发梳得整齐优雅，慈祥又不失威严。

走进一条老街巷，推开小院木门，清爽扑面而来。青砖铺地，干净潮湿。近墙是一块菜地，青菜豆荚长势正好。墙角一株葡萄树，藤蔓伸张，护佑半个院子。一串串奶绿色的葡萄垂在头顶，透出几分青涩。奶奶戴着眼镜，坐在藤椅上看报。石桌上有杂志和香烟。我们在奶奶身边坐下。

"请你来，是想让你给老家捎个话。我们一家子都很喜欢秀，不会亏待她的。你们尽可放心。"奶奶语气轻盈，言辞却掷地有声。

"秀能有今天，是她的福气。她哪里做得不好，奶奶您尽管批评。"我说。

"你们家不同意这门亲事，我知道。我也反对过，可反对无效，只好同意了。"奶奶看了一眼她的孙子，"非不得已，谁家父母愿意把心头肉送到这么远的地方？"

我讪笑着不知如何接话。堂妹和妹夫是石河子大学的同学，相恋多年，情投意合。叔婶却不赞成这门亲事，嫌离得远，怕女儿受了委屈没人照应，也担心自己老了，靠不上闺女。堂妹脾气倔，认准的事，九头驴也拉不回。叔婶拗不过，张口就要10万元彩礼，想以此拆散这对鸳鸯。在他们看来，这可是一笔巨款。堂妹不是寻常女子，她一分钱彩礼不要，就把自己嫁了。叔婶气不过，拒绝参加婚礼，也不许亲戚道贺。我瞒着叔婶，从乌鲁木齐赶来，给新人送上祝福。

"奶奶，你当年从湖南嫁到新疆，现在不是过得挺好嘛。"妹夫说。

"远嫁的女人经历过什么，只有她们自己知道。"老人点上一根烟，轻轻吸了一口，"那年月，年轻，不懂事，一点就燃……"

奶奶出生在湖南长沙，是大户人家的小姐，家里有染坊，有纱厂。奶奶上过大学，解放后在报馆工作。1951年春，奶奶响应号召，报名参军，要去建设新疆、保卫边地。她的父亲极力反对，说新疆偏远，气候恶劣，生活条件艰苦。奶奶满腔热血，一心报国。因为边疆落后，才需要年轻人去建设。奶奶不仅自己入伍，还把贴身丫鬟小翠带了出来。那时的小翠已是自由身，在纱厂上班。她俩与三千湘女一同穿上军装，先坐火车到西安，后换乘卡车西行。一路栉风沐雨。抵达酒泉时，个个蓬头垢面，唯有水灵灵的眼睛，证明她们不是兵马俑；只有说话的时候，才显出女儿身。

在酒泉休整数日，队伍继续向西挺进。接近星星峡，遇上了沙尘暴，车队停在低洼处避风。风沙过后，姑娘们纷纷下车解手。就在这时，一支马队驰骋而来。大家以为是接应部队，兴奋地张望招手。等到人马靠近，才发现来的不是解放军，而是一群土匪。

土匪马队冲进女兵人群，疯狂砍杀。姑娘们想上车，但为时已晚。带队干部虽然有枪，但是土匪和女兵混在一起，没法开枪。奶奶拼命往汽车跟前跑，仓皇间脚下一绊，摔倒在地。土匪的马蹄紧随而至。小翠抓起一把沙子扬向土匪，土匪勒马躲闪，小翠拉起奶奶就跑。恼羞成怒的土匪朝着小翠开了一枪。可怜的小翠，未能抵达梦中的远方，就牺牲在进疆的路上，还没来得及做一回真正的女人。奶奶因为没保护好小翠，一辈子觉得愧疚。

进疆之后，奶奶被分到石河子，嫁给一位连长，后来落脚伊犁。那几年，进疆的女兵不只有湖南的，还有山东、江苏、四川、上海等地的，前前后后有5万之众。女兵的到来，使屯垦大军有了安定的后方，战士找到最坚实的依靠，也给大漠戈壁带来生命活力。数十年后，这些女兵年纪大了，一些人回到原籍养老，奶奶和大多数姐妹仍留新疆。她们早已习惯了边疆的风风雨雨。

"秀，既然选择了边疆，就不要后悔。多学刘解忧，莫做刘细君。"奶奶语重心长。

解忧公主的故事，我曾有耳闻。刘细君何许人也，当时我并不清楚，又不好意思问。堂妹倒是坦诚："奶奶，刘细君也是一位公主吗？"

奶奶重新点上一根烟，抽了几口，故事随着烟雾流淌出来……

　　提起胡汉和亲，世人皆知昭君出塞。其实，刘细君远嫁西域，比王昭君委身匈奴早了70年。当然，细君公主也并非汉室和亲第一人，还有更早的。西汉立国之初，打不过匈奴，刘邦采纳谋士娄敬的建议，以和亲政策维系边疆稳定。高祖本想把亲生女儿鲁元公主嫁给单于，吕后不舍，选了一位宗室姑娘送到匈奴。

　　武帝时期，汉朝国力大增，卫青、霍去病率军大败匈奴，封狼居胥，单于逃往漠北，河西走廊贯通。为巩固战果，汉武帝想把西域的乌孙国招至敦煌，与汉联手，"断匈奴右臂"。于是张骞第二次出使西域，游说乌孙东返，未能成功。乌孙王忌惮大汉国威，派遣使者跟随张骞前往长安窥探。天朝的繁盛令乌孙王动了心。他以良马千匹为聘礼，向汉朝求亲。汉武帝慷慨允之，把江都王刘建之女细君封为公主，嫁给乌孙王。

　　皇族女子众多，为何选中细君呢？因为她是罪臣之女。刘建谋反，兵败自杀，江都国被除，细君年幼免责。选她远嫁西域，没有任何阻力，也无情感负担，还能体现皇上的恩典。虽不是真正的公主，汉武帝仍做足了排场。陪嫁队伍中有官吏、乐工、厨师、侍女，吃穿用度与正版公主毫无二致。武帝还让乐师特制一款琵琶，作为细君的伴身之物，以备思乡时弹奏消遣。

　　细君公主冰清如玉，纤弱娇嫩，深得乌孙王宠爱。匈奴得知乌孙与汉朝联姻，闻风而动，也给乌孙王送来一位公主。扬州姑娘刘细君，对逐水草、居毡房的游牧生活很不适应，加之语言不通，寂寞难耐，整日苦悲愁怨。相反，马背上长大的匈奴公主，起居骑射、挤奶煮茶远比细君来得自然，日子也就过得舒展开朗。

乌孙王年事虽高，却不糊涂。他看出细君思乡情切，为讨其欢心，特意在夏塔草原修建行宫，供细君公主居住，尽量尊重她的生活习惯。考虑到自己不久人世，老国王决定将细君赐给王位继承人——他的孙子军须靡。

这种婚配是乌孙国的习俗。来自礼仪之邦的刘细君无法接受乱了辈分的婚姻。她给皇上写信，恳求朝廷待老国王去世后，召她回故土。可怜的女子，终究未能理解，和亲的目的不是婚姻，是政治。汉武帝结盟乌孙，意在对付匈奴，怎么会在乎一个远嫁女子的感受？圣意明确而坚定——从其国俗。可以想象，细君收悉皇命，是何等的失望和悲伤。

汉恩自浅胡恩深，深深浅浅点点心。人的命运多数时候不掌握在自己手中，远嫁的女子就更不消说。细君身负和亲重任，岂能奢望个人情感慰藉和家庭幸福。她只是王朝统治的工具。

嫁给新王之后，细君生下一女。由于思乡成疾，郁郁寡欢，产后调理不当，不久便离开人世。一朵江南水仙，凋零在塞外草原。千百年过去，除了史册中点滴墨痕，少有人记得这位可怜的公主。

细君离世，乌孙王又向汉朝求亲。汉武帝嘱咐大臣，这次要选一位性格开朗的女子，不能像细君那样娇滴柔弱。大臣们很快选定楚王刘戊的孙女解忧。刘戊参与"七王之乱"，事败身亡，家人悉数削籍为奴。解忧与细君一样，也是罪臣之后。

解忧公主嫁到乌孙，贵为右夫人。此前，乌孙王军须靡续娶他爷爷的另一位夫人，就是那位匈奴公主，封为左夫人。左夫人给军须靡生了一个儿子，取名泥靡。母以子贵，匈奴夫人颇为受宠。解忧公主多年未生子嗣，不免受到冷落。

解忧，不是没有忧虑，而是善于化解忧愁。当时乌孙国内有两派势力，一派希望与大汉交好，共同抗击匈奴；另一派倾向于匈奴，认为远亲不如近邻。解忧不像细君那样为情所困，她积极参与乌孙政治活动，派使者出访西域诸国笼络人心，帮助牧民抵御自然灾害，支持与汉朝开展贸易，乌孙国受益颇多。解忧虽没有生下一男半女，但凭政治、外交等方面的出色表现，赢得西域各国尊重，大大提升了汉朝在西域的威望，也震慑了乌孙国内意欲倒向匈奴的势力。

军须靡在位时间不长，临终时儿子泥靡尚小，便把王位传给堂弟翁归靡。他的夫人也一并留给新王。细君当年难以接受的婚俗，又一次摆在解忧面前。解忧落落大方，欣欣然做起新王后。同时，那位匈奴夫人也被翁归靡收入帐内。翁归靡长得肥胖，号称肥王。解忧尽心侍奉，几年时间，为肥王生了三个儿子、两位公主。匈奴夫人也生了一个儿子。

解忧利用肥王的信任，竭力促使乌孙与汉朝提升关系。匈奴眼看乌孙依附大汉，心生不满，一怒之下，发兵攻打乌孙。大军压境，乌孙国内一片慌乱。解忧写信向朝廷求援。时值汉

昭帝病危，大臣霍光把持朝政，不同意出兵。乌孙只能苦苦支撑。昭帝去世，宣帝即位，调整国策，决定联手乌孙教训匈奴。汉朝派出15万铁骑，兵分五路扑向匈奴。乌孙的5万骑兵反守为攻，击退匈奴。

经此一役，匈奴势力退出西域。此后数十年，西汉边疆没有大的战事，丝绸之路畅通，汉与西域各国交往日益密切。解忧公主能在西域呼风唤雨，离不开大汉这座靠山，但主要还在于她主动把握命运，用行动赢得肥王的信任。等到肥王上了年纪，解忧开始考虑王位继承问题。她让肥王上书汉朝，欲立他们的长子元贵靡为太子，恳请汉朝嫁一位公主作太子妃。

汉朝当然乐见其成，把解忧的侄女刘相夫封为公主，在长安学习乌孙风俗语言，而后由使者护送出塞。浩荡的送亲队伍走到敦煌时，乌孙情势突变——肥王去世，王位争夺陷入白热化。

当初，肥王与先王军须靡约定，肥王去世，王位要还给军须靡的儿子泥靡。解忧和肥王却想让他们的长子继位，矛盾不可调和。已经长大成人的泥靡，在一帮老臣拥戴下抢先称王。一场血雨腥风似乎就要降临。危急关头，解忧一边拉拢亲近的贵族，一边联系大汉出兵。新王泥靡慑于汉朝实力及解忧的威望，没敢对他们母子动手。

泥靡即位，按照习俗，50多岁的解忧又要嫁给泥靡——她前夫的儿子。对一个女人来说，幸还是不幸呢？泥靡正年轻，娶父亲的女人为妻，是遵照传统。他不可能喜欢解忧。解忧心胸开阔，身体也好，尽到了妻子的义务，还给泥靡生了一个儿子。

泥靡的母亲是匈奴公主，他的血管里有匈奴人的血，对外政策自然偏向匈奴。这种局面是解忧不能允许的。她表面上维系着与泥靡的夫妻关系，暗地里谋划重新控制乌孙。

汉朝使者到访乌孙，解忧与使者商定，准备在接风宴上斩杀泥靡。可惜，百密一疏，使者一剑刺偏，没能击中要害。泥靡手臂受伤，在卫兵保护下仓皇出逃，随后派兵包围王城。幸得西域都护郑吉出兵相救，解忧母子方摆脱危局。

乌孙国政局动荡，皇上另派使者前来调查原委。新使者慰问安抚泥靡，将谋杀乌孙王的前任使者押回长安斩首。新使者既不自知，又不自量，居然羞辱解忧，斥责她坏了朝廷大事，还想追究解忧谋害亲夫之罪。解忧岂是等闲之辈，随即给皇上修书一封，陈述发动政变的真实意图。汉宣帝很快就把这个使者召回去杀了。前后两任使者，都被朝廷砍头，解忧公主毫发无损，足见汉朝对这位老太太的倚重。

泥靡召集部众与解忧对峙。肥王与匈奴夫人所生的儿子乌就屠早就觊觎王位，趁泥靡逃出王城列阵未稳，率兵偷袭牙帐，杀死泥靡，自立为王。乌孙局势更加混乱。解忧请求朝廷发兵。这次，君臣意见一致，紧急出兵西域，一场大战迫在眉睫。此时，又有一位汉家女子冯嫽挺身而出。

冯嫽是解忧的侍女，通晓西域多国语言，数次代表解忧出访，"行赏赐于城郭诸国"。各国君臣从未见过如此恭谦大方、善于辞令的女使者，惊奇之余，啧啧夸赞，尊称她为冯夫人。冯嫽不辱使命，说服乌就屠放弃抵抗，向汉朝臣服。汉朝遂将乌孙"肢解",一半分给解忧的儿子,一半分给乌就屠。西域第一强国乌孙,实力大为削弱。

解忧一生,先后嫁给三任国王,多数时候处在权力核心。在她的多方运筹下,长子成为乌孙国国王,次子当上莎车国国王,长女做了龟兹国王后,次女嫁给乌孙大将军。她用半个世纪的辛劳,出色完成和亲大业。解忧所作所为,既是一个远嫁女子活下去的本能,也是一位和亲公主为国献身的壮举。

人终归是要老的。公元前51年,解忧的长子元贵靡去世,孙子星靡继承王位。70岁的解忧上书汉宣帝:"年老土思,愿得归骸骨,葬汉地。"宣帝恩准。解忧带着她的三个孙子和侍女冯嫽回到长安。两年后去世。冯嫽念及星靡年幼,恐难服众,请求出使乌孙,护抚少主。宣帝派百名骑兵护送冯嫽西归。此后,冯嫽留在乌孙,直至终老。

柔弱的汉家女子,在遥远的异国他乡,凭借自身的情智,以较小的代价,维系乌孙与大汉的联盟,助稳西域数十年。如此功绩,与卫霍北击匈奴的战功相比,又有多少高下之分?远嫁的女人,命运虽无法选择,但怎么活,自己可以争取。解忧跳出小情小调,挣脱尊卑藩篱,做到了寻常女子做不到的事情。同样的环境,类似的苦难,细君被困境压垮,活成了悲剧。

任何一位奶奶,肚子里都有许多故事。妹夫的奶奶也不例外。或许她从小就听说过解忧远嫁、昭君出塞的故事。她以过来人的身份,告诫孙辈小女子,远嫁对女人意味着什么。她当然知道，时代变了。不过，女人的心，永远是女人的心。能不能在荒远之地得到幸福，要靠自己经营。

奶奶请我来，看似与我说事，何尝不是讲给秀听的。奶奶的故事还没讲完，妹夫的电话响个不停，有人催着闹洞房。奶奶把解忧公主送回了长安，也把我们送出她的小院。

次日，我没有急于返回乌鲁木齐，找了辆车驶向昭苏。

夏季的昭苏草原生机勃发。远处，天山巍巍，汗腾格里峰的积雪清晰可见。脚下，大地葱茏，五颜六色的野花在风中摇曳。清澈汹涌的夏塔河水奔出峡谷，曲转盘旋，注入绿色的海洋。风从山里来，带着清新，带着凉意。河谷出口近旁，乌孙王族的墓冢高高低低，千年沉寂。走近墓群，一尊汉白玉女子雕像赫然矗立。刘细君，第一位远嫁西域的汉室公主，长裙曳地，踏云而来，圆润的面孔楚楚动人，眼里流露着淡淡的忧伤。可怜青冢已芜没，尚有哀弦留至今。

细君公主的到来，在粗犷豪放的乌孙草原播下了中原文化的种子。她以昙花般的生命，勾勒出一幅民族融合的历史画卷，以柔弱的身躯架起一座中原与西域文化交流的桥梁。

两千多年过去，山川草木如旧似新。丝绸之路的驼铃声早已远去，大汉雄兵的鼓角不再争鸣，烽火台上的狼烟消失了几个世纪，草地上的帐篷来了又去，去了又来，白色变成灰色。这片枯荣轮回的草地上，生存过的牧人，繁衍过的牛羊，争春恋夏的蘑菇野花，每一个物种，都用自己的方式诠释生命的意义。

细君和解忧的故事，让我想起另外两个女人。

1951年，那批湖南女兵离开酒泉不久，一位土生土长的酒泉姑娘，瞒着家人爬上进疆解放军的汽车，一路向西抵达喀什。后来，姑娘嫁给一个汽车兵。过了几年，姑娘把她妹妹也带到新疆。姐妹俩都在喀什组建了家庭。妹妹有个女儿，长大后成了我的妻子。

那位姐姐，我妻子的姨妈，没念过书，也没经历过大风大浪，一辈子活得平淡、安逸。我问过姨妈，哪里来的勇气，敢于离家出走，勇闯新疆。姨妈笑笑说："当时年轻，没想那么多。"不久前，姨妈以90岁的高龄，走完漫长的边疆之路，永远和这片土地融为一体。

我的岳母，追随她姐的脚步来到新疆，起初只为有口饭吃。她能写会算，爱想问题，爱作记录，把生活打理得像鹿角，繁复中不缺美感，可有时也是累赘。她的情感储蓄在沉默里，从来不曾支取。我不知道她的内心是否也像她姐那样勇敢而且知足。

一个女人的幸与不幸，跟远嫁有多大关系，没人能给出答案。无数的女人，把青春洒在西域，把生命献给边疆。有人幸运，得偿所愿；有人失意，隐入尘烟。不管是为了爱，还是为求生存，走向远方，就意味着与命运抗争，与新的土地交融。如果有人要问，天山南北，苦寒之地，何以温暖了千千万万个灵魂？那是因为"永恒的女性，引领我们上升"。

但愿我的堂妹，在遥远的伊犁，一生幸福。

远方的召唤

汉宣帝甘露三年（公元前51年），来自天山北坡的风，又一次吹绿伊犁河谷。一队车马缓缓驶出乌孙国都——赤谷城。随行的护从数以百计，黄发垂髫，男男女女。汉甲卫士雄姿勃勃，胡服稚子机敏活泼。队伍东向而去，行色悠然。

华辇内，两位老人相对而坐，有一句没一句地说着话。老头儿须发皆银，沧桑刻于脸上，怜惜藏在眼底。老妇人两鬓含霜，恬淡的笑容里，既有不辱使命的欣慰，也有踏上归程的喜悦。车窗外，新绿的原野上，乌孙少年纵马奔驰，追逐嬉戏。老头儿忽然想起50年前长安城南的上林苑，想起他与眼前人的诸多往事。

那时，他们还青春年少。他是皇家御苑的牧马人。她是少府丝织坊的官奴织女。

少年来自北方太原郡，擅长养马骑射，投身官署，在上林苑为皇家牧马。上林苑内的皇家织坊，收容着不少官奴，缫丝织锦。一次，少年去溪边饮马，偶遇浣纱女郎，两人一见钟情。从此，涓涓溪流浸润两颗寂寞的心，马鸣纱影抚慰孤独的

灵魂。囿于身份，他们不敢公开谈婚论嫁，只在闲暇之际偷偷约会。少年希望有朝一日攒足银两，赎出女子，迎为家室。少女亦痴心地等待着那一天的到来。

然而，天不作美。织女未能等到少年的赎金，却被一纸诏书宣进未央宫。少年多日不见织女，私下打听，始知恋人已被皇帝封为公主，将要嫁给西域的乌孙国王。这无异于晴天霹雳。

原来，这位织女并非普通官奴，而是楚王刘戊的孙女。刘戊谋反，身败名裂，家人仆从充公为奴，替皇家种地、养殖、丝织。少年想混进公主陪嫁队伍，可他没有一官半职，也非能工巧匠，未能如愿。倘若他有丰厚的家资或者显赫的爵位，早就能赎出织女。可他只是个牧马人。眼睁睁看着心爱的女人远嫁西域，他连近身道别的机会都没有。这一去，就是永别。少年心头的愤懑，如黄河之水坠入壶口，久久难平。

功名，必须争得功名，方能守护所爱。功名从来马上得，要么征战，要么持节。少年自知出身寒微，做不了霍去病，只能学张骞。出使他国，若能完成特殊使命，还能侥幸存活，或许可以封侯拜将。恰好这一年，匈奴且鞮侯单于继位，欲缓和匈汉关系，主动释放善意。汉武帝决定派遣使团前往匈奴，送归此前扣留的匈奴人质。使团的正使是中郎将苏武，副使是张胜。朝廷公开招募使团随员，少年报名应征。因其谙熟匈奴风土，又善养马，得以入选。

如此这般，一对情侣先后离开长安。解忧公主西去乌孙，少年常惠北上匈奴。

常惠随使团抵达匈奴，受到热情款待。众人沉浸在邦交友好的氛围中，却不知危机悄然而至。那天，常惠正与同僚喝酒，匈奴士兵突然闯入，将他们全部拿下，押至单于牙帐。单于大开杀戒，汉使血流成河。

单于反目，事出有因。汉使的杀身之祸皆由副使张胜所致。张胜立功心切，刚到匈奴就与匈奴贵族勾结，密谋杀掉单于另立新王。尚未动手，计划泄露。单于盛怒，斩杀部分汉使。张胜这个滑头，见势不妙，屈膝投降。苏武宁死不屈，被放逐到贝加尔湖畔牧羊。常惠曾为马倌，匈奴留他一命，责其养马。常惠怨恨张胜的卑鄙，感叹自己生不逢时。他既不能死，也不能降，因为心中有念想。他忍辱负重，顽强生存，等待着逃亡的机会。

日复一日，大好青春在孤寂无聊中逝去。19年漫长的等待，把一个追风少年蹉跎成中年大叔。人生能有几个19年？就在常惠的念想即将幻灭，以为必将老死塞外时，局势发生了变化。

汉昭帝继位，主政匈奴的也不再是且鞮侯单于。匈奴再次向大汉示好，汉朝向匈奴索要苏武等人。匈奴说苏武已死。汉朝不信，派使者前往察看。常惠听闻消息，贿赂匈奴看守，得以见到汉使。常惠让使者对匈奴人说，皇上在上林苑打猎，射中一只大雁，腿上系着书信，信上说苏武在北海牧羊。使者以此正告单于。单于信以为真，将苏武从北海召回，交由汉使接返长安。

当初苏武使团有100人，回到中原的仅9人，常惠侥幸位列其中。苏武还朝，官拜典属国。常惠的机智不仅救了苏武，也救了自己，因功受封光禄大夫。志在远方建功业的常惠，多少有些郁闷。命运跟他开了一个玩笑，天大的玩笑。青春岁月空耗在蛮荒之地。近20年的坚守，仅换来一个闲差。年届不惑，仕途似乎走到了尽头。常惠不甘心。万里封侯的火种依然深藏于胸，一旦有机会，仍将迸发出熊熊烈焰。

担任光禄大夫的数年间，常惠的目光始终盯着遥远的西域。那里邦国林立，是大汉使者往返最频繁的地方，也是张骞、傅介子等人建功的疆场。持续的关注，自会捕捉到旁人不曾留意的细节。一个很小的变量，有时会引起大局的震荡。汉宣帝本始元年（公元前73年），乌孙国上书，称匈奴与车师国勾结，侵略乌孙，请求汉朝出兵相救。即位不久的汉宣帝没有贸然派兵，而是让群臣商议。常惠主动请缨，愿出使乌孙查明实情，为朝廷决断提供依据。此时的常惠快50岁了。西汉时期，人均寿命也就50多岁。张骞出使西域时25岁，苏武出使匈奴时40岁。常惠这是在赌命，他要抓住人生的最后机遇。

过去的这几十年，常惠的心上人刘解忧，先后嫁给两位乌孙王，给现任生了5个孩子。当常惠千里迢迢出现在解忧面前时，未敢执手，只能相看泪眼，无语凝噎。当年红酥手，如今雪满头。织女转身成王后，牧马少年也已贵为持节使者。身份不允许他们再续前缘，但谁也阻止不了他们将爱埋在心底。往昔的情愫，为他们沟通国事提供了便利。解忧告诉常惠，匈奴人攻打乌孙，占地掠民，强索乌孙公主，这一系列的恶行，意在惩罚警告乌孙，勿与大汉交往过密。乌孙王意欲反击，实力有限，恳请汉朝出手援助。

查明原委后，常惠返回长安，力主出兵。为了国家，也为了心爱的人。汉宣帝力排众议，支持常惠，派出15万大军，兵分五路进攻匈奴。常惠心里清楚，建立军功是封侯的最佳途径。他主动请缨领兵。可是，宣帝以为，常惠只懂外交，不曾带兵打仗，所以没有委他重任，仅让他以校尉之职，协助乌孙王作战。

手无兵权的常惠并未气馁。他借助解忧的影响力，替乌孙王出谋划策。乌孙王依计用兵，率部直插巴里坤草原，偷袭匈奴老巢，大获全胜。俘获包括单于父亲在内的数万人，还有5万多牛马，60万只羊。匈奴顾此失彼，兵败逃往北方。此役后，乌孙国力大增。那些依附匈奴的西域小国，又将橄榄枝伸向乌孙和汉朝。

常惠以为，凭此军功应该得到封赏。然而，他高兴得太早了。返回长安的脚步还没踏出乌孙地界，他的使者印绶和节杖不翼而飞。这可不是小事，丢失绶节，按律当斩。当下，常惠有两条路可走，一条，老老实实回去向朝廷报告，等死；另一条，留在乌孙，有解忧公主庇护，汉朝鞭长莫及，当无性命之忧。解忧劝常惠暂留乌孙，静观事变。

常惠选择了前者，毅然回朝。没想到这步险棋走对了。此次军事行动，汉朝派出五路大军，赵充国、韩增等名将出马，耗费巨大，居然没有发现匈奴主力，无功而返，唯有常惠指导的乌孙骑兵战胜匈奴。这种情况下，若是杀了有功的常惠，未免显得皇上用人不当。汉宣帝赦免常惠丢失绥节之罪，封他为长罗侯。

登临人生巅峰的老外交官没有停下奋斗的脚步。此番建功，常惠的身份是校尉，充其量算个高参，并非主将。他期望以将领的身份率兵出征，建立实实在在的军功。这是很多男人的梦想，但这样的机会好像离常惠越来越远了。

匈奴战败，乌孙臣服，汉宣帝要重赏乌孙国的王公贵族，宣化西域众邦。常惠当仁不让，请命出使。以他的资历，没人比他更合适。常惠此行，不只是犒劳乌孙，他有更大的企图。离开长安时，常惠向汉宣帝提起一桩旧事。当年，朝廷派到西域的屯田校尉赖丹被龟兹人杀死。杀害朝廷命官的罪责若不加追究，有损大汉威严，也是不良导向。常惠请求带兵，顺道讨伐龟兹，教训这个不听话的小国。汉宣帝不想多生事端，没同意常惠的提议。

常惠抵达乌孙，带去大量金币、丝绸，赚足了军心民心。随后，他把讨伐龟兹的想法告知解忧公主。解忧在西域经营数十年，早已不是当初那个官奴织女，而是颇有政治头脑的王后。解忧支持常惠的行动，说服乌孙王借兵给常惠。

未得朝廷授权，讨伐龟兹是一步险棋。倘若失败，个人功名前功尽弃，西域的平衡也将打破。常惠不敢掉以轻心。乌孙王借给他的7000精兵，不足以战胜龟兹。为确保一招制敌，常惠潜入龟兹的西邻姑墨国和温宿国，讲清利害，借兵2万。又派副使从龟兹东边的焉耆国借兵万余。

诸事俱备，常惠带领乌孙兵马，从夏塔峡谷穿越天山，直扑龟兹。重兵围困之下，龟兹国王惊恐万分，派人向常惠谢罪，把杀害校尉的罪责推给贵族姑翼，并将姑翼送交常惠处置。常惠斩杀姑翼，罢兵返汉。

西域大地向来是英雄的用武之地。常惠以雷霆手段，惩治了杀害汉官的肇事者，兵不血刃迫使龟兹国臣服汉朝。朝廷既没有赏赐他的功劳，也没有追究他的越权之责。不过，他的杀伐果断为他赢得了皇上的信任，皇上给了他一个执掌兵权的机会。

公元前64年，匈奴骑兵把西域都护郑吉围困在交河城。匈奴久攻不下，郑吉也无法突围。生死攸关之际，常惠采取围魏救赵的策略，率领张掖、酒泉的边防军千里奔袭，横扫匈奴王廷。进攻交河的匈奴部队闻风而退。常惠护送郑吉安全转移到轮台都护治所。归朝之后，常惠接替苏武担任典属国一职。

这一年，乌孙王翁归靡上书：愿将他与解忧公主的长子元贵靡立为太子，若能为儿子迎娶汉家公主，乌孙与大汉就是亲上加亲，乌孙与匈奴永绝关系。宣帝将此事提交朝议。大臣萧望之极力反对，常惠却支持和亲。汉宣帝采纳常惠意见，答应了乌孙王的请求，并派常惠前往乌孙国迎取聘礼。

这是一件轻松愉快的差事，年过花甲的常惠第五次出使西

域。按说像这样没有压力的差事，用不着典属国亲往，但是常惠希望摸清乌孙王的真实意图，当然也不排除他想见解忧。毕竟都老了，见一面，少一面。抵达乌孙国，常惠与解忧规划好元贵靡继位事宜，带着厚重的聘礼和300多人的迎亲队伍返回长安。

朝廷选定解忧的侄女刘相夫为和亲公主。让刘相夫在上林苑熟悉外邦礼仪，学习乌孙语言。随后，常惠再当大使，送亲西去。送亲队伍走到敦煌，听说翁归靡去世，其子元贵靡未能继位，一众老臣拥立先王军须靡之子泥靡为王。送亲队伍在敦煌停下来。常惠上书朝廷，欲前往乌孙问责。宣帝没同意，让常惠带着公主返回长安。这段和亲路，走了一半。

泥靡即位后对汉朝不冷不热。解忧设计欲除掉泥靡，未能成功。泥靡的同母异父兄弟乌就屠趁乱造反，杀死泥靡，自立为王。乌孙国政局动荡。消息传到朝廷，大臣们议论纷纷。如果乌孙内乱不能平息，西域强国倒向匈奴，对汉王朝极为不利。朝廷急需一人前往镇抚。派谁去呢？此时的常惠年近70。他不想去，没人能让他去。这个倔强的老头儿再次披挂上阵，率领数千人马进驻乌孙国。

此去乌孙，常惠并无胜算。乌孙兵甲数万，实力不容小觑。区区几千汉兵，不足以震慑乌孙王。常惠放出风去，称汉使正从西域诸国借兵，队伍不日将抵乌孙。同时找解忧商议对策。解忧推荐她的侍女冯嫽出面，劝谏乌就屠放弃兵戎。乌就屠知道常惠曾借兵征服龟兹，忌惮常惠的手腕，权衡利弊，同意归附汉朝。常惠以汉使身份，主持将乌孙国一分为二：解忧的长子元贵靡为大国王，统领6万户；乌就屠为小国王，统率4万户。为防止争斗，常惠带3名校尉常驻乌孙，屯田镇边。

数年之后，年逾古稀的解忧请求归葬故土，汉宣帝恩准。正好常惠要回京接任右将军，于是护送解忧一同返回长安。半个世纪的思念，有情人终于走到一起，尽管已是迟暮之年。

西域纳入中华版图，非一日之功。汉朝基于强大的实力击败匈奴，设立河西四郡，推广屯田政策，才有后来的诸国归汉，驿站星布，商旅通行。如果说打通河西走廊，功在卫青、霍去病这样的军事奇才，那么收服西域，建立汉威，则更赖常惠、班超这样的孤胆英雄。西域毕竟遥远，无法派驻大军。勇敢的使者、都护，凭借过人的智慧和胆识，采取分化拉拢策略，削弱不服的，支持归心的，瓦解反叛的，终于为中原王朝创出一片新天地。

汉朝立国数百年，派往西域的使者不计其数。在那个群星璀璨的时代，最耀眼的明星当属张骞、苏武、傅介子。张骞的坚韧顽强，苏武的忠贞不屈，傅介子的杀伐决断，个个英武传世。常惠所为，既不如张骞开通西域建立首功，也不像傅介子刺杀楼兰王那般惊心动魄。他与苏武都有被困匈奴的经历，但苏武是堂堂正使，他只是个随从。世人皆知张骞出塞、苏武牧羊、傅介子一剑定楼兰，而常惠的功绩却几无传颂。

常惠一生跌宕起伏，且不说身陷匈奴19载，仅出使西域，就跑了6趟，行程10万多里。交通便捷的今天，遥远的边陲尚

且令人望而却步。畜力时代，花在路上的时间远比现在长，行动的节奏远比现在慢。历经多少艰辛，才能抵达西域？付出多大的代价，才能建立辉耀汗青的功勋？前路多凶险，风云实难测，是什么原因让常惠一次次走出长安，走向西域？难道只是爱情？

那个时代，男女结合可以是政治，可以是经济，可以是传宗接代，不大可能是爱情。就算当初两情相悦，但是远隔数千里，失联数十年，说常惠还恋着解忧，不合情理。既然不是为了爱情，那便是志在功名。然而，当他立下军功，受封长罗侯，且年事已高时，为何还要远涉西域？是什么东西在召唤着他？或许，那片辽阔的土地，以及土地上蓬勃生鲜的气脉，才是他放不下的执念。

两千年过去，有些事情结束，有些事情开始，有些事情还在一遍一遍重复。今天，当我们信马由缰，驰骋天山南北，从容穿越大漠戈壁，要感谢那些有名无名的英雄。是他们，舍生忘死，披肝沥胆，打下广阔疆域，使后人有了更多的腾挪空间。对他们，当心存敬意，却不必追问缘何如此？如果非要找出一个理由，或许正如鲁迅先生所言："走异路，逃异地，去寻求别样的人们。"

盘橐城

天灰蒙蒙的。太阳病了，什么都不想说，什么也不想做。惨淡的光照在万物之上，连一个影子都没有。

我骑自行车沿吐曼河右岸闲行。流水悠悠，无欲无求。薄雾轻笼寒堤，杨柳披上了朦胧的面纱。岸边的盘橐城遗址，仅存一截破败的夯土城墙，像个身经百战的暮年英雄，眯缝着眼，半张着嘴，欲说还休。古老而年轻的河水，枯萎却忠实的残垣，映照着喀什噶尔的千年过往。

曾几何时，塔里木盆地西缘，"去长安九千三百五十里"的疏勒国（喀什），乃是丝绸之路南北两道的交会点。这个千户小国，西接巍巍葱岭，东衔古韵龟兹，王城即为盘橐城。东汉时期，班超在此驻守17年，抵御外敌入侵，镇抚西域诸国。一度消失的商旅驼铃再现天山脚下，分崩多年的西域大地重归中央政权。

盘橐城的风华早已落幕，躯壳留在大地上任风雨销蚀，灵魂依附于文字走进了史册。后人在古城遗址建园纪念班超，园名仍用盘橐城。园区面积不大，说是古迹，没有多少古物。牌

楼、亭榭、城墙、烽火台都是新修的。伪造的沧桑，复制的古意，难以勾起游人的兴味。

园内没有别的游客，我独自顺着笔直的石道前行。36勇士位列两厢，尽头矗立一座高大石像。定远侯班超手持书简，衣带凌风，阔步欲前。雕像的后面是巨大的弧形浮雕墙，气势磅礴，形象地描绘了班超屯据疏勒、运筹西域的豪雄事迹。历史通过这些亦真亦假的东西，在人们的记忆中打下一个又一个结。

站在班超像前，有一种无形的压迫感。我不敢与他对视。他目视远方，不屑于看我。我在石阶上坐下，点起一根烟，不由得想起坐在柳青墓前反思文学前途的路遥。

柳青曾经说过，人生的道路虽然漫长，但紧要之处常常只有几步，特别是当人年轻的时候。对我来说，军校毕业就是人生的"紧要之处"。一位首长得知我要去新疆，欣然命笔题字——铮铮铁汉，保国强边。我激动不已，悄悄在日记里写下李益的诗句："伏波唯愿裹尸还，定远何须生入关。"实话说，我离京赴疆并非胸怀大志，很难讲具体有什么考量，或许是因为骨子里有着陕西愣娃的傻劲。

蘸点红墨水，写一纸志愿书很容易。咬破手指挤几滴血，涂抹在白床单上也不难。喝几口二锅头，发表一通慷慨陈词，更没什么大不了的。可问题是，现实不是想象的那样。当冰冷的现实碾压豪言壮语，幽暗的人性击碎纯朴良善，人生的意义出现了不可名状的真空。我开始怀疑当初的选择。这是我想要的生活吗？这是值得付出一生的事业吗？我恐怕要辜负老将军的期许了。

几年摸爬滚打，有成长进步，也有惨痛的教训。当前路突然出现分岔，我陷入两难。没有人告诉我该走向何方，没有谁能帮我做出选择。我像一个独自玩跷跷板的孩子，在这头坐下，那头翘起；去那头坐下，这头又翘起。我在两头徘徊，不知该坐在哪一边。坐在哪头又有什么关系呢？只有一个人，跷跷板永远一头在上，一头在下。

先贤教导我们，大丈夫能屈能伸，穷则独善其身，达则兼济天下。真能做到吗？是的，我可以不顾一切"撤离"，可是，"娜拉"走了之后，结果怎样了呢？定远侯，你能否给我指点迷津？

班超站在那里，什么都不说，什么也不做。我只好从记忆深处打捞"一个又一个结"。

班超出身关中显贵，有家学渊源。父亲班彪既有政治谋略，又是文史大家。兄长班固聪慧过人，早早跻身兰台，修编《汉书》。妹妹班昭是才女，人称"曹大家"，给皇宫里的娘娘公主们当老师。只有班超，文无显名，武无寸功，年近不惑，仍以抄书谋生。

所幸，浩繁的书牍未曾消磨抄书匠的雄心。抄到慷慨悲歌处，班超扔掉纸笔，放胆豪言：大丈夫即使没有别的志向，也应该像张骞、傅介子那样去远方建功立业，岂能一辈子空耗书斋。同僚笑他大言不惭。班超曰："小子安知壮士志哉！"燕

雀不解鸿鹄志，王侯将相宁有种乎？英雄在没有成为英雄之前，无人理解，内心多是寂寞。成为英雄之后，往往被人曲解，又是孤独的。

班超生活的时代，张骞出使西域已经过去两百年。西汉数度用兵，把匈奴逐往漠北，河西走廊贯通，西域与中原的交流日趋紧密。但是，汉帝国并没有对西域形成有效统治，天山南北大小邦国各自为政，且受匈奴威胁。直到与乌孙和亲结盟，战胜楼兰、车师等国，汉朝方才降服西域众邦。随着西域都护的设立，西域正式归属中央政权。后来王莽篡汉，新朝无暇西顾，匈奴趁机渗透蚕食。东汉初期，中原政局不稳，匈奴强化对西域的控制。西域诸国为求自保，在汉与匈奴之间左右摇摆。

汉明帝登基，重拾"击匈奴，通西域，以夷制夷"策略，开始用兵西域。朝廷派奉车都尉窦固出击匈奴。窦氏与班氏是世交，情谊深厚。窦固听说班超博学强志，带他出征以试身手。一介书生班超，毅然投笔从戎，自此登上历史舞台。

初至西域，窦固让班超代理司马一职，率兵进攻西域小国伊吾。班超作战勇猛，身先士卒，完全不像文弱书生。窦固大为赏识。不久，朝廷欲派使者前往西域，联络各国共同打击匈奴，窦固举荐班超。朝廷为班超配属百余随从，班超仅带36人。

班超一行首站抵达鄯善国。鄯善王颇为热情，美酒佳肴伺候。后来不知何故，态度变得冷漠。班超暗地侦察，发现匈奴使团秘密入鄯，有数百人之众。首鼠两端的鄯善王畏惧匈奴，故意慢待汉使。

班超嗅到了危机。他告诉部下，鄯善王随时可能翻脸，匈奴使团也可能袭击汉使，与其坐以待毙，不如先发制人。随从建议把行动方案告知副使，商议之后再做定夺。班超说，副使优柔寡断，与其商量，必将错失良机。

　　当晚，班超率众偷袭匈奴使团。翌日提着匈奴使者的首级去见鄯善王。鄯善王始料未及，顿时傻眼，当即表态臣服汉朝。班超果敢出手，一招制敌，杀鸡儆猴。谁能想到，与书简打了几十年交道的书生，一朝持节为使，像是换了个人，杀伐决断，毫不含糊。似乎他平日里不是在抄书弄卷，而是闻鸡起舞，枕戈待旦。

　　离开鄯善，班超来到于阗国。当时的于阗被匈奴控制，于阗王受巫师蛊惑，轻慢汉使，派宰相向班超索要马匹祭祀天神。班超答应了宰相的要求，但是要让巫师亲自来牵马。巫师一到，班超手起刀落，斩下人头，并将宰相绑起来鞭打一通。于阗王对班超的行事作风早有耳闻，此前尚有疑虑，今日目睹其彪悍，即刻服软，赶紧下令诛杀匈奴派驻的监国，老老实实归顺汉朝。

　　于阗方定，疏勒国又生事端。西域大国龟兹，在匈奴的支持下攻破疏勒，拥立龟兹人兜题为疏勒王。班超派部下田虑去疏勒招降兜题。兜题见田虑势单力孤，没把他放在眼里。田虑劝降不成，趁其不备，劫持兜题。疏勒国大乱。班超及时赶往盘橐城，将疏勒王公大臣召集起来，痛斥匈奴罪过，另立原国王的侄子忠为疏勒王。新王欲杀兜题。班超将兜题放还龟兹，

以示恩德。至此，疏勒归附大汉，丝绸之路南道畅通无阻。

班超刚刚站稳脚跟，准备大展拳脚时，汉明帝驾崩。焉耆国乘汉朝大丧之机，围攻轮台并杀害了西域都护陈睦。龟兹、姑墨等国趁火打劫，发兵进攻疏勒。班超与疏勒君民据守盘橐城，秘密向他国借兵，快马奔朝廷求援。

班超没有等来大汉雄兵，却接到了新皇帝的诏谕。汉章帝刘炟认为，都护陈睦已死，班超独处边陲难以支撑，命他返回京师。消息传到疏勒，举国惶恐。都尉黎弇极力挽留班超。他直言，班超一走，龟兹必定再伐疏勒。没有汉使坐镇，疏勒必将亡国。一边是朝廷诏令，一边是属国臣民，班超十分为难。无奈朝廷为大，班超决意回京。黎弇未能说服班超，拔刀自刎。

班超怀着愧疚之心奉诏东返。行至于阗，又被当地百姓抱住马腿苦苦挽留。于阗国王也放声大哭。当初于阗绝断匈奴，就是希望以汉朝为依靠。如今汉官回撤，靠山不保，于阗王担心遭匈奴报复。都护已经遇害，汉使若再撤离，西域小国就像失去父母保护的孩子，必将任人宰割。三思之后，班超上书朝廷，分析利弊，动情晓理，决意暂不回朝，返回疏勒。

执意留驻西域的班超，不久就遇上了大麻烦。葱岭西边的贵霜国（张骞曾经出使过的大月氏），听说汉朝把一位公主嫁给乌孙，厚着脸皮向汉朝求娶公主。班超认为这是非分之想，予以拒绝。贵霜王恼羞成怒，派7万大军攻击疏勒国。彼时，班超手中只有数千人马。如果战败，他无法向朝廷交代，也愧对疏勒父老。皇上命他回撤，他却滞留西域。若不能维护汉朝利益，反而招致更大损失，就是错上加错，他所坚持的理想和抱负也就成了笑柄。

面对贵霜大军，班超没有惊慌。他从西域属国借来兵甲，坚守城池，以逸待劳。贵霜军队劳师远征，久攻不克，后来粮草不济，欲往龟兹借粮。班超巧妙设伏，歼灭求援部队。随即发起全线反攻，并在贵霜军的退路上虚张声势。贵霜主帅见势不妙，遣使请降。班超宣慰安抚，放其返回故地。

击退了来犯强敌，班超的威望如日出沙海。龟兹、姑墨、温宿等国纷纷投降汉朝。班超乘胜进攻焉耆、危须、尉犁等国。经过一番东奔西走、南征北战，天山南北两路完全打通，西域50国悉数归附汉朝。班超因功受封定远侯，并担任西域都护。

前线将士用命，后方小人讥谗。历史总是重复，班超也难逃厄运。汉章帝建初八年（公元83年），朝廷派卫侯李邑护送乌孙使者返国。李邑走到于阗，正逢龟兹进攻疏勒，吓得他不敢前行。为掩饰怯懦，这个胆小鬼上奏朝廷，说班超长驻西域劳而无功，拥妻抱子，享受安乐，导致西域乱象，因此他无法前行。

那些年，班超远离朝堂，京城换了三个皇帝。新帝登基后就没见过班超，谈不上有多信任。对于李邑的构陷，班超身正心坦。他上书解释，如果自己真的只图享乐，手下那些远离家乡的士卒岂能与他同心同德，西域诸国何以甘愿附汉？皇帝不

昏，下诏斥责李邑，并把李邑派到班超手下任职。这等于说：班超，诬陷你的人送给你了，你看着办吧。班超并未将李邑留在身边伺机报复，也没像李广对付城门卫那样，找机会把为难过自己的人杀掉，而是让李邑回京去了。如此大度，愧杀李邑，折服无数部众。

班超在西域职守30载，古稀之年才回到洛阳。他以非凡的政治军事才能，正确执行汉朝"断匈奴右臂"策略，争取大多数、打击小部分，驱逐匈奴，抗拒贵霜，战必胜、攻必取，用最小的代价，换得朝廷对西域的统治。

中国古代不乏能征善战的名将。著兵法又善指挥的孙武、吴起自不消说，唐太宗推崇的白、韩、卫、霍，直到今天依然让人热血沸腾。唐宋之后，还出过不少的书生名将，如王阳明、曾国藩。按照所谓的战绩，给这些功臣名将排座次，班超恐怕排不到前列。但是，如果从投入和产出的比率看，整个中国历史上没有哪个武将能与班超相提并论。

中国历史上的许多对外战争，即便打赢，也是耗费巨大的人力物力。清初前三朝以武功见长，平定新疆之乱，动辄数十万大军，倾全国之力，方才达成目标。东汉的军事实力远不及西汉，班超手里没有几个兵。他在西域各国之间巧妙周旋，几乎是凭一己之力，保住了汉朝对西域的持续影响。

王夫之评价说，班超在西域做事，就好像游戏一般容易，带着36人横行各国，对国君想杀就杀，想抓就抓，从古至今从来没有如此神勇之人。这种勇敢绝非一时之能，而是一世之勇。

纵观班超在西域所为，可以看出，真正的勇气，是面对强敌敢于亮剑，是身处逆境仍坚持抗争，是两难面前不犹豫不退缩，择一而行，并承担后果。班超所经历的痛苦和磨难，有异国的兵戎，有朝廷的掣肘，有内部的怀疑，有外部的打压。若无英雄胆气，面对困难绕道走，人生不可能有建树。

反观我的困惑，不能怪现实残酷，只能说自身怯懦。工作虽遭无端之变，却也是世道常情。一味退缩，裹足不前，终将一事无成。一个人在所有选择的关头，都把利弊权衡得很好，最终的结果只能是，他走了一条平庸的道路。生而为人，可以为活着而活着，也可以为某种意义而活着。人生本无意义，只有主动寻找意义，实践意义，人生才能变得有意义。而一切有意义的事情，都离不开"勇敢"二字。

"男儿何不带吴钩，收取关山五十州。请君暂上凌烟阁，若个书生万户侯？"李贺的诗是对班超勇武的最好诠释。如果没有勇气的加持，书生永远是书生，百无一用。身在洛阳城，班超是个书生。踏上西域大地，班超就是一个英雄。每个人都有他的英雄时代，那就是年轻的时候。时代塑造英雄，老天不会告诉他哪里有捷径，只会增加更多的困境。

离开盘橐城时，天色变了，我突然看到自己的影子。园区门口的保安，眉宇之间似乎也多了些朝气。

盘橐城不只是一处遗址，更是一段往事，是一颗孤心，是一种勇气。它是班超的城，是我的城，也是你的城。

塞外诗心

　　天山像一条银色剑龙，伏卧雪原，睥睨村落。晨曦为博格达峰点染丝丝红晕，含蓄而羞怯，生怕被人看见。多少年来，塞外的风雪与晴明，天山的日月和云雾，往复轮回，幻化流变。陈旧的风景始终遮不住时代的星辰。

　　因为是周末，营区没有操练声，显得有些空寂。我走出招待所，在林荫道上慢跑。积雪被战士们堆在路边，筑起长城，堆砌哨楼。一只乌鸦从枝头飞走，踩落的残雪砸在我的头上，灌进我的脖子，别有一种清凉。

　　几天前，我从乌鲁木齐来到吉木萨尔，协助B团处理一起民事纠纷。办完公事，昨日抽空去了一趟北庭故城遗址。汉代初年，这里是车师后国的王庭——金满城。唐代于此设立庭州（吉木萨尔），置北庭都护府。这座古城，见证了中原王朝治理西域的历史，留下过东西方文化交流和经贸往来的足迹。它威风凛凛的青春一去不返，现在像个可怜虫。

　　参观回来，天色已晚。团参谋长以三台老酒待我，驱逐寒意，闲话古今。他知道我喜欢古诗词，特意送我一本《岑参诗笺注》。夜里，借着酒意，捧读一首首饱含家国情怀的边塞诗，心潮激荡。"边城寂无事，抚剑空徘徊……早知安边计，未尽平生情。"一个文弱书生，手无一兵一卒，仍念杀敌立功。同为军人，同在北庭，我既写不出岑嘉州的豪情诗，更没有横刀立马、上阵杀敌的机会和勇气，不免有些遗憾。

营区很大，环形路一圈跑下来，浑身热乎乎，额头冒微汗。回到房间，继续探究千年前的诗意灵魂。

岑参出身于荆州的官宦世家，祖上出过三位宰相，父亲曾任两州刺史。岑参20多岁进士及第。按唐朝官制，考中进士并不能直接当官，需要排队候选。这期间，心高气傲的他遍游大江南北。时而拜谒先贤访古迹，时而寻山问道话禅机，颇有些诗仙做派。游学三年，官运登门。朝廷任命他为右内率府兵曹参军。九品芝麻官，主要工作是替武将掌管文书。此等闲差显然无法成就他的抱负。岑参蛰伏长安，半官半隐。后来结识安西四镇节度使、安西大都护高仙芝，加入其幕府担任掌书记。依旧是个军门小吏。当时，唐朝在交河（吐鲁番）设安西都护府，后迁至龟兹（库车），与庭州的北庭都护府以天山为界，分治南北。

前往安西都护府途中，岑参遇上回京使者，体会到离乡别情，凄然写下："马上相逢无纸笔，凭君传语报平安。"抵达安西都护府不久，高仙芝军进攻大食，激战于怛罗斯城。由于军队中的葛罗禄部叛变，唐军战败。高仙芝黯然东归。岑参的第一次出塞草草收场。

天宝十三载（公元754年），安西都护副使封常清入朝，拜御史大夫，加封北庭都护，成为主持西域军务的重要将领。封常清曾是高仙芝的部下，知晓岑参的才能，举荐岑参担任安西北庭节度判官。判官属于僚佐，无权主政领兵。岑参于心不甘，却也只能接受。毕竟身在军营，离建功就近了一步。

在北庭任职期间，同僚武判官归京，岑参挥笔而成千古名篇："北风卷地白草折，胡天八月即飞雪。忽如一夜春风来，千树万树梨花开。……轮台东门送君去，去时雪满天山路。山回路转不见君，雪上空留马行处。"诗人以锐敏细致的观察、浪漫奔放的笔调、开阖自如的结构，准确、鲜明、生动地塑造出奇丽多变的风雪意境。声色相宜，张弛有致，慷慨悲壮，浑然雄劲。送别的热烈场面跃然纸上，依依惜别之情、思归惆怅之意凝结笔端。

岑参的诗内容丰富，涉及西域风情、戍边将士，以及征战场景。诗风纯正，诗心柔美，最能触动普通人的情感开关，因而流传广泛。不过，岑参最为得意、花费心血最多的，还是那些吹捧唱和之作。

北庭都护封常清率兵讨伐突骑施部（伊利河谷一带）。大军出征之际，岑参作《轮台歌奉送封大夫出师西征》："亚相勤王甘苦辛，誓将报主静边尘。古来青史谁不见，今见功名胜古人。"对都护大人的溢美之词，不遮不掩。

大军行至走马川（玛纳斯河），岑判官又作《走马川行奉送封大夫出师西征》："将军金甲夜不脱，半夜军行戈相拨……料知短兵不敢接，车师西门伫献捷。"尚未开战，岑参就断言，敌人无胆应战，无须多久，便能等到捷报回传。是助威，是祈愿，也是奉承。

送走西征大军，岑参返回北庭，负责留守和输送粮草。一个多月过去，前线少有战报回传。那日清晨，太阳越出天山群峰，岑参站在城头举目西望。仍旧没有大军的消息。他裹紧羊皮大衣，准备回府去处理政务。

突然，一阵紧促的马蹄声从远处传来。循声望去，一匹黑骏疾驰而来。他的心头掠过一丝惊喜，很快又升起些许担忧。眨眼间，黑马奔至城下，传令兵手持信筒大声喊道："西征大捷！"

岑参喜极而泣，诗兴大发，挥毫写就《北庭西郊候封大夫受降回军献上》："甲兵未得战，降虏来如归。阴山烽火灭，剑水羽书稀。……却笑霍嫖姚，区区徒尔为。"西汉名将霍去病战功卓著，封狼居胥，但在封常清面前，不值一提。诗的结尾，岑参还要扯上自己："自逐定远侯，亦著短后衣。近来能走马，不弱并州儿。"自从跟了将军，脱下文人长衫，穿上将士盔甲，如今骑术见长，不输胡儿。言下之意，主帅大人加官晋爵，别忘了小兄弟。

西征之后，封常清又出奇兵，秘密穿越大漠，袭击吐蕃的播仙镇（且末），大获全胜。岑参一口气写了六首颂扬诗。"汉将承恩西破戎，捷书先奏未央宫。天子预开麟阁待，只今谁数贰师功。"麒麟阁是悬挂功臣画像的地方。封常清战功赫

赫，贰师将军算什么，入住麒麟阁指日可待。

然而，岑参没想到，他万般推崇的镇边大将封常清，在潼关抵御安禄山时，因作战失利，被听信谗言的唐玄宗给杀了。失去靠山的岑参在北庭坚守数年，带着遗憾返回长安。"秋雪春仍下，朝风夜不休。可知年四十，犹自未封侯。"

蒙旧友杜甫推荐，岑参投奔唐肃宗，担任右补阙。职位虽小，却是近臣。唐军收复长安、洛阳，唐肃宗清理父亲玄宗的旧势力，不明事理的杜甫替房琯辩护，触怒龙颜，被踢出京城。岑参也遭到排挤，被贬为嘉州刺史。没过多久，又遭罢官。无可奈何花落去。岑参挂冠回乡，途中客死成都。

诗人的气质和他走过的路、做过的事密切相关。与岑参同时代的高适，得志虽晚，但仕途平顺，官至剑南节度使，封渤海侯。高适的边塞诗高屋建瓴，主旨抽象，多反映将领的带兵作风、士卒的苦难艰辛以及妇人的思念之情。从经历来看，高适涉足的边塞仅是凉州，并未西出阳关。著名的《燕歌行》，是他在河南写的。王昌龄号称"七绝圣手"，边塞诗也写得好。年轻时在玉门关外转了一圈，没到过西域。至于王之涣，一生没有出塞，除了在冀州当过小官，人生的大部分时间不是游历四方，就是赋闲在家，他的边塞是想象中的边塞。

岑参担任多个军职，两次驻守边疆，时间长达6年。他见识的边塞风云，领略的西域地貌，远比高适等人丰富得多，因而他的诗贴近底层，诗意拙朴，有使命，有沧桑，有激情，有离愁怀乡。陆游评价岑参："尝以为太白、子美之后，一人而已。"郑振铎说，岑参是开元天宝时代最富异国情调的诗人。

出塞为功名，诗作铺路石。远方有诗意，未必有功名。岑参的诗，有劲骨高意，更有急功近利。逢迎拍马，下笔如神，毫不违和，且不汗颜。可惜，欲望有时蒙蔽了诗心，错把诗当成剑，以为可以上阵杀敌，其实不如一根竹竿；误把诗当成船，以为可以渡险滩、上金殿，其实不如一纸推荐函。说到底，岑参只是一个文人，而非纯粹的诗人。那么，纯粹的诗人是什么样子？真正的边塞诗人又是怎样的德性？《岑参诗笺注》并没有给出恰当的解释。

问题在脑子里萦绕，一时想不出所以然。参谋长来找我，说有一位大诗人，是新边塞诗的主将，正巧路过B团，让我见识见识。

我爱诗，却不懂诗，尤其是现代诗。那些"分行的散文"，读起来缺少韵味。参谋长提到的这位诗人，我曾有耳闻，据说有点狂。有人说他是草原神骏，有人称其为天山猛禽，诗人自己戏称是"西北胡儿"。

我提前来到餐厅，侧身角落，等待大诗人的光临。一阵爽朗的笑声从门外传来。未见其人，先闻其声。那笑声洪亮、厚重，带着磁性，足见心气充沛。在众人簇拥下，诗人步入餐厅。个头高挑，一米八以上。额头光亮，天庭饱满，鼻梁高挺，年轻时定是个俊男。即便人到中年，仍不失瑰丽飘逸。

席间，诗人谈笑风生、诙谐幽默，没有一点架子。他可是新疆唯一的文职将军，没看出有多狂，我倒觉得他是个很有意

思的人。我给诗人敬酒，他端起来就喝，毫不推诿，更没有以大欺小。

诗人的手里始终不离香烟，一根接一根。有人劝他，抽烟不利于健康。诗人借题发挥，谈起他对吸烟的看法。人生不可无癖好，纵使缺陷也是一种大情调。大丈夫生于世上，岂能不吸烟！小男人蝇营狗苟、循规蹈矩、爬行如鼠，何时敢吐一口豪气冲天？劳动者吸烟，悠闲者吸烟；战场上的人吸烟，和平中的人吸烟。烟是生活中的盐。诗人就是诗人，不仅对烟情有独钟，对酒也别有深情。

诗人说，有情方饮酒，无聊才读书。酒是有情之物，又是最无情之物。酒是寻求精神解脱的产物，它是一把钥匙，以物质的精华诱发精神的灵性。酒还是医治人间一切苦闷的苦药，无效却常服。酒总是以欢乐开始，以哭泣告终。在酒坛边，经常站着两种人：名士和酒徒。名士是有名的酒徒，酒徒是无名的名士。古来圣贤皆寂寞，唯有饮者留其名。酒后失态，其实正是凭借酒的力量恢复了本性，摆脱了为维系世俗关系而做出的常态。一个从没有醉过的人，不懂得什么叫心灵的彻底解放。酒是精灵，也是魔鬼。

诗人的酒论独树一帜，非酒到深处，说不出来此等酒话。李白斗酒诗百篇，长安市里酒家眠。无酒不成席，无酒难为诗。平平常常的液体，凡人口中的有害物，在诗人眼里，竟然是诗魂，是剑胆，是精灵。

见识了诗人的气质，在随后的日子里我开始读他的作品。

他的诗集《神山》获得全国新诗奖，散文集获首届鲁迅文学奖。诗和文均获殊荣，国内文坛绝无仅有。我不喜欢现代诗，却被他的诗深深吸引。他的诗与其说是用笔写的，不如说是用心写的，用血写的。游牧放荡，匹马西风，草原大漠，雪山雄鹰。

每个诗人都有生养他的灵土。这位诗人生在山西，长在新疆，多数时候居住在乌鲁木齐。他在喀什工作过七八年，没写出多少佳作。他说喀什的农耕生活与他的气质不契合。伊犁与他的游牧习性较为匹配，虽然只待了一年多，但他写伊犁的河、伊犁的马、伊犁的草原，下笔就是上乘之作。《神山》《鹰之声》《野马群》足以傲视诗坛。那些直抵人心的诗句、意象和精神，已然镌刻于边塞的春秋。

读诗要凭感觉，但诗绝不仅是一种感觉。诗是有高下之分的。好诗就如美女，一见倾心，叫人不舍，让人失魂落魄。只要读其中的几句，你便能感受到它的力量和热情。

> 我愿意接受命运之神的
> 一切馈赠，只拒绝一样：平庸
> 我愿身躯成为枯萎的野草
> 却不愿在脂肪的包围中无病呻吟
> 我愿头颅成为滚动的车轮
> 而决不在私欲的阵地上回守花荫
> 我愿手臂成为前进的路标
> 也决不在历史的长途上阻拦后人

谁能想象，这是一个二三十岁的青年"对衰老的回答"。年轻的生命，古老的沉思。从这首诗中，我读出一个高贵且充满哲思的头颅，一个倔强且不屈的灵魂。它帮我打开了一扇通往灵性世界的大门。

有一年春节，我和一位老同志去给诗人拜年，再次近距离感受他的风骨。诗人已经退休，家里的爱犬生了8只小狗。诗人像保姆一样伺候着狗妈狗崽，一副无所欲求的样子，感觉很是亲切。他的傲骨是对那些虚张声势的家伙准备的，对我等凡夫，诗人就是一位长者。他一边给狗添食，一边讲狗的趣事。那个狂放的边塞诗人哪里去了？他真的"金盆洗手"了吗？以他的地位和才情，不应该这么早就退出文坛，过起隐居生活。

老同志询问诗人，是否有意离开新疆。诗人说，曾有内地几家单位调他，犹豫再三，还是放弃了。他的文字是沙漠戈壁长期"滴灌"出来的，根很深，牢牢扎在骨髓和神经上的。他哪也不去了，他要终老天山。

我忽然明白，什么才是真正的边塞诗人。在边塞旅行一圈，写几首悲壮荒凉的诗，那不是边塞诗人。真正的边塞诗人，是以身相许，把根留住。

诗人一生没有背叛这个地方，尽管这个地方贫瘠、遥远，还有点落后。豫让说，士为知己者死。诗人说，士为知己的土地死。"土地也是知己者，这块土地不光养育了你，这块土地上的人也充分地了解你，最认识你，最抬举你。你不死在这儿，你死在一群根本不理你的人那里干啥？死在亲人身边，是最好的归宿。你为什么不死在他们的身边？"这是新时代边塞诗人对边塞的真情表白。

诗人送我一本新著。临走时，他忽然想起什么，又把书要了回去，说有一个错别字。他翻开某一页，用笔画掉那个字，把正确的改上去，再把书交给我。听许多人讲，诗人才情横溢，写作往往一气呵成。可我看到的是，他对文字的一丝不苟、精雕细琢。他对诗的忠诚，如同他对新疆这片土地的忠诚。他是真正的边塞诗人，放旷山水，高情独步。即使后来很少写诗，他依然是一位站着的诗人。

他的心，是他的诗最坚定的支持者。他的诗，是他的情最永恒的寄托者。边疆几十年，诗人在这里"游牧"五千汉字。汉字就是他的羊群、野马群。他对写作，投了全身，掏了心窝，赋了痴情，报与这片160多万平方公里的神奇土地。

> 假如有一天，我被后人
> 挤出这人间世界
> 那么，高山是我的坟茔
> 河流是我的笑声
> 在人类高贵者的丰碑上
> 一定会找到我的姓名

第一辑　瀚海珠琲

西泊

四月的东北，边墙上的柳枝开始吐露新芽，大地依旧包裹着冬的气息。夕霞像一团肮脏的火焰渐渐熄灭，柳条边把最后一抹余晖挡在墙外。骁骑校尉一声令下，数千人的队伍在彰武台边门内安营扎寨。

柳条边是清王朝为保护"龙兴之地"，堆土筑堤，插柳成墙，防止畜牧游猎之民伤其龙脉。柳条边墙并非小号长城，只是一条上千公里的分界线，没有军事意义。边墙分段设置门卫盘查警戒，仅为震慑游民。

夜幕降临，校尉和协领被边门守尉请去吃酒，锡伯族士兵、家眷围着篝火喝酒跳舞。虚弱的欢腾场面掩盖不了离家的失落伤感。这样的一群人，不是游牧远足，而是去万里之遥的伊犁屯守驻防。

锡伯族的历史可以追溯至东胡系拓跋鲜卑部，最早活动于大兴安岭地区。后来逐步南迁，在松嫩平原从事畜牧、狩猎和农耕。清代初期，锡伯部族被编入八旗，调派东北地区各城镇、要隘驻防。乾隆朝平定准噶尔叛乱后，设立总管伊犁等处将军，统辖西域。广袤的边疆缺兵少粮，防守捉襟见肘。伊犁将军明瑞奏请移民戍边。乾隆下旨，从盛京等地的锡伯族官兵中挑选1000名精壮善牧者，携带家眷移防伊犁。

士兵乌扎，本不该出现在这支西行的队伍中。自盛京出发，少年的心里就一直窝着火。上马能杀敌、卸鞍能种地的乌扎，不怕远离故土，也无惧边地苦寒，他只是想不通，父亲为何像押送囚犯一样把他送进西迁的队伍。

乌扎家里有四个成年男子，依令应出一丁。父亲和大哥都在军中效力。父亲是游牧正尉（正七品），大哥是养息尉左翼长（正八品）。二哥早年骑马摔伤了腿，不习武艺，不事耕作，成天游手好闲。

大哥入伍多年，业已成家，携眷西迁并无不妥。起初父亲就是这么定的。但不知为何，最后关头，父亲却把乌扎的名字报了上去。父亲告诉乌扎这个决定的同时，就把他关在家里，不准他与任何人接触。四月十八日，太平寺家庙举行告别仪式，乌扎也没能出席。同样是西行，他人离别，满是伤怀，乌扎上路，胸中俱是怨气。他恨父亲限制了他的自由，以至于没能见安佳最后一面。

安佳是乌扎的相好，两人从小一起长大，早就私订了终身。

禁足之前，乌扎与安佳约好在浑河边见面，可是，他失约了。安佳一定很伤心。乌扎本有重要的事情，准备告诉心爱的人。姑娘应该也猜到小伙子想说什么。父亲的粗暴行径，剥夺

了乌扎表白的机会。

西行队伍中，注册在编的士兵和家属，朝廷按人头拨付粮钱。士兵每月一两半饷银，家属不发钱，但有粮食配额。此外，还有四五百人自愿随行。这些人，有的想随军却不符合条件，只求跟着队伍走，去新天地讨新生活；还有一部分是不务正业的混混，想去西部冒险发财。走正道去不了那么远，尾随大队人马，不怕豺狼挡道，无惧土匪打劫，还可以混吃混喝。此等闲人随队并无恶意，而且大多是军人亲属。领队官员睁一只眼闭一只眼。官老爷自有他们的打算。3000多人长途跋涉，途中凶险难测，难免因病因灾折损兵员，到了目的地，人头对不上，任务就没完成。多几个后备替补人员，没有坏处。尾随的女人，虽不能充实兵员，但可以照料牲畜、做些杂活，为军营增添兴致。

乌扎见别人携妻带子，难免有些失落。他曾幻想，安佳会追上队伍，随他西去，或者与他道别，起码让他有机会解释失约的原因。可安佳没有出现。上路的头几天，队伍拖拖拉拉，其实不想走。安佳要追，早就追上了。到现在还没来，大概永远都不会来了。明天一早，队伍开出彰武台边门，进入游牧区，行进速度加快，再想追，就不容易了。

乌扎抓起皮囊，又喝了几口烈酒，向帐篷走去。

"乌扎。"

黑暗中，有人唤他的名字。乌扎停下脚步，四处看看，一片漆黑。听错了吗？是幻觉吧。醉意清醒了几分。突然，有人从身后抱住他的腰，他闻到一股淡淡的香气。他知道，是安佳，是安佳来找他了。乌扎挣脱双臂，拉着安佳的手向河边跑去。

两人平静下来时，一弯细月挂在空中，偷偷看着他们。安佳要随队去伊犁，永远跟乌扎在一起，再也不分开。乌扎也想带安佳走，一生厮守，可又不忍心。西域遥远，道阻且长，何况安佳是背着家里人跑出来的。违抗父母之命，没有媒妁之言，就算两情相悦，未必能得到族人的认可。思前想后，乌扎犹豫不决。因为有爱有责任，做选择就难。

那一夜，乌扎没有回帐。一件羊皮大衣将两个人裹在一起。天快亮时，安佳提及一桩家族旧事。乌扎听了之后，很快就做出决定——带着安佳走。

安佳说，家里人不希望她与乌扎结亲，他们两家祖辈有仇。其实这事乌扎早就知道，父亲也曾经告诫他，不要与安佳来往。乌扎没听，执意追求所爱，后来父亲就没再提这事。乌扎以为父亲默许了，岂料心机深重的父亲，宁愿儿子远涉西疆，也不容许他与仇家的姑娘结合。父亲以乌扎的嫂子怀孕、大哥不便西行为由，让乌扎从军。乌扎是在毫无思想准备的情况下，被父亲送入军营的。弄清缘由，乌扎横下一条心，父亲不许的事，他偏偏要做。

年轻是年轻人的资本。生命的活力与情爱的欲火，足以支撑一对情侣度艰克难。他们没有成亲，安佳不能享受家属待遇，只能随队干些杂活，挣口饭吃。每当安营扎寨，夜深人

静，乌扎就溜出营帐，与安佳相偎相依。

春去秋来，西迁队伍走过科尔沁绿野，横穿锡林郭勒草原，绕过乌兰巴托，穿越戈壁大漠，抵达乌里雅苏台。

九月的蒙古高原，青色已褪，寒气逼人，人畜瘦弱疲惫。盛京起程时携带的牛马死亡甚多，粮草所剩无几。不少官兵及眷属患病，加之缺医少药，西行难以为继。领队决定在乌里雅苏台扎营休整，待来年草木返青再往伊犁。

数千男女老幼，上万头牲畜，坐吃山空。尽管百般节省，粮草还是断供了。协领向乌里雅苏台将军求助。将军答应接济，但要锡伯人自行前往搬运粮草。乌扎跟随长官去军仓运粮。路程不近，雪地牛车，3天后方才返回。

短短的3天，锡伯营变了模样。乌扎发现，原来的营地一分为二。主营在原址，副营在数里之外。一问才知，营地发生瘟疫，人马相继死亡。大夫建议，把生病的人分出去驻扎，以免相互传染。两处营地间有士兵值守，不许往来。副营生活所需，由专人送到指定位置，再由病号自行取走。两营人员不见面、不接触。违令者斩。

最令人担心的事还是发生了。安佳被安置到副营，因为她有头痛发热症状。乌扎万分牵挂，却也不敢私闯副营。安佳怀孕了，如果不出意外，春暖花开的时候，乌扎就可以当父亲。她睡的地方暖和吗？她能吃到热饭吗？她的病有药医治吗？

除了向喜利妈妈祈祷，乌扎没有别的办法。每次给副营送补给，乌扎都争着去，希望有机会见到那边的人，打听一下安佳的消息，但跑了多趟，皆未能如愿。离副营不远的山脚下，隔几天就燃起一堆火。乌扎知道，那是送逝者升天。在草原，牲畜怕雪灾，人最怕瘟疫。

漫长的冬季在无尽的思念中过去。疫情似乎有所缓解，乌扎有段时间没看到山脚下起火了。来年三月，队伍要开拔了，副营的人马该如何处置？协领校尉与当地大夫、喇嘛商议，认为副营可以随队行动，但必须与主营保持一定距离。待到天气转暖，瘟疫彻底消失，才能准他们归队。

留驻乌里雅苏台7个月之后，英勇的锡伯军民再次踏上征程。乌里雅苏台将军借给锡伯人500匹马，500峰骆驼，以及能够维持4个月的口粮和茶叶。

起程月余，病人均已康复，未见疫情蔓延。主营、副营兵合一处。安佳命大，活了下来，腹部隆起，行动笨拙。乌扎把自己的战马让给安佳，每天去探望。

老天爷似乎故意与这群锡伯人作对。前一年的冬天，暴雪多次拥袭阿尔泰山区。今年开春，气温升得早，升得快，积雪融化，洪水泛滥。队伍被困在科布多长达两个月。等洪水退却，不知要等到什么时候。人等得起，粮草等不起。长官们商议，一边向伊犁将军求助，一边摸索前行。

山中无路，粮草断供，牲畜死亡不断。勇敢的锡伯人采集乌株、木耳充饥，偶尔射几只野兔、野鸡改善伙食。他们的祖先来自大兴安岭，狩猎生活并不陌生。乌扎不担心自己的身体，只惦记安佳，生怕她出什么意外。

翻过阿尔泰山后，听说伊犁将军已派人前来接应，队伍士气大振。所有人马汇集一队，在册的与不在册的已没什么区别了。安佳虽不是眷属，也可以与乌扎同吃住、共枕席。

随行的女眷，有十几个挺着大肚子。她们时常聚拢在一起，生过孩子的教那些没生过孩子的如何保养、如何动作。尽管行程艰辛，但隔三岔五就有新生命诞生，给队伍带来新的希望。为方便照顾，孕妇被集中到三辆牛车上，挑选有经验的车把式驾车。另派十几个精壮士兵鞍前马后照应，乌扎就是其中一员。

一条大河拦住了去路。

额尔齐斯河，中国境内唯一注入北冰洋的河流。白浪滔滔，向北奔去。河水很大，涉水过河显然不行。想找一个水深流缓的河段船渡，又没有合适的滩头。搜集的小船也无法运送大队人马和车辆。锡伯人决定架设浮桥。

他们从当地渔民那里借来小船，又新造了数条木船。用绳索把船串起来，两头系在岸边的大树上。船上铺一层木板，浮桥就架好了。数千人的队伍，整整渡了7天。最后一天，载有孕妇的牛车渡河。乌扎满心欢喜地陪护在车旁。

牛车行至河道中间，一条小船的侧舷突然迸裂。船舱进水，很快就沉了下去。牛车倾斜，车上的女人险些掉进河里。乌扎与几个士兵跳进冰河，用肩膀顶着木板，保持浮桥的平稳。

三辆孕妇车渡过大河，士兵们爬上浮桥，准备撤离。一个士兵因体力消耗过大，双手抓住浮板，试了几次，没爬上来。手一滑，掉进河里，被水冲走。

乌扎第一个跳进水里救人。另外几个士兵也入水寻找。水流湍急，乌扎顺流游去，抓住了那个士兵的衣领。惊慌之中，士兵抱住乌扎的脖子，两人在水里纠缠。别的士兵游到跟前，帮助乌扎救起落水士兵，游向岸边。

士兵们爬上岸，却发现乌扎不见了，立即沿河寻找。听说有人落水，很多人加入了搜救队伍。人们向下游跑去，最终没能找到乌扎。

得知消息，安佳哭晕了过去。众人多方劝慰，她才擦掉眼泪。经此一劫，动了胎气。安佳就在额尔齐斯岸边生下一子，算是给乌扎留下根苗。

队伍在河边休整两天，继续西行。没走多远，负责保护孕妇的士兵发现安佳失踪了。她把孩子托付给一个孕妇，去寻找她的乌扎去了。也许，在某个地方，乌扎漂到岸边，被好心人救起。也许，历经千辛万苦，安佳终于找到了她的乌扎。也许……

乾隆三十年（公元1765年）七月二十二日，西迁队伍抵达伊犁惠远城。原定3年行期，锡伯人提前赶到。这一路，从盛京出发，途经彰武台—通辽—科尔沁—乌珠穆沁—乌兰巴托—乌里雅苏台—科布多—阿尔泰—布尔津—和布克赛尔—额敏—博尔塔拉，终到伊犁惠远。辛辛苦苦，生生死死。行程何其辽远，义举何其悲壮。

当初注册士兵1000人，军官20人，连同眷属共计3275人。沿途诞生了300多个小孩，还有尾随而至的400多人，抵达伊犁时共有4000余人。朝廷根据伊犁将军的奏议，将多出来的人口全部注册入籍。乌扎和安佳的儿子，成了在册的戍边人。

锡伯人在盛京时，主要以务农为生。伊犁河南岸土地肥沃，水源充足，耕牧渔猎均可，伊犁将军遂将此地划给锡伯族人。协领240亩，防御180亩，骁骑校120亩，其他兵丁各60亩。锡伯人在察布查尔扎下营寨，修渠引水，开荒种地，自耕自食。没几年，察布查尔就成为伊犁八旗中最富庶的地区。

200多年过去，西迁的锡伯人开枝散叶，融入了伊犁河谷。东土丢失的语言文字，在西地得以传承。太平寺搬不过来，就建一座靖远寺。故乡回不去，就把他乡当故乡建。故乡，是祖先流浪的最后一站。

农历四月十八日，是锡伯人的西迁节，我有幸来到察布查尔一户人家。男女老幼身着盛装，刚从靖远寺祭祖回来。一大家子欢聚一堂，老人弹响东布尔，小伙子吹起墨克调，姑娘们跳起贝勒恩舞。他们表达的是对遥远故乡的思念，还是对未来美好生活的憧憬，只有他们自己知道。乌扎和安佳的故事，是我听这户人家的老者讲述的。

几碗酒下肚，我冒昧地问老人："当年西迁，是不是有些人并非自愿，而是迫于朝廷命令不敢不来？"老人捋着银须，身子轻轻摇晃，微笑着并不答话。伟大的东西，往往深藏在人们的缄默里，叩问它，是一件困难的事，就像要了解父辈最悲惨的往事，既要获得信任，也须等待时机。我的发问多么唐突可笑，可我根本没有意识到自己的愚蠢和幼稚。

锡伯族老人是宽厚的，他没漠视眼前的年轻人。老人端起酒碗，咂了一口，拍着肚子说："谁不恋故乡，谁愿意去不知生死的边疆？当年迁移屯垦，不只有锡伯族人。清政府从凉州、平凉调遣满族官兵，从黑龙江调遣索伦官兵，从张家口、热河调遣蒙古族和汉族官兵。大家都是保家卫国，锡伯人应该有这份担当。"他还说，"锡伯人效忠国家，从来说一不二，自愿与否并不重要，重要的是来了，而且扎下了根。屯田戍边，繁衍生息，上不愧国家，下不愧族人。"

乌扎和安佳的归宿本该在伊犁，那是遥远的远方。对于现居察布查尔的锡伯人而言，伊犁就是故乡，而东北的沈阳尽管有家庙，却早已成了远方。乌扎西行或许有些勉强，安佳的追随却是义无反顾。他们的孩子，无所谓自愿与否，命运早已将他与锡伯人的西迁联系在一起，与这个民族的兴衰联系在一起。远方与故乡，分不清了。去远方，还是留在故乡，其实并不重要，重要的是怎样活在当下，过好一生。

离开察布查尔时，我无意中读到汪曾祺先生的文章《伊犁河》，深有同感。

这是一支多么壮观的、富于浪漫主义色彩的、充满人情气味的队伍啊。5000人，一个民族，男男女女，锅碗瓢盆，全部家当，骑着马、骆驼，乘着马车、牛车，浩浩荡荡，迤迤逦

逦，告别东北的大草原，朝着西北的大戈壁，出发了……锡伯族是骄傲的。他们在这里驻防两百多年，没有后退过一步，没有一个人跑过边界，也没有一个人逃回东北，他们在这片土地扎下了深根。

英雄的民族！

吾心归处

　　那一夜，没有风，雪安静地落下。天山深处的巴音布鲁克草原披上了白绒绒的羊皮大衣。山坳里，星星点点的蒙古包被雪哄睡着了。围栏中，牛羊醒着。牛咀嚼回味往事，任凭雪落于背。羊挤来挤去，生怕被挤出中心，滑向边缘。机警的牧羊犬不知躲到哪里去了。天籁无声。

　　宽大的帐篷内，灯光微弱。床榻上的男子面容消瘦，目光从容。他扫视身边，缓缓地说："我死之后，尔等要严加约束民俗，安分度日，勤奋耕牧，繁衍牲畜，勿生事端。"众人俯身，以示遵从。挂在帐壁上油灯灭了一盏，光线更暗了。少年跪在榻前轻声问道："父汗，还有什么要交代的？"大汗闭上眼睛，没再说话，只摆了摆手。众人退了出去，榻前只留少年。

　　多年前的一个傍晚，我和朋友巴图在和静县街心公园散步。暮色中，一座巍峨的大理石雕像引起我的注意。马背上的蒙古汉子眺望着远方，威风凛凛。巴图介绍说，这是他们的民

族英雄渥巴锡。那是我头一回听说这个名字，巴图便给我讲述了这位英雄的传奇故事。

明朝末年，蒙古高原的游牧部落为争夺水草，冲突不断。实力弱小的土尔扈特部受到准噶尔部排挤，被迫离开故土向西迁徙。他们越过哈萨克草原，渡过乌拉尔河，抵达伏尔加河下游地带，在这片人烟稀少的草原上，开拓家园，休养生息，建立土尔扈特汗国。

后来，沙俄用武力占领了那片土地，压榨剥削与日俱增。土尔扈特人不堪忍受，首领渥巴锡率领17万部众，冲破沙俄军队的围追堵截，跨越山河阻隔，克服饥寒瘟疫，余部6万多人回到了新疆。清政府把他们安置在天山南北水草丰美的草原。那是一段令人热血沸腾的历史。

在新疆，我去过一些蒙古族聚居区，哈密的巴里坤、塔城的和布克塞尔、博尔塔拉的精河，听到许多有关土尔扈特东归的故事。血染的征程惊心动魄，无畏的精神可歌可泣。爱尔兰作家德尼赛在《鞑靼人的反叛》中，对土尔扈特人的壮举不吝赞誉："从有历史记录以来，没有一桩伟大的事业，能像鞑靼人跨越亚洲草原，向东迁徙那样轰动于世，那样令人激动。"

我所接触的土尔扈特人，无不感激渥巴锡把族人带回东方。但是，当初人们是怎样想的？他们是否抱怨伤亡太大、封赏太少？是否后悔离开伏尔加河畔肥沃的土地？面对几十万人的生死存亡，大汗是如何决策的？万里行程，扶老携幼，前有埋伏、后有追兵，渥巴锡的勇气从何而来？

从和静回来，我为渥巴锡写过一首诗，收在诗集《梦回千年》里。东归是波澜壮阔的事件，是数十万生灵带血的乐章。为他们写千首诗、万行字都不算多。我只写了一首，有点不甘心。看过几部东归英雄的影视剧后，更觉得应该从细微处去挖掘、去描写、去触及他们的灵魂，于是就有了写一部长篇小说《东归》的念头。

那一夜，没有风。雪安静地下着。我独自坐在乌鲁木齐北门一栋公寓楼的小屋里。台灯的光线柔和、温暖，茶杯里的雀舌一根根悬垂，像马背民族的箭镞。桌上堆满土尔扈特部的资料。东归英雄的灵魂又一次将我导入历史长河，无与伦比的震撼场面再次撞击我的血脉，我双手抚弄键盘，不知敲下怎样的文字，才不负这段悲壮血程。

窗外，蜡梅初放。枝头载不动时，雪就掉了下来，落在窗台上。我推开窗子，望着幽暗中的白雪黄梅，心想，在遥远的巴音布鲁克草原，此时此刻的土尔扈特人经历着什么呢？

他们从东方到西边，又从西土回归东国。时光的年轮不紧不慢向前滚动，故乡和远方在很多人心里变得模糊。追根溯源，东方是他们的故乡，西边是他们的远方。

一阵风吹进来，雪花亲吻我的脸庞。丝丝冰爽并未使我清醒，反而更加迷茫。雪依然在下，夜空中挂着圆圆的月亮。世界就是这么神奇。寒风把雪花送进小屋，暖气把我的身心推了出去，逆着落雪的方向，送向空中。"飘飘乎如遗世独立，羽化而登仙。"我越飘越远，越升越高，飘过河西走廊，飞越博

格达峰，飘到了巴音布鲁克草原的上空。

大雪覆盖着茫茫无际的草原，只有一顶宽大的帐篷内透出微弱的灯光，那是土尔扈特大汗的牙帐。

我像一个幽灵飘了过去。牧羊犬猛吠几声，哨兵警惕地绕帐几圈。他们似乎发现了异常，却什么都没看见，一切又恢复了平静。我从门帘缝隙挤进去，隐身在床榻的角落。

渥巴锡自知生命之灯即将熄灭，有些话要跟儿子讲，却不知从何说起。我扑上去，附着在那蒙古少年的身上，将多年的疑惑和盘托出。

"父汗，如果你知道东归的代价如此之大，回到故土又遭人猜忌，还会做出那样的抉择吗？你有没有后悔过？"

渥巴锡沉默片刻，说："孩子，想起那些死去的父老兄弟，我心里难受过，可我不后悔，永远也不后悔。在遥远的伏尔加河，我是数十万部众的首领。即便有沙俄的盘剥，我毕竟是一个王，只要我不违背俄皇的意志，就可以过得很好，但我不愿屈辱地活着。死那么多的人，不是我想看到的。可是，一旦走上认定的道路，就不能回头，不能迟疑，不达目的决不罢休。数万人马涌向边境，大清难免产生顾虑。不过，朝廷最终还是善待我们的，所以不要有任何的抱怨。大汗的权力虽然被削弱，但是身归故土，我心安矣。假如让我再选一次，我仍然选择东归，因为这里才是我们可以世代安居的家。也只有回归故土，我们才能过上人的生活。"

渥巴锡微微闭上了眼睛，他似乎想起了遥远的伏尔加河。

土尔扈特人在伏尔加河下游建立汗国的时候，俄罗斯还是一个小邦。后来，沙俄日渐强大，土尔扈特不得不向俄国臣服。臣服并没有换来怜悯，相反，是变本加厉地压榨。

土尔扈特部尊大汗为首领，大汗之下设有议事机构札尔固，也就是王公会议。札尔固本是咨询机构，沙俄强行改组，把它的权力上升到与大汗平齐。这对王权直接构成威胁。

1761年，年仅19岁的渥巴锡继位。沙俄欺他年少，将札尔固划归俄外交部，给札尔固成员支付俸禄，处处干涉汗国事务。大汗有被架空的危险。与此同时，沙俄还在土尔扈特部培植内奸，以期分化瓦解汗国。

土尔扈特人信奉黄教，沙俄却要求他们改奉东正教，希望以此断绝土尔扈特与蒙古其他部落之间的联系。身体可以屈服，信仰岂能改变。渥巴锡和他的部众表面敷衍，暗地里依然保持自己的信仰。

沙俄把土尔扈特人的忍耐当成软弱。随着扩张步伐的加快，更多的兵役负担压在土尔扈特人肩上。战争机器一旦启动，就很难停下来。沙俄与土耳其打了20多年。每打一次仗，土尔扈特的青壮年就减少一部分。人口锐减，生计屡弱，土尔扈特人被逼上绝境。

渥巴锡的曾祖阿玉齐在位时，部众7万户。渥巴锡当政，只剩下4万多户。渥巴锡继承汗位的前十年，土尔扈特被迫参加32

次远征，8万多将士阵亡。再打下去，土尔扈特部就打没了。不仅如此，沙俄还要求渥巴锡和王公大臣把儿子送到彼得堡作人质。土尔扈特部陷入恐慌。汗国的末日要来了！

忍无可忍，无须再忍。渥巴锡秘密召集王公协商，决计武装起义，脱离沙俄，回到太阳升起的东方，寻找新的生活。

土尔扈特人在伏尔加河流域生活了100多年，这里的河流牧场留下了他们的足迹，洒下过他们的汗水。要放弃这块土地，不是所有人都能想得通。沙俄嗅到一丝气息，开始向土尔扈特汗国调集兵力。渥巴锡当机立断，提前起义。

人算不如天算。原本计划等伏尔加河结冰，两岸部众一起行动。可是当年暖冬，河水迟迟不冻。情况紧急，再不走就没机会了。渥巴锡忍痛割舍，带领东岸的3万户开营拔寨。西岸那1万户土尔扈特人，永远留在了伏尔加河流域。渥巴锡亲手点燃牙帐。刹那间，无数帐房燃起熊熊烈火。这烈火是反抗沙俄的决心，是破釜沉舟的诀别。

渥巴锡的堂侄策伯克多尔济率领精锐部队为前锋，渥巴锡亲率一万部众断后，一路向东狂突。英勇的土尔扈特人多次打退沙俄军队的追击，冲破哥萨克骑兵的堵截，与哈萨克联军多轮血战。一次次濒临绝境，一次次突出重围。历时半年，先头部队抵达伊犁河畔，与接应的清军相遇。

渥巴锡从来不曾后悔。东归死伤众多，但保存了土尔扈特的种子。只要有种子，落在故乡的土地上就能生根发芽。若是留在沙俄的魔掌之下，要不了多久，连种子都没了。回归后的安置没有完全实现他的心愿，他理解朝廷的用心，他知足了。

　　帐内静得出奇，雪落篷顶的声音都能听得见。渥巴锡似乎睡着了。少年握紧父汗的手，父汗的眼睛又睁开了。

　　"如果打不过沙俄军队，数十万人畜被赶回去，或者被消灭，那该怎么办？"

　　"百年征战，磨砺了土尔扈特人的血性和本领。突破俄国的重重阻击，我是有信心的。伤亡多少，只是代价问题。"

　　"若是我们的队伍抵达边境，清政府不予接纳，土尔扈特部何去何从？"

　　"土尔扈特汗国虽然远离东土，但始终与大清保持着联系。康熙、雍正年间，朝廷两次遣使探望我部。这一点，我心里有数。倘若朝廷不接纳，哪怕战至最后一人，咱们也不能退回沙俄。辽阔的大草原，足以任我们驰骋。"

　　"这一路，父汗最担心的是什么？"

　　"人总是要死的。生或者死，都要有一种气概，要仰着头做人。我最怕东归途中自己突然死掉。群龙无首，内忧外患，土尔扈特可能分裂甚至灭亡。所幸，我活着把部众带回故土。至此，我已经没有什么遗憾了。"

　　"父汗觉得，朝廷是诚心善待我部吗？"

　　"我早就归心于此，你还在怀疑什么。想想看，我部一入边境，朝廷就给发放救济。口给以食，人授之衣。拨出官银40万两，从甘肃、陕西、宁夏、蒙古等地采购羊皮袄5万多套、布

6万多匹、棉花6万斤、毛毡帐篷400多具、米麦4万多石、官茶2万多封，尽其所能安置我等。为长久计，朝廷还划拨土地、发放种子，补充20万头牛羊以资牧养。这些恩泽，我都记得清清楚楚。够了，足够了。

"我去承德避暑山庄面圣，恰逢普陀宗乘之庙落成，举行盛大法会。皇帝下令在普陀宗乘之庙竖起两块石碑，用满、汉、蒙古、藏四种文字铭刻他亲自撰写的《土尔扈特全部归顺记》和《优恤土尔扈特部众记》，纪念东归义举。想想看，在我部的历史上，还有什么比这更荣耀的？

"也就是在那个时候我才知道，咱们的队伍尚在俄国境内时，朝廷就收到俄方通报，说土尔扈特部可能东入清界。朝廷内部对于是否接纳我部存在分歧。还是皇帝英明，他说土尔扈特部诚心归顺，就该接纳，不能因为害怕发生事端而拒绝。如果那样的话，以后谁还会来投靠呢？

"我部抵达伊犁河畔，沙俄又通过外交手段，要求朝廷拒绝我部入境。皇帝复信沙皇：'此等厄鲁特因在尔处不得安居，欲蒙大皇帝恩泽。投奔大清，实属诚心归附。大皇帝施恩，将其户口、属众分别指地而居，各自获得安生之所。'沙俄收到回复，贼心不死，竟然威胁，若是不将土尔扈特部交出来，就将引起战争。皇帝大怒，立即回复：'尔等若要追索伊等，可于俄罗斯境内追索之，我等绝不干预。然其已入我界，则尔等不得任意于我界内追逐。若尔等不从我言，决然不成，必与尔等交战。'

"人生虽短暂，只要足够酣畅，一年胜过十年。有的人碌碌无为，即便活上百岁，对家族、对社会没有什么贡献，白白浪费粮食。有的人年纪轻轻就牺牲，却为族群赢得未来。他们虽然死了，却永远活在我们的心中。"

帐内只剩下孤灯一盏。渥巴锡吃力地望着儿子。我不忍见他油尽灯枯，一抖身，飘出帐篷。

雪停了，银色的世界变得灿烂，清洁的月光洒满大地，让人分不清是雪还是光。起风了，我的身子飞向空中，飘过天山，穿过河西走廊，回到自己的书房。

打了一个寒战，我醒了。刚才身入幻境，像土尔扈特人一样，去了一趟远方，又回到了故乡。灵感就这么来了，我点开电脑，迅速敲击键盘。

如果远方是高山，那么故乡就是大海。人都想往高处走，虽万难而不辞，然而，不是每个人都有机会抵达巅峰。即使不能登顶，回过头，往低处走，不失为一种选择。这不丢人。顺势而下，终将汇入故乡的大海。

故乡之伟大，在于她从不拒绝回归的游子。不管飞黄腾达、衣锦还乡，还是落魄失败、无奈归土，故乡，总能为走向远方的人兜底。

不肯零落成泥

岳麓山下，湘江岸边，简陋的朱张客栈。一位清癯老者，独守青灯黄卷。

案头的诗稿厚及尺许，墨迹斑斑。书已集腋成裘，可生活依旧是一袭寒衫。无尽辛酸向谁言。凝结半世心血的《西疆杂述诗》若能流传后世，即便就此乘鹤，也再无遗憾。然而，世道比命途更为凄惨。潦倒中人，枯骨与诗作随时可能灰飞烟灭。每念至此，老泪纵横，仰天长叹。

时间很容易把一个人从尘世间抹掉。为对抗遗忘，人们书写历史。史册多由小人物执笔，却很少记录小人物的事迹。书本上的历史，是大人物的风云际会，微若蝼蚁的生命，来过又走了，跟没有来过一样。真实的历史是万千民众创造的，不只是王侯将相的功劳。可是，芸芸众生，谁才有资格青史留名呢？

萧雄，一个文弱书生，靠笔墨奋争，以诗情慰世。历史不该亏待这样的人。

清道光末年，萧雄出生于湖南益阳。自幼聪颖好学，以

"雄"为名，"皋谟"为字，足见志存高远（《尚书·皋陶谟》篇，记述舜帝与大臣皋陶谋议国事）。人的命运不取决于名字。纵有鸿鹄之志，也吃得下万般辛苦，但科场无情，功名难求。20年寒窗苦读，屡试不中。人到中年，萧雄还只是一个秀才。一次次名落孙山，雄心被敲打得稀碎，最终未能熬出范进的幸运。

岁月蹉跎，老之将至，不甘平庸的穷秀才愤然离家，投军搏命。同治初年，太平天国运动被镇压，清廷对捻军的围剿接近尾声，唯西北尚有战事。萧雄只身前往贺兰山下，入清军将领金顺的幕府，掌管军事文书。他迫切希望以军功实现逆袭，挽救那几近绝望的灵魂。奈何世道弄人，数载无功。迷惘之际，西域战事又起。金顺率部进疆，萧雄随队西征。

当时的新疆，沙俄侵吞伊犁，虎窥北疆。阿古柏割据南疆，正向天山北路渗透。清军仅掌控东疆巴里坤、哈密等有限的几块地盘。左宗棠的大军还滞留甘肃筹措粮饷，等待朝廷的最后指令。此间，日本侵扰我国台湾，南边海防吃紧。左宗棠说服朝廷，采取"塞防与海防并重，以西部塞防为急"的策略，誓师酒泉，兵出嘉峪关。

左宗棠以钦差大臣督办新疆军务，金顺为帮办。此后数年，萧雄随军转战天山南北。冰河大漠，戈壁绿洲，处处留下书生的身影。西征结束，新疆收复，朝廷论功行赏，萧雄仅获花翎直隶州的虚衔。为稻粱谋，他改投哈密办事大臣文麟、明春的幕府为僚。不久，新疆建省，办事大臣一职被裁撤，萧雄

的幕僚生涯走到了尽头。

科举屡屡受挫，投军建功的愿望也落了空，几近暮年的萧雄落魄还乡。在老家住了些日子，迫于生计，又两次离家，终究未能显达。生命的最后时光，萧雄客居长沙郊外，抛弃妄念，潜心著书。三餐难以为继，典当衣物勉强度日。一箪食，一瓢饮，都化为不朽的文字。

萧雄去世3年后，湖南学政江标发现了萧雄遗稿，颇为欣赏，遂将《西疆杂述诗》收入《灵鹣阁丛书》，刻板印行。

百年后的一个清晨，我在西安大唐西市旧书摊闲转，偶得4卷本《西疆杂述诗》。中华书局出版。作者萧雄，自号听园山人。诗人用140首七言绝句，附文言注释，记载其在新疆随军征战的见闻。或许因为山人的征程与我的军旅多有重合，这部诗集有缘摆上我的案头。

萧雄笔下，边塞苦寒但不乏温情，烽火连天却也值得留恋。诗集所记风情真实可感，人事栩栩如生。每首七绝28字，字字珠玑。诗后的注释更让人着迷。短则百字，长则千言。一部西疆诗集，一幅风物长卷，给匠气浓郁的清诗注入清流，把近古边塞诗推上新高。

文章憎命达。诗的高峰往往以诗人的悲情为代价，以作者的落魄为注脚。论功，萧雄不及张骞、班超，不可能万里封侯，但是作为随军幕僚，征战十余载，"草檄矢石之中，枕戈冰雪之窟"，遭受的艰辛与磨难数倍于人。萧雄自知，"所历苦痛，当世鲜有人知，百代之后更不可被人传说"。诗集是他对这个世界最后的倾诉与告白。

萧雄的诸多遭际，与凡尘中困顿前行的你我何其相似。他的无奈，使人惋惜。他不向命运低头，令人钦佩。点点滴滴的伤怀，读来更是心酸。功名利禄，落花流水。斯人已去，唯有诗留人间。萧雄的诗像暗夜中的一盏孤灯，引领着我的思绪一次次踏上辽远的新疆。哈密、巴里坤、芨芨台子、阿克苏、喀什、和田，这些大大小小的地方，曾留下我的脚印。我的那些好玩可笑的故事还在江湖传说。

读诗念旧，掩卷思人。温情的诗句里，隐藏着大漠孤烟、长河落日的苍凉。滴血的文字背后，站着一个身形枯槁却不失风骨的西征文士。

萧雄的西征之路始于嘉峪关。西出雄关，落目荒沙，没有水草柴薪，不见村落人家。寥寥几笔，悲凉之感袭上心头。

乍过酒郡出雄关，路入平沙马便烦。

万里城高横紫塞，三危山峻阻黄番。

穿过星星峡，就是哈密地界。哈密也称伊州，是新疆的东大门。复杂的地理环境和多变的气候，给萧雄留下深刻印象。其实，哈密还不是新疆气候最恶劣的地方。即便如此，冬之寒，夏之热，仍数倍于内地。晴日光天，酷热难禁，阴风若起，忽如冬令。中午时大热，早晚间凛寒。"早穿棉袄午穿纱，抱着火炉吃西瓜"，一点不假。

西土高寒气候殊，伊州犹是一东隅。

地分咫尺时争刻，翻乱征衣件件俱。

萧雄进疆时正值冬季，塞外风冷，冻彻心骨，行军异常艰难。口鼻呼出的气息在胡子眉毛上结冰，垂珠累累，终日不化。若是用力去拂，能把须眉拔掉。萧雄亲眼所见，有些兵士手脚冻伤，肌肤皮焦色紫。更有甚者，耳朵和手指都冻掉了。

幕府有个小仆，遇有茅草就收集起来生火取暖，别人劝诫也不听。后来"耳鼻流汁，肉化如冰消，无可救止"。穿越茫茫戈壁，队伍担心迷路，雇了一个50多岁的向导。天气太冷，骑在驼背上的向导手脚快冻僵了，便下驼步行。队伍看到前方驿点，加速前行，把向导扔在了后面。在驿点休息许久，不见向导跟上来。派人去找，发现向导已经冻死在路上，躯硬如铁。

大军进击的路线是先北疆，后南疆。萧雄的笔迹追索着他的足迹亦步亦趋。火焰山、坎儿井，安集海、伊犁河，温宿米、和田玉，无不化作一首首诗，流淌在西征文士的心田。

伊犁是萧雄重点关注的地方。水草丰美，气候湿润，人称塞外江南，曾是新疆的政治军事中心，被沙俄霸占多年。左宗棠兵复新疆，清廷通过谈判收回伊犁九城。

瓯脱穷边杂处多，东西司马费摩挲。

将军夜缀黄金甲，不许强邻擅渡河。

位卑未敢忘忧国，这是边塞文人浸在骨子里的精神。在伊犁，萧雄留意到俄罗斯的兵制。他发现俄军士兵不是募集，而是服徭役。家有三男，出一人当兵。家有五男，须二人入伍。十五六岁入营，服兵役期间不能结婚。二十五六岁退伍后方可娶妻生子。平时不发军饷，只给粮食，等到服役期满，一次性发给安家费，以资犒赏。俄军中没有杀罚杖责的军规，如有严重违纪，罚其再当10年兵。所以俄军士卒忠诚谨慎，少有违反禁令的。这还真是个稀罕事。

从伊犁向南翻过天山就是阿克苏。途中冰山雪海，荒无人烟，险峻至极。阿克苏，是维吾尔语。阿克，白也；苏，水也。此地多白水，故名阿克苏。接山连漠，地平洲绿，树林繁茂，炊烟相接，远望蔚然。面对南疆的温热、绿洲的繁茂，萧雄眼前一亮。

> 阿苏城踞北崖连，四野苍茫大地圆。
> 穆青峰前任槛望，万家烟树绕晴川。

阿克苏土性肥沃，种什么庄稼都可以，水田特别多。阿克苏的稻米，颗粒饱满，长大洁白，"熟之香软且腴，味加于洋米"。

从阿克苏沿塔克拉玛干沙漠边缘南行就到了喀什（古疏勒国）。

迢遥疏勒峙边雄，据水凭山物产丰。

天使墓门千载在，海邦商旅一途通。

喀什物产丰富，通商历史悠久，我略知一二，然而，丰富到何种程度，我两眼一抹黑。据萧雄记载，每年喀什上缴棉花13600多斤、红花3500多斤，征缴粮食是阿克苏的数倍，上缴的钱款是阿克苏数十倍。阿克苏本就是良田沃土，比之喀什却有不及，喀什的富庶大可想见。同样身处军旅，我在喀什生活了8年，留住的时间比萧雄更长，我对喀什的了解却不如他。读罢萧雄的诗集，不免有些惭愧。

新疆的地理风物，萧雄秉笔实录，像史家一般认真执着。对于这片土地上生活的人，他更是倾注心血。笔走纸端，心抚苍生。清朝后期，西域地区民族融合日甚。在南疆偏远的阿瓦提，萧雄见到热衷学习汉语的少年，读汉书、说汉文在当地蔚然成风。足见清廷在疆兴办义学颇有成效。

亦能飘然器宇清，腥膻人里迥超群。

聪明不亚青莲士，读尽番书读汉文。

须眉清秀，气度自殊，这无疑是对少数民族青年才俊的溢美之词。诗人还将这些学子与李太白相提并论。以往，中原人士对边疆民众不乏偏见。萧雄以生动的笔法，满怀欣喜地赞扬塞外青年，不能不说是一种豁达的胸襟。唯有深入生活，对当地民众足够了解，发自内心的情感，才能像泉水般自然流淌出来。

新疆乃歌舞之乡，百姓能歌善舞。萧雄参加维吾尔人婚礼，见识了热情奔放的围浪舞。

男女各一，舞于毯上，歌喉身手，节奏相应。旁边围坐数人，击鼓拉弦，配合默契。五大三粗的壮汉拨弄起铜琵琶，随声而和，娴熟自若。这种舞蹈，少男少女都要学习，尤其是女子，出嫁前一定要先学成，结婚时不会跳围浪，别人会笑话。"千家养女先教曲"，岂止是扬州，远在天边的西疆，一样有此类风俗。

一片氍毹选舞场，娉婷儿女上双双。
铜琶独怪关西汉，能和娇娃白玉腔。

萧雄的目光不仅投向聪颖少年、绚丽舞姿，对妇女亦能给予充分关照。这在封建文人传统里，是难能可贵的。

女儿一样辨妍媸，十二芳龄是嫁时。
争奈玉肌容易老，不关山色失胭脂。

在萧雄看来，西疆地虽偏远，女子同样注重姿色容颜，不像罗刹国以丑为美、雕题国文身为妙。西域女子"平正清丽者尚多。唯西土生人，两目深陷，最难秋水盈盈"。如此动情的语言，一定是哪位女子的明眸打动了多情的诗人。可惜，红颜易老，就算把胭脂山搬过来，又能怎样？看罢容颜，再赏衣着，亦是别有情趣。

> 翠袜凌波红绣鞋，青丝编发称身材。
> 迷离扑朔浑难辨，襟影双飘拖地来。

西域女子服饰艳丽，喜欢以红配绿。满头留发不梳髻，编成很多条小辫子。她们酷爱珠玉，也戴耳环和手镯，但不插花。走起路来，娴雅端正，飘飘然微步生尘。

容貌和衣着不过是外在之美，迷眼的美貌后面，萧雄还注意到西域女人的勇敢。

> 百啭歌喉骤马骄，娇娃夜带雁翎刀。
> 当年八百朱颜妇，想见分防抗汉朝。

西疆的妇女善于骑马，身姿矫健者甚众。在贼焰初解、残敌未清、野多豺狼的险境中，年轻的维吾尔族女子罗尔把力，雪衣单骑，飞马提刀，往返荒山戈壁间，与邻近部落互通情报，共商抗敌之策。

萧雄为这女子超人的胆识和非凡的勇气折服，将其比之八百媳妇，敬慕之情溢于言表。"八百朱颜"的典故，说的是元朝时期，一个蛮夷部落的酋长，拥有八百妻子。元朝派兵攻打部落，八百媳妇各领一寨，顽强抵抗。罗尔把力的英姿绝不亚于八百朱颜中的任何一个。

西疆女人不但美丽勇敢，还很勤劳。新疆产棉区多在天山南路，妇女们牵驴采棉，尽心纺织。这些女子，是萧雄心目中的良妇。对于汉家女子，萧雄不忘幽默一把："北路无棉，且汉民妇女懒惰者多，不习纺织。"

> 木棉花下女郎多，摘得新花细马驮。
> 手转轴轮丝乙乙，不将粗布换轻罗。

边疆的女人吸引着诗人的眼睛，触发他的灵感，也催促他的笔墨。儿童，那些有趣的孩子，也没有漏掉，活泼地跳跃在他的诗丛中。

> 小儿空是说髫年，小女衣襟横在肩。
> 躄等居然袍裤好，赤趺行傍额娘边。

小女孩从小就留辫子，要问几岁，数一数辫子就知道。儿童的衣服与大人一样，只是小男孩的衣服有束带，小女孩的衣服加领褂。少儿大多赤脚，出门跟母亲形影不离，很怕生人。

萧雄入疆时，"天山南北，贼焰沸腾"。老年归隐后，忆起当年行军打仗，"干戈异域，不堪回首"。久经沙场，刀光剑影，他始终保有一颗温暖细腻的心。

世俗的名利场未能给他应有的认可，边疆的胸怀对他无限包容。萧雄很少书写沙场喋血，他喜欢奇异多彩的山川风貌，千变万化的气候物产，别具性情的凡人。他的描写详细，落笔诚实，情感真挚，诗句中流淌着对新疆的热爱。他期盼边疆社

会安定，繁荣富强，喜见各族群众安居乐业。他学会了维吾尔语，谙熟维吾尔宗教、历法、风俗。如果不懂当地语言，诗文难有如此深度广度。

萧雄的一生，命运多舛，仕途乏善可陈，但他对世界有心，对众生有情。军旅征途未能带来荣华富贵，有遗憾，但他没有一味抱怨，也不曾放弃生而为人的使命。他的文字，很少谈及自己。他的人是通达的，笔是含情的。任何时候，家国为重，小节不计。

十几年边疆生活，萧雄对这片神奇的土地深怀感情。气候物产、历史古迹、文化名胜无不触动他的心灵。鸟兽虫鱼、古墓寺庙、盐池温泉，无不沉淀在他的墨里笔端。诗以明志，诗也传情。这情不是爱情，是浓厚的家国情、民族情、边塞情。

《西疆杂述诗》并非随访随记，而是写在离疆数年后的反刍回味。赤子情怀，字字可鉴。灵鹣阁版序言中，湖南名士黄运藩称："夫以骚人之韵事，补史氏之地理，例不嫌创，注不厌详。作者为圣，斯皋谟之所为圣与。"

困顿中的所作所为，最能看出人的品性。一介书生，生计艰难，却以赤诚丹心，诗录边塞民情，给后世留下参考。为求功名，萧雄大半辈子苦读奔命，功名却瞧不上他，最多只抛给他一个眼神，就匆匆将他打发掉了。当他放弃对名利的执念，拾起读书人的使命担当，以爱为笔，饱蘸真诚，开始书写千里之外的西疆风土和边地军民时，他的生命就注定与他的文字一样，千载不朽。

晓钟为谁鸣

归

1917年12月16日，北京，雪。

傍晚时分，你一身疲惫，拎着沉重的皮箱，走出正阳门东火车站。至此，历时14个月，行程46000里的新疆考察之旅结束。

当晚，宿于西河沿宴宾旅馆。冰冷的房间，惨淡的孤烛，半死不活的炉火。门窗缝隙挤进来的北风，比天山脚下的寒凛更加欺人。你和衣而卧，久久不能入眠。回首向来萧瑟处，几多风雪几多愁。

缘起

自古英雄出少年。你18岁就加入同盟会，25岁由湖南省府举荐，赴日本早稻田大学攻读政治经济学。留日期间，结识孙中山先生，成为中华革命党一员。两年前，你从日本留学归来，在湖南军政府任职。

去年10月，北洋政府财政部发来电报，邀你以特派员的身份前往新疆考察财税状况。去还是不去？当时，你有些犹豫。

清末民初，国弱边穷，长城断裂，塞外崩塌。遥远的西域，狼烟屡屡升起的地方，英雄万里封侯的疆场，晚近给人的印象多是屈辱与不堪。新疆名义上归属正统，实则偏据一方。疆内政局起起伏伏，又有英俄暗中渗透。此等情势下远涉西北，未必能查得实情，还有性命之忧。

千百年来，那片土地上文明交汇，商贾云集。如今繁华陨落，依旧蕴含着无限可能。若能因地制宜合理施策，稳定的边疆可以给内地提供充沛资源，亦可作为未来抗击外侮的大后方。苟利国家生死以，岂因祸福避趋之。顾念于此，你接受了这项特殊使命。

行路难

欲往西去，先向东行。你从北京乘火车抵达黑龙江，准备从齐齐哈尔出境，借道俄国西伯利亚铁路前往新疆。如此煞费苦心，只为节省时间和资费。然而事出所料，俄国领事馆拒发签证。虽多方求助，仍未能获准放行。无奈之下，只好返回北京，改道河西走廊，出关进疆。

那年月，西北地区没有一公里公路，也没有一公里铁路。所谓的官道，不过是"走的人多了"，稍加修整形成的砂石土路。你追随玄奘的脚步，骑着白马，从长安出发，踏上漫漫征途。行至兰州，身体实在招架不住，于是置办马车，充实物资，雇用熟悉路况的车夫，继续西行。

初入新疆，平沙万里绝人烟，丝丝凄惶笼罩心头。茫茫戈壁，偶遇荒店邮所，如同救命稻草。奈何这些站点，大多破败简陋。水质苦咸，难以下咽。食物仅能果腹，住宿勉强御风。驿站之间距离甚远，中途没有水草补给，马匹普遍负载过重。有的车夫不顾牲口死活，动辄皮鞭伺候。随处可见骡马倒毙，肉腐皮烂，惨不忍睹。脉动千年的商旅大道，也是白骨散落的悲情走廊。丝路驼铃，并非传说中那样悦耳。阳关道上，不知有多少孤魂遗魄。

过星星峡，首遭沙尘暴。天昏地暗，飞沙走石。沙石打在车篷上噼噼啪啪，像是冰雹袭击。任凭车夫吆喝，马匹只在原地打转。你扯着窗帘，不敢往外看。风势减弱，匆匆赶往驿站。听驿夫说，当天遇到的风还算小的，风大的时候，能把车掀翻，能把马吹倒。

行至哈密一碗泉驿站，人困马乏，饥渴难耐。你下车想找点水喝。驿站仅有一眼泉水，人畜共用。拎着水壶来到泉边，见一马夫正在饮马。那马毫无顾忌，矢溺交下，汇入泉中。如此污秽之水，不要说人喝，有品性的牲畜也不会饮用。边塞之苦，感之切切。

经历了马累死、车断轴、人病倒，诸多磨难之后，终于抵达新疆首府迪化。承蒙杨督军体恤，给你更换了马匹和车辆，通行条件大为改善。不过，再好的马车，进了深山，也是无用。

从伊犁翻天山去南疆，山路异常险峻。穿行峡谷，壁立万仞，崖石吊悬，不见天日。遇到陡坡，只能拽住马尾前行。行至山巅，云腾雾涌，谷深难测，不敢四顾。已是5月天，冰河仍未开。走在冰面上，听着冰层深处湍急水声，一不小心就打滑摔跤。山中气候多变，阴晴无常。在阳光下行进，大汗淋漓。突然一阵风雨，气温骤降，赶紧把羊皮袄换上。这段山路的幽邃险阻，是你平生从未经历过的。偶尔，你的脑际闪过一丝悔意，但那种念头很快就被赶跑。应对眼前的危险，远比思虑当初的决定更为紧要。

步入南疆，路途又是另外一番光景。连日行进在戈壁荒漠，热浪起于无形，随风传导，如近火焰。坐在车里闷得慌，下车骑马又晒得很。于阗至且末一段，尤其酷热难耐。白天烈日暴晒，无法赶路，只能昼伏夜行。一千多里的行程，无一程无沙窝。有一段路，找不见车辙足迹，向导循着牲口粪便执辔徐行，方才抵达站点。你戏言自己做了一回逐臭之夫。

民国初年的阿勒泰，不隶属新疆。迪化往阿勒泰没有官道，全是戈壁。马的脚力无法完成穿越，只能靠骆驼拉车。上千里路，途中没有一个驿店，没有一处邮所，吃喝用度全靠自备。即便如此，使命在肩，不容退缩。事后你回想起来，仍心有余悸。李白有诗"蜀道难，难于上青天"，若是他能走一趟雪山路、戈壁滩，一定会重写行路难。

福晋和王爷

那日行至乌苏地界，你去拜访旧土尔扈特东部帕勒塔亲王。帕勒塔年轻时，留学日本士官学校，回国后被清政府任命为科布多办事大臣。辛亥革命爆发，帕勒塔赞同革命，拥护共和，民国政府以其有功于大局，由郡王晋封亲王。帕亲王思想开明，王府仿照京城官宦的深宅大院。不巧的是，王爷去北京办事，不在驻地。亲王的福晋鄂尔勒玛和母亲扬金接待了你。

福晋的穿着打扮很时新，上身深蓝色短衣，下配黑色中裙，白色纱袜，圆口布鞋。这是典型的学生女装。袅娜雅致，亭亭玉立，一点不像西疆女子。福晋曾随亲王游学日本，通晓日语。扬金太后留驻北京多年，会说官话。招待的茶点是特意选配的香片茶、芙蓉糕、萨其马等，散发着浓浓的京味儿。与漂亮通达的婆媳喝茶聊天，时而日语，时而京腔，无需翻译，不亦快哉！主人的热情和诚意，使你忘记了旅途的艰辛。

在巴音布鲁克草原，你见到了另一位福晋——土尔扈特南部布彦蒙库王爷的夫人色尔济布吉特。王爷去世不久，儿子不满一岁，部落大小事务由福晋处置，类似太后临朝称制。你刚踏上空中草原，福晋就派人接应，送来羊肉、面茶。抵达王帐后，福晋以政府要员的规格款待你，挽留你多住几日。

这位福晋保持着蒙古部落的传统，虽不像鄂尔勒玛那样美丽、开放，却也识大体、通世情。你与她交谈需要翻译。她举止端庄，不卑不亢。北魏的冯太后，大概就是这种风格吧。临行前，福晋担心前路凶险，特意安排了一名喇嘛做向导。不过，没走多远，向导就逃跑了。可能是受不了旅途之苦。

天山南北一路走来，你还拜访过别的王爷，印象皆不如两位福晋。

吐鲁番的鲁克沁郡王，被新疆首任巡抚刘锦棠剥夺实权，仅保留爵位和很小的采邑。当地百姓免受剥削，逐渐富裕，皆可自给自足。与之相反，哈密回王的权势很大，占据大片膏腴之土作为采地，还掌握着三道岭煤矿的开采权。数十年所得矿利，高达百万之巨。哈密的百姓数次包围王城，反对回王差役，愿做汉官属民。由于回王的父亲为国捐躯，中央政府最终没有削夺王权，百姓仍在水深火热中煎熬。博尔塔拉的蒙古王爷霸占良田，致使肥野沃壤大片荒芜。据说曾有官员建议，在当地设置官署，移民开垦，未能施行，着实可惜。

民国政府承诺善待蒙、满、藏等少数民族，王公贵族的权益基本上保持原状。清王朝不仅给新疆遗留了一帮王爷，还扔下无尽的遗憾。

你在迪化查阅前清档案时发现，与俄国谈判勘界的清朝官员既懦弱又愚蠢。光绪八年（公元1882年），勘界大臣沙克都林扎布，不仔细研究约文，也没有亲临测量，经他之手勘界的地段，丧失领土最多，贻害无穷。

约文规定，中国喀什与俄国费尔干交界处，照两国现管之界勘定。所谓的"现管"，正常理解是，中国平定阿古柏叛乱，凡阿古柏所管辖地方，理应属于中国。可惜沙氏不敢据理力争，导致大片耕牧之地丧失。在勘定天山南路东北界时，沙氏误把天山支脉当成主脉。俄国人拿地图随便指一道山梁为界，他就答应了。导致连通天山南北的乌什贡古鲁克通道，以及阿克苏河、扎拉尔特河、阿克赛河的发源地，都被划出国界。想想全盛时期的中国疆域，再看看当时的情况和未来的危局，你忍不住掩卷叹息。

进士督军与妻妾成群的大员

按说进入民国，走向共和，吏治应当清明。可是所见所闻，让你极其失望。

督军杨增新是清朝旧吏，光绪十五年（公元1889年）的进士，先后在西北多地担任要职，颇通司法与军事。辛亥革命爆发，杨增新募兵镇压，借机分化各方势力，用强硬手腕窃取了新疆治权，随后宣布接受北洋政府领导。外界对其评价褒贬不一。有人说他阴鸷狡诈，心狠手辣。有人说他临危不乱，堪当大任。在迪化时，29岁的你与52岁的杨督军有过一次深谈。

当时，督军身着长衫，没有荷枪实弹的警卫。你多少感受到了他的坦诚，尽管那坦诚是经过包装的。督军把他的著作《论新疆近年情形》拿给你看，一边介绍自己的思想，一边抱怨时局。他希望你能向外界尤其是北京方面，传递他的治疆理念。

此次长谈，你对杨督军有了更深的了解。新疆当时是个烂摊子，非一般人能镇住。面对诽谤误解，杨督军不为所动，坚定地按自己的套路治理边疆。虽无大的成就，但也没什么明显过失。杨督军凭借极有限的兵力和变通糅合的伎俩，维持偌大一块地盘稳定，没有丢失一寸土地。但他有一个致命的弱点——思想守旧。或因其久在西北偏地任职，缺少世界眼光，守成可以，开拓进取不足。

杨督军久经沙场，谨慎多疑。省府译电处由他独掌，译电室的门常年关着，只有他一人可以随时出入。译电员很少出门，出来也不与任何人说话。上通下达的电报，即使最亲近的部下也不知情。

在一次宴席上，杨督军突然抓捕卫队营营长夏、李二人，当场枪毙。事前毫无征兆，事后也无人知晓是何原因。昌吉县知事匡时，曾协助督军杀害伊犁革命党人，深得杨的信任。后来袁世凯称帝，匡时不满，写下讨袁万言书，引起杨的反感。杨增新以述职为名召匡时进城，在督军府后花园秘密处决了匡知事。

杨增新的这些做法，似乎是他后来遇刺身亡的前戏。他的继任者，从他身上学到不少东西。

杨增新有个堂弟杨飞霞，算得上辛亥革命的先锋。早年入同盟会，日本士官学校毕业，曾任国民革命军旅长。此人就任伊犁镇守使期间，大修官宅府第。他的后花园不输江南园林，亭台楼榭，花鸟虫鱼，尽显雅致闲情。你考察伊犁期间，正巧碰上杨飞霞大摆婚宴，招待宾朋。这不是杨大人的新婚，而是公然纳妾，纳的是一位女学生。

如果说杨飞霞纳妾是为打消督军的戒心，以求自保，那么喀什提台马福兴的所作所为，就完全称得上混世魔王。

你在喀什驻足多日，其间，马福兴三番五次设宴款待，可谓礼数周到。在一次宴席上，马福兴把四位妻妾全都叫来作陪，极尽显摆之能事。他厚颜无耻，你反倒不好意思。

马提台不仅妻妾成群，还有20多个侍婢。真不知这个50多岁的老朽，身体如何应付得过来。马福兴好色爱财，从不遮掩。吃空饷是发财的好门道。提台治下的军营，1000多人的兵额，实编仅300多人。提台的女儿年仅17岁，就被任命为卫队营营长。儿子不满周岁，就在炭局当差。

目睹如此之怪现状，你只有私下感慨，杨督军让如此狂妄之徒执政喀什，未免太不把国家的事当回事了。

眼花缭乱的秤和币

在迪化时，杨督军赠你一套《新疆图志》，你还收集了一些其他资料。这些书卷带在路上不方便，准备寄回北京。

邮局计量，用的是法国度量衡格兰姆，换算成国内度量衡，一个印刷品邮包最重不能超过五十三两六钱。你差人从市场上借来一杆秤，按重量分别打包。仆从送到邮局投递，邮局说有的包裹超重。仆从将邮包拿回来，重新分拆打包。再去邮局，有的包裹还是超重。

这点小事，折腾了好几次，皆因秤不准。你很恼火，去市场上查看，发现各个商铺用的称量工具五花八门。有清朝传下来的秤，有阿古柏时期的秤，有湘军带来的秤，还有俄国人的秤。同一个市场里，即使老迈的经纪人，也搞不清整个市场的度量衡。民国政府度量衡法早已颁布，农商部度量衡所也成立多年，当地老百姓对统一度量衡一无所知。当局无人问津，无人引导，令人无语。

经济不振，市场混乱，社会治安也不好。维持治安需要警察，可是警察队伍不整齐，出工不出力，主要原因是薪酬不足。阿勒泰地区的财政收入主要靠出租公产，课收采金税、车马捐等，而警察队伍的开支，仅凭车马捐。具体来说，一峰骆驼收五角钱，每辆牛车收一元四角，每头驴收四角，年收入仅数百元。靠这点经费维持一个地区警察队伍的运转，结果可想而知。

民生凋敝，有内因，也有外因。新疆之行，你携带的货币是银圆，走到哪里都可使用。但新疆当地货币，花样繁多。硬通货有制钱（麻钱儿）、红钱（红铜币）、铜圆、银圆、普尔（回部旧币）、天罡（银币）。纸币有伊犁将军发行的伊帖，塔城参赞发行的塔帖，省财政厅发行的官票，还有清代布政使所发老龙票。伊犁、喀什、塔城等地还有俄国发行的纸币。

这么多的货币在市场上兑换、支付、交易，烦不胜烦。新疆的金融实际上已被俄人操纵。俄币价高，信用度也高，本省发行的官票价格低，又受银圆的影响，纸币不振。在你看来，筹集资金，设立银行，改用国家统一货币，把金融大权掌握在自己手里，才是正道。外国人不仅控制着新疆的金融，他们还有不少特权，其中重要的一条是经商不用缴税。

荒唐的外事

清末民初，南疆政局混乱，英俄乘虚而入。英俄领事馆通过发行"通商票"，诱骗当地人获取侨民身份。这些入了外籍的当地人，不纳粮，不缴税，依托列强庇护，为祸乡里。那时，南疆各县均有外籍人，皮山县最多。

在皮山，你听说了一则怪事。1913年，蔡漱涛担任皮山县知事，对假侨民深为痛恨，遇有刁民狗仗洋势的，一律据理严办，从不姑息。那些假洋鬼子便向英俄领事告状，领事居然责备喀什行政长官。喀什长官毫无骨气，一味媚外，把领事指责的文件交给那些刁民。刁民们拿着文件去羞辱蔡知事，态度嚣张蛮横。蔡漱涛气不能忍，愤然投湖自尽。

在蔡知事的墓前，你想起在迪化见到的原喀什道尹常笃生。此人精通俄语，处理外交事务力护国权，极少退让。英俄领事不喜欢他，就给北洋政府外交部发函，要求撤换常笃生。任免文武官员是国家内政，别人无权干涉，但在当时，对于外交官员的任免，竟以外国公使领事的意旨为进退。丧权辱国啊！

由此你又想起，当初在齐齐哈尔，俄国领事故意刁难，不给办理签证，实乃一种报复。第一次世界大战期间，俄国招募大批华工，派到前线挖战壕、筑营垒。与俄作战的德奥提出抗议，称中国隐形参战，破坏中立。北洋政府为表明立场，禁止俄国在华招工。俄人不满，处处使坏。北洋时期，外交事务全无主动。新疆外事之荒唐，也就不足为奇了。

英俄在新疆争利渗透,有目共睹,日本的狼子野心却鲜为人知。有一次,你在杨督军的晚宴上见到一个日本人,名叫佐田繁治。此人的汉语说得很流利,以三井洋行的名义调查新疆物产。据说在中国已经游历10多年,足迹遍及10余省。你一眼就看出来,佐田是个国际侦探,"木屐儿之谋我,盖已深矣"。

你在塔城的街市行走,有个漂亮的日本女子主动搭讪。你知道她是妓,将计就计,跟着她来到一家裁缝铺。铺子里还有一对中年夫妇和一个少女。这几个日本人既做衣服,也做皮肉生意。

你找了个借口离开后,与当地官员核查日本人的往来信件。信函都是寄给迪化的佐田繁治。由此可以断定,这些日本人在当地收集情报。佐田之所以在塔城安插日本人,是为将来在此设领事作铺垫。女人,已然成为日本向外发展的急先锋。

新疆有英俄两大势力压迫,外交已经很困难,日本若是再搅和进来,后果不堪设想。离开塔城时,你特意提醒当地官方,尽早让那几个日本人离境,以绝后患。结果如何,你就不得而知了。

边策

游历新疆的两年间,国际国内动荡不安。袁世凯称帝,护国运动爆发,袁被迫取消帝制,民国复生。黎元洪任大总统,段祺瑞任总理。在国际参战及国内分权问题上,府院吵吵闹闹。段祺瑞出走。中德断交。俄国二月革命。沙皇退位。张勋复辟。孙中山南下广州护法。段祺瑞讨逆，张勋败走。段祺瑞复职。北洋政府对德奥宣战。俄十月革命成功，建立工农政权。段祺瑞辞职……凡此种种，光怪陆离。大势无可计，微力尚可为。

新疆地味饶沃，矿藏繁富，物产之丰甲于寰宇，地位无可替代。你写给财政部的报告，对财税状况有专述。对于巩固开发新疆，你提出三项建议：其一，设立银行，统一货币，改善财政。其二，增改建置，整顿吏治，注重防务。其三，便利交通，改造基础设施。其中，发展交通是第一急务。

由陕甘或者蒙古入疆，均需3个月以上。迪化到喀什要走2个月。迪化到伊犁，到哈密，到阿勒泰，都需要十几天。倘若交通便捷，关内的资本家、企业家势必争相西进，开辟洪荒，蕴蓄天府，大可利国实边。遇有对外战事，本地调兵应敌，或者关内派兵增援，也都快捷便利。

如何发展交通，你有一个超常构想。伊犁地处亚洲大陆之脊，是东西交通的结点。若将俄属中亚铁道延展进入中国境内，而后东进甘陕豫鄂，联通京汉、川汉、粤汉3条铁路以及长江水道。如此一来，国货输出欧洲，较之西伯利亚铁道，或南洋水程，都要短1万余里。作为交通要冲的伊犁，商务之发达将与香港、上海并驾齐驱。

修建铁路需费浩繁，新疆财政困难，一时难以办到。不过，修筑沙土公路，花钱不是很巨。你详细论证了南北疆的每

一条路线、使用的车辆、所需费用。一旦公路修好，依靠运费、邮费，完全可以维持正常运转。到那时，兰州到迪化，仅需5天……

一次考察，一篇策论，不可能改变国家贫弱。军阀把持的北洋政府，怎么会采纳一个年轻学人的建议。黑暗、混乱的世道，你发出的声音那么微弱，又是那样可贵。难怪孙中山先生称赞你，不为做大官，只为做大事。这世界有犹豫的徘徊者，有坚定的执行者；有苟且偷生者，也必有豪迈的孤勇者。你之作为，如投石落水，注定掀不起波澜，能荡起一波水花就不错了。那坠入池潭的咕咚，或许就是黎明前的钟声。

慰

晓钟先生，你若在天有灵，看到百年之后的中国，一定会感到欣慰。1962年，兰新铁路铺通，火车开进乌鲁木齐。1983年9月，独库公路通车，天山南北，天堑通途。1990年，中国铁路在阿拉山口与苏联铁路接轨，新亚欧大陆桥全线贯通。2014年，连霍高速全线通车；兰新高铁开通运营，从兰州到乌鲁木齐，只需要10个小时……

第二辑

戍楼西望

开往喀什的长途汽车

回眸青涩的抒情年代，有灯火阑珊，也有鸡毛上天。

军校毕业那年，社会各界都在向孔繁森同志学习。我申请去西藏工作，阴差阳错，被分到新疆喀什。带着懵懂的豪情，念叨着"好男儿志在四方"的"咒语"，坐了三四天火车，抵达乌鲁木齐，住在8路汽车终点站附近的小旅馆。

乌鲁木齐的夏日比北京凉快得多。清新的风，干爽的空气，并不陌生的口音，稍稍缓解了我对前路的焦虑。在旅馆，遇到一个休假的南疆老兵。不知是有意还是无心，他把喀什描绘得落后且生猛，给我本来就缺少阳光的心田，又投下一片阴影。

离校时的激情已然退却。我滞留客舍，徘徊不前，对即将投入的生活，不知该抱何种期待。旅馆服务员说，水磨沟公园不远，风景挺好，可以去转转。我朝着苍翠掩映处寻找，却走到东山公墓门口。心境陡然悲壮，仿佛站在易水岸边。

磨蹭数日，不得不走了，我才很不情愿地去买车票。那时，铁路还没有修到喀什，飞机又坐不起，只能选择长途汽

车。火车站广场有开往全疆各地的长途车，我就去那里找车买票。

"兄弟，去哪儿？"一个30多岁的平头汉子，西北口音，面相憨厚。

"喀什。"

"我的车就跑喀什。人快满了，坐满就发车。"平头很热情，递过一支烟。我没接。对陌生人的热心，我有戒心。

"我找卧铺车。"乌鲁木齐到喀什1500多公里，坐硬座太受罪。

"我的车是半卧。半卧，你知道不？价格比全卧便宜一半。"

我还真不知道什么是半卧车。如果座位像躺椅，也可以接受。我怕上当，有点犹豫。

"兄弟，坐不坐没关系，先看看车再说嘛。"平头认真地吸了一口烟，剩下的半截扔在地上，"男子汉，爽快点，不要婆婆妈妈的像个女人。"

看看当然无妨。我跟着平头拐弯抹角来到车站西侧一个小院。那里停着三四辆旧大巴。车前挡风玻璃上没有常见的线路标牌。我心里正犯嘀咕，平头把我带上一辆客车。车里坐着十几个人，全是陌生面孔。这车不是卧铺，就是最普通的硬座客车。红色人造革长条座椅，一侧是三人位，另一侧是双人位，中间过道摆着几个小马扎。

"这不是卧铺车啊。"我转身就要下车，一个络腮胡子挡住了去路。

"买票，买票。"他的普通话很不标准。

"我要找的是卧铺车，你这是硬座。"我看着平头。

"兄弟，你连这都不懂啊。能躺下的叫卧铺，能坐的就叫半卧。"平头一脸真诚。

这是什么混账逻辑。没等我反驳，平头像个泥鳅，溜了。络腮胡子把我拦在车里讲了一大通，我只听懂两个字："买票"。

平头只是拉客的，把我哄上车就完事。上了贼船，脱身就难。初到新疆，我不了解江湖规矩，心里有点发怵。看到络腮胡子腰间挂着宰羊的家伙，更不敢跟人来硬的。我若有刘玉栋那样的块头，谅他不敢拦我。我只是一个瘦弱胆小的大学生。假如穿着军装，他可能会有所顾忌。我的军装在行包里。军装或许能为我壮胆，但便装却能让我混迹于人群中，免去很多麻烦。

既然不敢对抗，那就只能认栽。我掏出120元"买路钱"，换来一张邮票大小的车票。我想过另找一辆车，又舍不得那120元。唉，只要能到喀什，硬座就硬座吧。

我返回旅馆，雇了一辆三轮车把行李运至火车站。两个麻袋，学校发的。一个塞满衣被，另一个装书。络腮胡子搭手，帮我把麻袋装上车顶。随后的大半天时间只有一件事——等待发车。车里很闷，乘客上上下下，咋咋呼呼。我有一个座位，心却无处安放。

　　从中午等到傍晚，乘客仍没有坐满。那车就一直趴着不动。我不敢走远，只在车子附近转悠。晚上10点多，车子晃晃悠悠驶出乌鲁木齐。我能感觉出来，驶离市区不久，就进了山。车速虽然不快，我还是忐忑不安。夜里走山路，不是个好选择。要命的是，这车过于老旧。万一刹车失灵，一车人就报销了。多年以后我才知道，那次翻天山，走的是后峡公路。幸好是夜里，若是在白天，高峡深涧，更令人心惊肉跳。

　　车上只有我一个外地人。别人说话，我听不懂。想睡也睡不着，只好发呆。车内没有空调，有股怪味。车窗是开着的，山风扑进来，吹得我心里发凉。我本来在靠窗的位置，出发前上了一趟厕所，回来就被夹在一男一女两个胖子中间，动弹不得。座椅前后间距很小，腿伸不开，膝盖紧挨着前排椅背。我怀疑司机为多拉客，加装了一排座椅。过道的马扎上也坐着人，明显超载。满车乘客没一个提意见，我能说什么。

　　车窗外，夜空明净。人肉夹缝里，我的脑子昏昏沉沉，似睡非睡。我想了很多。为何要来新疆呢？如果不写申请，凭我的成绩和表现，不会分到边疆。我本想去西藏。我们这届毕业生有两个进藏名额。可不知为何，一纸命令，我的人生指针从西南转向西北。我就是一块砖，哪里需要哪里搬。进疆之前，我回老家告别父母。家里正在拆旧房，准备起新居。我不小心踩到一颗钉子，刺破脚掌，就这样带伤离家，惹得母亲差点掉泪。接二连三的不顺，似乎在提醒我，此去远方，不会是坦途。坐在开往喀什的长途汽车上，脚掌隐隐地痛，内心也隐隐地痛。

天蒙蒙亮，车驶出山区，不远处冒出一座城——库尔勒。车没进城，与之擦肩而过，继续往喀什奔去。

南疆的公路像一条黑色的河，引诱汽车发疯地向前扑，想捉住它的尽头，但总捉不住。两侧的戈壁望也望不到边。车行数小时，地形地貌毫无变化，像在原地踏步。在内地，几十公里就能穿州过县，但在新疆，一两百公里不见村镇，不奇怪。路边偶尔出现的小饭馆、修车铺，除了给人车补充能量，也能让浮躁的心得到些许慰藉。

长夜难熬，白天更不好过。太阳出来，车里热得像蒸笼。衣服被汗水打湿，又被热风吹干，反反复复。胖女人靠在我的肩头打盹，我能感觉到她身上的热量透过裙子，传递到我的衬衣，入侵我的肌肤，那热量中似乎还夹带着黏稠的潮湿。她吹着呼噜，处在忘我的境界。

空气中弥漫的气味使我头晕。我想起鲁迅先生好像说过，出汗是永久不变的人性，也就认了。我用幻想安慰自己，到了喀什，就可以闻到千辫少女的香汗。我不能捂住鼻子，但可以闭上眼睛。

过了一会儿，呼噜声消失了。胖女人用胳膊肘捣我。我睁开眼，她递给我一块哈密瓜。我摇头，不敢接。上过一次当，看谁都不像好人。她把瓜分给别的乘客。他们大声说笑，好像在嘲笑我这个异类。我听不懂他们说什么，只是陪着尴笑，笑这群可笑的人。周围人手里都有了瓜，她再次递给我一块，眼

神是真诚的。我接受了她的善意。浅尝一口，很甜。大口大口吃掉，像他们一样把瓜皮扔出车外。心里舒服多了。

中午时分，客车驶离公路，向路边的一排平房靠近。川菜馆、兰州牛肉面、新疆特色风味，挨挨挤挤。司机放过前面几家，把车停在最后一家门口。吃不吃饭，乘客都被赶下车，车门被锁上。大多数乘客涌进这家馆子，老板乐呵呵地把两位司机领进包厢。司机若无其事，老板心领神会，乘客心知肚明。

餐馆供应抓饭、拌面、烤包子、羊肉串。我是关中人，一碗面可以解决所有问题。我点了一份过油肉拌面。端上来一碗炒菜，一盘拉面。菜是青椒、洋葱、番茄、牛肉大杂烩，面是拉条子。面吃完可以免费续，不限次数，只要吃得下。拌面的菜就那一份。我看到一种小圆饼，烤得焦黄焦黄，想起老家的烧饼。我要买一块，伙计递给我，教我说"馕"，我学着说"狼"。

饭后登车，我的座位被一个瘦女人侵占。一胖一瘦两个女人说说笑笑。我试图讨回我的位置，胖女人笑嘻嘻地扬扬下巴，意思是让我去后排找座。我无可奈何，她是分给我瓜吃的女人。也好，不用闻那"弱不禁风的小姐的香汗"了。

最后一排还有个空位，我正要过去，一个大男孩从我身边挤进去，抢占了那个位置。所有的座位都已坐满，只剩下过道里的小马扎。我赶快坐上去，占住一个。心里有种莫名的悲哀，不由得感慨人生，"寄蜉蝣于天地，渺沧海之一粟"。我盼望着，盼望着，早一点到喀什。

当晚，客车停在阿克苏市郊一个小院，司机要求乘客下车住宿。我听说夜班长途车不用停靠旅店，两个司机换着开，人睡车不睡。这辆车是什么意思？问司机，如问木头，不给解释。我只好去开房。三人间，最简陋的那种。我与两个陌生人同住。没睡踏实。

次日，匆匆吃过早饭，守在车门前，希望捷足先登，抢占好座位。许久，司机打着饱嗝从餐厅出来。车门打开，乘客一拥而上。我抢到双人座靠窗的位置，心里美滋滋的。

人员到齐，车却发动不了。十几分钟过去，还是无法启动。乘客纷纷下车。我没下。好不容易占据的有利地形，不能轻易放弃。司机打开发动机盖，检查故障。乘客在车外抽烟，闲聊。折腾了一个多小时，车也没修好。我脑子闪过一个念头：车坏了也好，没准能换一辆新的。

果然，车无法修复。司机从同行那里调来一辆车。比原来的宽敞，单人单座。我赶快爬上原来的车顶，把麻袋扛下来，搬到新车上。等我的行李绑扎结实，登上车，好位子早被人占完。不过这辆车的座位间距较大，膝盖不用顶着前排座椅。经历了前番煎熬，能有这样一辆车、一个座，谢天谢地。

车子驶出阿克苏，朝西南方向前行。音质很差的音响播放着类似摇滚的噪音，司机摇头晃脑，听得带劲。傍晚，到达三岔口镇。司机告诉大家，这车不去喀什，前往和田。去喀什的乘客，要把行李卸下来，换别的车。我急了，跟司机讲理。他很耐心地说："放心，一定把你送到喀什。"在三岔口停留两

个多小时，我被转手卖给另一辆客车。我深切地体会到，人在江湖，身不由己。

但愿这是一辆真正开往喀什的客车。

被倒手转卖的人，能有什么好座位？又是那种三人连坐的排椅，我再次荣幸地夹在两人中间，腿仍伸不开。车内的空气像第一辆车那样浑浊。不过，车上有几个四川人，开腔自带火锅味，我能听懂"川普"，感觉很亲切。他们一伙男女老少，举家去远方淘金。

那个夜晚，车子走走停停，像是在等什么人。半夜时分，车在一个饭馆门前停下。司机打开车门，号召乘客来一顿消夜。有的乘客去吃面，有的抽烟，我买了一瓶啤酒，消暑解渴。

上路不久，问题就来了。下腹鼓胀，我想小解，请求司机师傅行个方便。司机没理我，好像没听见。我提高嗓门重复了一遍。他用眼睛剜了我一下，仍没有停车的意思。我两腿夹紧，双手抱腹，作出痛苦的表情求他。司机不耐烦地说："等下一个站点。"我站在车门跟前等了半个小时，他还不停车。我就纳闷，大晚上的，公路两边全是戈壁滩，随便停下来就可以解决问题，根本不需要到下一站找厕所。这蛮横的司机就是不停车。

我咬牙切齿地憋着。车里的人好像都睡着了，没人帮我说话。看见路边出现几盏灯火，我再次强烈要求。司机拉着驴脸把车停下。我冲下车，顾不上找厕所，就在车后打开水龙头。

有几个乘客也跟着下来方便。这些人，刚才都干嘛去了？我满心怨恨，无处诉说，默默地用一句歌词为自己打气："他说风雨中，这点痛算什么。"

当时我不明白，司机为何不愿停车，后来一个汽车兵告诉我，不是司机故意使坏，他只是通过这种方式警告乘客，停车时抓紧解决个人问题，一旦上路，就不会随便停车。想想也是，上千公里的路程，一会儿停车吃饭，一会儿休息方便。耽搁一次，个把小时就过去了。

后半夜，司机再次把车停到路边饭馆门前。凌晨3点。没人下车吃饭，都在睡觉。司机打开车门，自个儿走进饭馆。车在那里停了两个多小时。真他娘的混蛋，该停的时候不停，不该停的时候瞎停。

什么时候开的车，我不知道。一个急刹车，把我从睡梦中惊醒。东方泛白，天快亮了。司机大声骂了一句，减速继续前行。

车窗外，一个老头牵着毛驴车，若无其事地站在丁字路口。

天空弥漫着暗红，朝阳正在东边孕育。车灯扫过路牌，我清楚地看见两个字——喀什。我忽然明白，司机磨磨蹭蹭，是故意耗时间。如果一直跑，客车抵达喀什时，天还没有亮。一车人怎么办？住旅馆吧，不划算，已是凌晨。不住吧，无处可去。与其那样，还不如在车上耗着。

车灯熄灭，城市露出了脸，睡眼惺忪。道路东侧出现偌大一片水面。前排的四川人告诉同伴："看，这就是东湖。像不像咱老家的三岔湖？"

东湖湖面开阔，薄雾升腾，灰白色的湖水深不可测，似乎隐匿着某种神秘力量。湖心有一座小岛，周边有亭台、长廊和芦苇荡。走过荒凉戈壁，经受无数打击，面对如此一汪清澈，我的嗓子发干，眼圈潮湿得像饱含晨露的苇叶。所有的疲惫与委屈，被这清凉的湖风一吹，散了。

我怀着小小的期待，想领略喀什清早的繁忙。可是，车没进城，在马路边停下。天色尚早，路上行人、车辆稀少。司机让乘客下车，说前方100米就是客运站，他的车不属于喀什客运公司，他要去别的一个什么县。大部分乘客被请下车，向司机指示的方向走去。我和我的两个麻袋，傻傻地站在路边。

我的目的地，距喀什10多公里。我不清楚公交车站在哪儿，也不知道上哪去找三轮车。我想等一辆出租车，却来了一辆毛驴车。问我去哪儿。我说疏勒。毛驴车就走了。好不容易拦下一辆出租，我报上地址。司机开口就要30元。从乌鲁木齐到喀什，才120元。10公里，要30元。不坐。

我站在马路牙子上，左顾右盼，像个迷途的羔羊。

一辆军用卡车驶来。我赶忙招手。车停了，我表明身份和去向。当兵的很爽快，答应送我一程。这熟悉的绿色，就是我的亲人。

我的眼眶又湿润了。

塑光

特务连一排长，这是我任职军营的第一个岗位。特务连不搞潜伏，不当间谍，也不抓特务，只是完成相对特殊的任务。我很想有个好的开局，岂料上任头一天，就吃了一记"杀威棒"。

那天，我和我的行李——两个麻袋，同时被送到特务连。冯连长介绍了连队人员装备情况，交代过职责分工，就让通信员带我去宿舍。

床铺已整理妥当。大通铺，十几床被褥排列整齐，规规矩矩。被子颜色有深有浅，反映出军龄的长短。床单平展却不洁白，斑斑点点。我的铺位在最里边，靠窗。紧邻是一床旧得发黄的被子，时间把它漂洗成受人尊敬的样子。

战士们很热情，看我时眼里都带着光。我有点不自在，感觉自己像动物园里的猴子。王班长和我是同年兵，帮我把没用的行李收进库房，带我参观连队的食堂、猪圈、俱乐部，还特意告知厕所的位置，就在菜地边上。旱厕，不分男女，两个门随便进。军营是男人的世界，不需要女厕。

当天下午，连队例行内务检查。上上下下行动起来大扫除。一屋不扫，何以扫天下？整理内务是军营小事，细微之处能见军人作风。院子是硬土地面，洒水扫尘。室内红砖铺地，要拖三遍。窗台、门楣、床头，擦得干干净净，戴上白手套去摸，没有灰，才算合格。里外收拾停当，营院又增添了几分朝气。我去别的班排看了看，觉得还是我们排的内务略胜一筹，尤其是被子，棱角分明。这样的队伍，应该好带。

回到宿舍，我发现气氛有点不对劲。我的邻铺躺着一个兵，双手抱头，枕在被子上，帽子盖着脸，两腿交叉，鞋子没有脱，鞋底粘着泥巴。看样子是个老兵。在部队基层，老兵是特殊的群体，他们是慈母，是严父，是身手不凡的带头大哥，也可能是兵油子。

"班长，马上要检查内务了，先起来吧。"称呼老兵"班长"，是传统，不管他的职务是不是班长。

老兵没理我。一个列兵悄悄告诉我，老兵姓雷，大家都叫他"雷管"，不要招惹他。我初来乍到，人事两疏，不想得罪谁，但我要履行排长职责。

"雷班长，哪里不舒服吗？"我依旧保持着谦逊的口吻。

"老子心里不舒服。"雷管坐起来看着我，一脸的不屑。

几个战士在门口嘀嘀咕咕，看"猴子"的笑话。我尽量控制情绪，可也不能太懦弱。我是排长，他是兵。

"雷班长，真不舒服，就把被子拉开，好好躺着。检查内务时我给连长解释解释。"

"解释个屁。"雷管跳下床冲我吼道，"你先解释一下，谁动了老子的被褥？新兵蛋子，凭什么占老子的铺位。"

我明白了，王班长也许出于好心，挪开雷管的铺位，把我的铺安排在最里边。老兵刺多，让着点吧。我说："雷班长，不好意思，动了你的宝地。检查完内务就换过来。我睡哪都行。"

"少废话！现在就挪。"雷管的命令斩钉截铁。

"行，现在就挪。"我去收卷自己的被褥。

"啪！"雷管手里的武装带抽在床沿上，"别动！这是你干的吗？谁拉的谁来吃。再动，信不信老子抽你。"

这家伙蛮不讲理，矛头针对的是我，也是王班长。我终于被他成功激怒了，嘴里蹦出两个字："你敢？"

我语气一硬，雷管更来劲，举起武装带就要往我身上抽。我下意识退了几步。别的战士赶快把我拉出宿舍。我承认，姓雷的块头比我大。我也听说过老兵欺负新兵，但没想到如此明目张胆、无法无天。

我强压怒火，想找连长评理。转念一想，这点小事都处理不好，以后还怎么带兵。我得忍着。

哨声响起。连长集合班排长，开始检查内务。进了我们的宿舍，雷管站在屋角，耷拉着脑袋谁也不看。他的床单皱皱巴巴，被子歪歪扭扭，保留着躺过的痕迹。评比结果，不出所料，我们排倒数第一。我感到窝囊。以前不理解什么样的马会祸害整个马群，现在我懂了。

我咽不下这口气，饭没好好吃，一直在想怎么对付这个刺头，不能就这样不了了之。晚饭后，连长叫我去连部。他已经知晓下午发生的摩擦。

"老兵捉弄新排长，这是常有的事。你不要有顾虑，放开手脚，大胆管理。"

"他还想动手呢。"我一肚子委屈还没出口，眼泪差点掉出来。我真是个尿包。

"他敢动你一指头，我就卸他一条腿。"连长点起烟，悠悠地抽了一口。

我知道，连长这是在给我壮胆。长官怎么能打士兵呢？"三大纪律八项注意"的传统啥时都不能丢。

"他为啥这么牛？"我问。

"当了三年义务兵，又超期服役两年，没转上志愿兵，心里有气。"连长说，"你不要怕，邪不压正。怕，你就输了。"

我把连长的忠告记在心里。晚点名时，当着全排战士的面，我不点名地批评了雷管。我想好了，这种场合他如果还敢作妖，我非得跟他斗个高下不可。雷管没有发作，低着头直到点名结束。队伍解散，我一回头，连长就站在我的身后。

此后一段时间，不知连长做了什么，雷管没再找我的茬儿。我对这位兵老爷敬而远之。只要他不做出格的事，我就当他不存在。可是，雷管毕竟是雷管，万一不小心碰触，爆炸就不可避免。

不得不承认，院校所学，初入职场毫无用处。"在山泉水清，出山泉水浊"，学员到军官的转变，不是下一道命令那么简单。成长是有代价的。

翻过年，部队接到任务，协助电信公司铺设通信光缆。施工区域穿越田野、河流、村庄、树林、戈壁，地形复杂，工期紧迫。开工之前，需要勘察地形，冯连长让我随行。

面对百米宽的大河，需要探明水深，才好确定施工方案。水浅，直接开挖；倘若水深，就要筑坝导流，分段施工。如何探测水深？团长与一众军官还在议论。连长使个眼色，我便挽起裤管下了河。

越往前走，河水越深。没过膝盖，漫过大腿，到了齐腰位置，胸口有一种压迫感。脚下是软软的泥沙，冰凉的河水不断向我的肌体输送寒气。离对岸还有几十米远，波光闪闪，刺得我眼睛睁不开。

我回过头，看见连长背着手站在岸边。别的军官已经上桥，往对岸走去。连长问我行不行，不行就退回去。水流平缓，河床上的泥沙足够支撑我的重量。我又往前走了十几步，水位开始下降。我冲连长摆摆手，晃着身子蹚过河。

上岸时，团长和营连长们投来赞许的目光。

"冯连长，你的通信员表现不错嘛。"团长说。

"他不是通信员，是我的排长，大学生。"

"那可要好好培养啊。"

连长得意地笑了。

第二辑　戍楼西望

105

3月的喀什，春天远未到来。我下身湿透，瑟瑟发抖。连长让我脱掉迷彩服，裹上大衣，钻进车里。司机打开暖风。我的嘴唇不受控制地哆嗦。

部队开始为施工工作准备了。我接到通知，从特务连借调到团机关宣传股。战士们说我运气好，进机关就不用干体力活。二排长说："你往河里一跳，身份就变了，这是鲤鱼跳龙门。"我当然清楚，能进机关不是因为"湿身"。

光缆施工是一次锻炼部队的机会，除了"老弱病残"，其余全员出动。人人都有劳动任务，领导也不例外，但我是个例外。我不用拿锹把子，只需要爬格子，宣扬那些生动有趣、激发士气的好人好事。

宣传干事老秦，副营职少校，是我师傅。老秦是团里的"笔杆子"，重要的文字材料多由他主笔。从职级与军衔的关系看，他进步比较慢，才华与职位似乎并不匹配。对这样的师傅，我心怀敬意，也有疑虑。

开工当日发生的一件小事，让我打消了疑虑。当时，我刚把铺盖卷打开，铺在巴合奇乡文化馆的舞台上。这里是机关干部的临时驻地。老秦急匆匆从外面进来，说有村民与战士发生冲突，叫我跟他去处理。

我们一路小跑，来到特务连营地。4辆运输车并排停在村边的荒草滩上，七八顶帐篷散落坡地。土坎上挖出来的灶台，火烧得正旺。铁锅里烧开的水咕嘟咕嘟，几个战士排着队给水壶灌开水。另一口锅边，炊事员挥动大铁铲在炒土豆丝。

炊事班班长告诉我们，两名炊事员去村里打水，被村民扣在涝坝边，连长带人去解救了。我和老秦立即往村里跑。十几个村民把战士围在中间，冯连长挽着袖子正与一个中年男子争吵。语言不通，各说各话，双方情绪激动。村民有的拿扁担，有的持坎土曼，一场械斗一触即发。

老秦上前，先给村民发烟。有的接了，有的不接。老秦赔着笑，讲了一通维吾尔语，村民的情绪才稳定下来。我不知道他说了些什么，从村民的表情和抽烟的姿态可以看出，他们愿意听老秦的。一番沟通之后，炊事员的水桶被村民没收，冯连长把战士带回。

发生矛盾是因为取水。村里有个篮球场那么大的涝坝，供饮全村人畜。一个涝坝，就是一村人的血脉。涝坝里有一村人的口音、容貌、肤色、筋骨和眼神。涝坝没有水龙头方便，但它有乡土气，有人情味，有蕴化天地风华的个性。特务连驻扎此地，也吃这涝坝水。在村民的眼里，战士用的水桶不干净，污染了他们的清洁水源，所以出来阻止。战士不理解村民对涝坝的情感，沟通又不顺畅，闹出了纠纷。

老秦把事情原委向领导作了汇报。很快，后勤处购进一批塑料桶，发给施工连队。每个涝坝边上都挂一个红色塑料桶，只有这个水桶能接触涝坝里的水。老秦是一条懂水的鱼，他的建议使部队避免了很多麻烦。

光缆施工，主要任务是开挖缆沟。沟深1.2米，宽0.6米。沟挖好了，把光缆铺进去，填土、立桩，任务就算完成。我没有挖沟任务，但是为写稿子，我需要体验劳作。这时节，小麦出土两三寸。南疆绿洲的土质松软，在农田里挖沟并不困难。大半天时间，我挖了两米长。按这速度，10天就可以结束战斗，根本不需要指挥部计划的20天。

晚上，我回到文化馆，坐在铺盖上，拿起纸笔准备写稿，手却抖得停不下来。掌心磨出血泡，烧乎乎地疼。思前想后，没什么突出的事迹，准备睡觉。老秦却说，今天务必写一篇稿子，开工初期，《施工快报》缺稿，一投就中。师傅交代的任务，不乐意也得写。我忍着手心的疼痛，把稿子写好。老秦稍做修改，我誊抄一遍，次日一早用传真机发给上级。当天中午，稿子就刊登出来了。姜还是老的辣，不服不行。

战斗的号角在工地吹响了。没有谁下令，连与连、排与排、班与班都在比。到处彩旗飘飘，军歌此起彼伏。一场声势浩大的施工竞赛拉开序幕。我随时关注施工进度，四处采访，搜寻亮点。机炮连一天掘进400米。警卫连突破500米。七连有个战士，日进20米，打破了单兵纪录。我不敢相信这个数字，担心"放卫星"，便去七连蹲守。他们没有撒谎，大力神手确实厉害。

此次施工，全师出动，所属各团之间暗中较劲。七连战士的纪录，震撼人心。我把写好的稿子交给老秦。老秦仅用几秒钟扫了一遍，说："先放一放，不急着发。"他不急，我急。这么好的新闻素材不抢发，会错失良机。七连战士的干劲，我亲眼所见，没有一丝水分，经得起核查。老秦这是啥意思？没有师傅点头，稿子发不了。

我再上七连工地，希望收集更多细节来充实我的稿件。转了一圈，没找到创纪录的兵。连队干部说他去执行别的任务了。我私下打听，方知那个战士由于超负荷劳动，身体虚脱，送到卫生队输液去了。何必如此呢？说是想立三等功，为年底提干创造条件。

我把七连战士的最新情况告诉师傅，庆幸没有发稿。老秦说："写稿子要透过现象看本质，不能被表象迷惑。"他还指出我没有留意的细节，七连其实是做了手脚的。为了让这名战士破纪录，把土质最松软的地段分给他。没有塄坎沟渠，没有乱石挡道。这名战士天不亮就开挖，一直干到晚上10点。三顿饭由炊事班送到工地。这种爆发式突击作业，不是正常的工作节奏，一两天可以，连续作业，身体会吃不消。施工不是百米赛跑，是马拉松。单纯以进度为指标，很可能把战士引向不正常的竞争。老秦的话有道理。

团机关下发通知，叫停施工竞赛，号召大家稳住干劲，控制节奏，保证施工质量。老秦像个内功深厚的武林高手，一接招就能发现对手的短板。

队伍撤出村落，开进茫茫戈壁。难啃的骨头摆在了面前。沉睡万年的戈壁，挖一条沟并不容易。表面沙土好挖，一尺往下，是坚硬的乱石层。铁锹不行，须用十字镐。十字镐还不能使蛮力，大大小小的石头挤在一起，要用巧劲慢慢刨。施工进度自然就放缓了。

战士的手褪了皮，长了茧。钢钎锤裂，镐头磨钝，有的地段还使用了炸药。没有人再拼速度，大家都学聪明了，不紧不慢地干，耐着性子一点点地向前推进。就像打仗进入相持阶段，谁的耐力好，谁能经得起磨，谁就能取得最后胜利。老秦的话又一次应验。

戈壁是硬骨头，难啃。河道也不是软柿子，想捏就捏。

一条小河拦在特务连面前。河床不宽，20多米，水深不足1米。但河堤足有2米多高。光缆要埋在河床以下，也就是说，河堤处的沟深须达3米以上。河堤松软，为防垮塌，沟不能太窄，顶部宽度至少2米，越往下越窄，接近水面的位置，仍有1米宽。

天下着雨，气温降到五六度。战士穿着短裤泡在水里，不一会儿就冻得嘴唇发青。岸边生起火堆，从水里出来的战士擦干身体，穿上衣服，前心后背反复烤。

司务长搬来一箱白酒。下水之前，喝几口酒，壮胆御寒。有的战士把酒往身上涂抹，也是为增加热量。河堤处的沟深勉强达标了，河床上的沟依然只有浅浅的十几厘米。河床是沙子，水流速度快，铁锹挖起的泥沙没出水面就被水冲走，刚挖好的浅沟很快又被泥沙填满。战士们采取车轮战术，依次上阵，可是挖沟的速度赶不上河水填充的速度。

整整一天，特务连没能打通这条河。一条不起眼的小河，成了卡脖子工程。如果当天拿不下来，直接影响次日全团放缆。天黑以后，两岸的火烧得更旺。电信公司的技术员提出一个变通方案：河床不好挖沟，可以挖浅一些，战士一边挖沟，一边把预埋管踩进泥沙即可。这样操作，难度降低了不少。

即便如此，特务连仍干到凌晨1点，才将预埋管铺好。回到驻地，战士们围着篝火吃饭、烘衣服、烤鞋子。绿色的胶鞋围在火堆旁，里三层外三层，冒着热气，散发出浓浓的臭味。我若还当排长，我的鞋子应该也摆在那里。

我连夜赶写稿件，对特务连攻坚克难的战斗作风浓墨重彩。早饭前把稿子交给老秦审阅。老秦夸我对特务连情有独钟，写出的稿子有激情、感染人。他几乎没改，让我誊抄之后尽快发出。他去跟踪一个典型，早饭没吃就走了。

老秦说得没错，特务连是我的老连队，我当然要投入感情。这篇稿子我自己也比较满意，相信一定能登上头版。领导若是看到，会觉得调我进机关是选对了人。战士们读了，愈发有干劲。这个上午，我没去工地，沉浸在对版面的想象中。

午饭时，老秦从工地回来，急切地问："稿子发了吗？"

"发了。"

"坏了，坏了。"老秦说，"特务连出事了。"

"出什么事了？塌方，还是误炸？"这是我能想到的最可能发生的事故。

"冯连长被撤职了。"

"为什么呀？什么时候的事？"

"刚宣布的。冯连长打兵，碰了红线。"

那几年，部队严查干部骨干打骂体罚战士，发现一起处理一起，从不手软。我想起当年上军校，入伍训练时，经常挨班长收拾，动不动就拳打白杨树，脚踢路沿石，胸口"吃"扣子。对那些体罚新兵的班长，大家都有意见，但知道他们是为我们好，只要不过分，谁也不会在乎。可是这股不良风气，在一些部队闹得凶。上面痛下决心，依法严惩，刹住了这股歪风。我不明白，冯连长是聪明人，为什么要做这等糊涂事，妥妥地断送了自己的前程。

在这个节骨眼上，表扬特务连的稿子就显得不合时宜。可是稿件已经发出，撤不回来了。老秦皱着眉头抽烟，一时没有主意。老同志遇上了新问题。

我觉得老秦有点多虑，就说："即便冯连长犯了错误，也不能抹杀特务连战士的辛劳。过是过，功是功。稿子是发给上级机关的，用不用是他们的事，跟咱们没多大关系吧。"

老秦盯着我说："年轻人，你现在是临时借调机关，不能出差错。就算正式调入，你手中的笔也不是握在你手中的。笔杆子跟枪杆子一样，要指哪打哪。三年前，我写了一篇新闻特稿，捅了马蜂窝。要不是那篇文章，我早就是中校了。"

看来是我急于表现，把事情搞砸了。领导会不会认为我办事毛躁，把我退回特务连？我心里发虚，不知该做什么，一抬脚，又去了特务连。弄清冯连长打人的原因之后，我更加不能平静，甚至可以说义愤填膺。

昨天的特务连，集中火力打硬仗。就在战士们拼力苦战的时候，有一个人躺在车厢里睡大觉。谁啊？还能有谁？雷管。

施工开始不久，他就泡病号，不是肚子痛，就是头晕，去卫生队拿点药回来，也没见他吃。战士们看他不顺眼，不敢说，更不想理他。大家把他当成一头猪，养着。看着不舒服，但也不影响什么，无非是别的同志多干一点。

夜里战士们回营晚，开饭已是半夜。雷管一直躺在车厢睡觉。等他醒来时，过了饭点。战士们辛苦一天，把饭吃了个干净，没有留饭。雷管在炊事班发脾气。炊事班班长怼他几句，这家伙竟然把做饭的锅拔出来扔掉，铁锅被摔裂。冯连长一怒之下，打了雷管两耳光，让人用绳子把这个刁兵捆起来，绑在炊事帐篷里。

早饭时，雷管重获自由，乘人不备，跑到上级指挥部告了一状。上面震怒，从严从快处理，撤了冯连长的职。

我为冯连长感到痛惜，对那个兵油子深恶痛绝。依法治军，不容含糊。冯连长被处理，他是无话可说。可我有话想说，但我说给谁？谁能听呢？

施工仍在继续，我却没了心劲。不想去工地，也不愿写稿子。我想找冯连长聊聊，又怕见了面，没什么可说的。上面处理的不是我，但是比处理我更让我难受，如鲠在喉。该受处分的是那个刺头兵。这种兵不处理，就是助长歪风邪气。如果大家都像他，连队还怎么带。撤冯连长的职，我不服。

老秦看出我的心事，约我去红旗水库边看落日。这世界的欢乐和一切生命之父，即将没入万顷清波，给人以极大的苍凉之感。我们坐在寸草不生的山梁上，点起莫合烟。老秦像个哲

人，娓娓诉说他对这个世界的看法。

"你看太阳，它可以肆意无限地向宇宙散发光芒。因为它是太阳，有无穷的能量。人是很卑微的。一个小小的能量聚合体，小光源，发出一点光不容易。尤其是年轻的时候，那光很宝贵，不要无谓地耗散。唯有把有限的光聚拢在一起，才能照得更远。人不能跟萤火虫为伍，而是要随上界的神灵一起翱翔，一起燃烧。有些光源，自知又自律，懂得自塑。有些光，要靠外界引导干预，还未必有好的效果。塑光，是凝聚，是约束，是保护，也可能是徒劳。"

老秦的话不无道理。他是在说谁呢？冯连长、雷管，还是我？抑或是他自己。

施工接近尾声，我只发表了四篇稿子，比起开挖数百米光缆沟的战士，我问心有愧。写稿的欲望也被我弄丢了。老秦让我调整心态，起草一篇通讯，眼睛不要老盯着士兵，要突出上面。我口头上答应，一直没动笔。想写的，不让写、不能写；不想写的，必须写。我对自己的工作产生了怀疑。如果没有思想自由，握在我手中的笔杆子被他人指挥，写，还是不写呢？

心里的疙瘩没解开，称颂的稿子我写不出来。部队撤回营区，我只写了百十字的开头。老秦没有催我。

过了几日，《施工快报》最后一期刊出长稿，介绍我们团科学施工、严格管理的经验，署名是老秦和我。

也迷里之约

　　飞机在跑道上加速，尚未离开地面，我的心先悬了起来。头一回坐飞机，没有任何经验。办理登机牌、系安全带这样的小事，都是先看别的乘客，再照着做。我刚从南疆的小县城调到乌鲁木齐，没来得及适应新岗位，就被派往塔城一个边防哨所蹲点，心里满是惶恐。

　　乌鲁木齐刚下过2002年的第一场雪。从舷窗看出去，天空混沌，地上的雪黯然无光。飞机扑出跑道，机头向上翘起。我的身体随之后仰，耳膜向内挤压，感觉很不舒服。身边的乘客，看报纸的，翻杂志的，闭目养神的。

　　飞机爬升到预定高度，开始平飞，我的心趋于平稳。机舱内，柔和的灯光，窃窃私语的乘客，纸张翻动的声响，有一种熟悉的惬意，似乎置身大学图书馆。

　　这种美妙的感觉没持续多久，飞机开始颠簸。瞥一眼窗外，机翼在颤抖。那薄薄的机翅会不会断掉啊？我闭上眼，双手握紧座椅扶手，尽量掩饰着内心的恐惧。广播里传来空姐平和的声音："飞机正遭遇气流，正常波动，请大家系好安全带，不要来回走动，厕所将暂时关闭。"安慰的话语，就像母亲叮嘱孩子。我的心怦怦乱跳，对空乘的话将信将疑。

过了一会儿，飞机穿过异常气流，恢复常态。我偷偷观察别人，一个个气定神闲。我为自己的怯懦而羞惭。空姐给每名乘客发了一瓶纯净水后再没出现。

地面的山河逐渐清晰，飞机开始下降。突然，又是一阵颤抖，飞机像是失去动力，迅速下落。有人发出尖叫。我的心提到了嗓子眼。若不是嗓门小，那颗心可能会蹦出来。这是一架支线客机，40多个座位，没坐满。在无边的天际，它好似一只翅膀受伤的小鸟。不，它脆弱得还不如一只小鸟。

广播里重复着刚才的内容。那些淡定的乘客，这会儿不再从容，跟我一样失形失色。邻座是个胖子，一直在睡觉。不知真的睡着了，还是在装睡。唯有他，向我传递出一种无所谓的安全感。

终于熬到降落。飞机轮胎接地的一刹那，我的心回到本该属于它的位置。一段同生死、共命运的旅程结束了。我为什么不能像飞行员和空姐那样，沉稳胆正呢？怕死是一件很丢人的事。那时，我是这样认为的。那时，我不知道，对陌生的领域好奇，对不可控的局面恐惧，是刻在基因里的本能，人为控制和改变，很难。

塔城也下过雪，比乌鲁木齐的雪白。越野车接近城市，又偏离城市。在一条坑坑洼洼的砂石雪路行驶3个多小时后，车停在山脚下的一排平房前。

也迷里哨所到了。

哨所依山而建，十几间砖混结构的平房，没有围墙。平房后面的山头上，有一个米黄色的哨楼。哨楼顶上的红旗迎风招展，在欢迎我。营房外观破旧，里面倒还整洁。给我安排的房间有两张床，一张是空的，另一张床上铺着我的被褥。床头边的窗下是桌椅，床尾门后有脸盆架，挂着崭新的白毛巾。屋里有暖气，一点也不冷。

我去水房洗脸。水房打扫得很干净，龙头却没水。回到房间，通信员小谢拎着一桶水进来，说水房只在早晚洗漱和用餐前后才有水。水是战士们从也迷里河拉来，倒进屋顶的水箱，供大家使用。冬天，水箱容易结冰，供水就不正常。我拿出手机准备充电，发现房间的插座是摆设，没电。小谢说，晚上才发电。手机用不着充电，也迷里没有信号。

洗去风尘，哨长带我走进会议室，借助沙盘介绍当地民风边情。也迷里哨所防区与哈萨克斯坦接壤，边境线清晰，没有争议。防控的重点是牧民到边境、牲畜越境。哨所始建于20世纪60年代，起初官兵们住的是地窝子、茅草屋，现在的平房是20世纪80年代盖的，前不久装修过，条件好多了。

晚饭后，下起雪来。四野渐黑，唯有哨所闪烁着灯光。发电机的突突声，让沉寂的荒野保持微弱的活力和生机。小谢拿着黄色塑料脸盆进来，拧开暖气片上的水阀，给盆子里放水。估计是暖气循环不畅，需要放气。

接了半盆水，热气腾腾的，但有点浑浊，盆底似乎还有铁

锈。小谢说："洗个脚吧，趁热。"我很惊讶，用暖气管里的水洗脚？小谢说："大伙都用这水洗脚，方便。"我一时不知说什么好。小谢可能看出我不大情愿，忙说："不习惯就用暖瓶里的水吧。"端着盆子就往外走。我说："小谢，以后这些事你不用管，我自己来。"

洗漱完毕，我去战士宿舍转了一圈，没见谁放暖气水洗脚。也许，他们洗过脚了。一间宿舍十几个人，只有两个暖瓶，真要洗脚，热水不够用。我给哨长建议，每天晚上炊事班多烧点开水，让战士洗个热水脚，缓解疲劳，有益健康。哨长爽快地答应了。

熄灯哨吹过，发电机熄火，整个营区被黑暗吞噬。也迷里的夜不偏不倚，让万物趋于一致。我坐在床上，借着微温的烛光读书，迷迷糊糊进入梦乡。

睡到半夜，肚子疼，醒了。是水土不服。我爬起来披上大衣，拿着手电上厕所。雪还在下，没过脚踝。夜色中传来哨兵巡逻的脚步声。我的手电光惊动了军犬。它从窝里钻出来，见是自己人，又回去睡觉了。我急匆匆沿着小路往厕所走。

小路被雪覆盖，有脚印，下坡，不敢走快。厕所修这么远，要方便的时候一点也不方便。没办法，离得近了，气味难闻，尤其是夏天。厕所修在台地边缘，粪坑依势挖成，便于填土积肥。蹲位距坑底两三米高。大雪遮蔽了不净之物，没有感到明显的不适。正提裤子，听到粪坑里有动静，像是有人走近。我整好衣服，用手电往粪坑里照。天呐，一对绿眼睛，正盯着我看。长长的嘴巴微微张开，露出两颗尖牙。狼！

我拔腿往营院跑，几次差点摔倒。哨兵闻讯赶来。我说厕所那边有狼。哨兵提着枪，打开手电，冲向厕所。他没有进厕所，而是绕到侧面看了看。回来笑着说："不是狼，是野狗，找吃的呢。"我在胸口抚了几下，匆匆逃回房间。哨兵一定在笑我，狼和狗都分不清。

天麻麻亮，6匹鞍具齐全的军马在训练场列队等候。小谢牵给我一匹青灰色的矮马。战士们潇洒地跨上马背。我学着他们的样子，左脚伸入马镫，右脚刚一离地，小青马就向侧面退去。我的右脚在地上踮了好几下，马转了好几圈，我始终无法跨上马背。小谢过来，将马镫调低，牵住缰绳，我才跨上马背。小时候，家在农村，骑过毛驴，骑过骡子，都是父亲牵着缰绳走。这次是自己掌控一匹能奔跑的马，兴奋是显然的。

几天前我就知道，哨所要组织一次远距离巡逻，因为雪厚，巡逻车无法出动，只能骑马。我不会骑马，想找人教。哨长说："没什么可教的，找一匹老实马，跟着走就行，冬季巡逻骑走马，不会放开蹄子跑。"他说得很轻松，一个小小的上马动作，我就出了丑。

巡逻队走出营区，一路向北。连续多个晴日，山脚下的塔城柳摘掉了雪帽，裸露着枝枝丫丫。枯黄的芨芨草、骆驼刺钻出雪被，在冷冷的西风中轻吟。我走在队伍中间。马蹄踩进雪里的声音，深沉而优雅，似乎要将我带向远古的草原。我用心体会哨长说过的骑马要领：前脚掌踩镫，不能伸进去太多，

万一从马背跌落，可以迅速从马镫里抽出脚，防止被马拖着跑。身体放松，轻拉缰绳，你的情绪马能感觉出来。你泰然自若，它就认你为主，任由驾驭。你若慌张，它就欺生。

巡逻队在也迷里河的一个拐弯处停下。这里有一座小屋。一条黑狗从屋檐下窜出来叫了两声，又卧回墙角。它认识迷彩服。屋里走出来一个哈萨克族牧民，请我们进屋喝茶。哨长没有客气，下马进屋。

牧民让我们上炕。哨长说要巡逻，喝碗茶就走。女主人抱来一摞碗，挨个倒满奶茶。冒着白气的奶茶，表面浮着酥油花。一碗下肚，暖胃暖心。女人从一个布袋里倒出一堆布尔扎克（油炸面叶子）。战士们边吃边喝，毫无隔膜，就像是走亲戚。牧人的生活简单，亦不失悠闲。我心里生出几分羡慕。在老家，十亩地一头牛，老婆孩子热炕头，幸福的生活都是一个模子。

女人招呼我们喝茶的时候。牧人出去了，他再次进来时，手里捧着一个大碗，碗里是一团白乎乎、肥腻腻的羊油，冒着热气。他用小刀割下一块肥油递给我。我不敢接，不知道用肥油干什么。哨长说："这是羊尾下面的肥油，很鲜嫩，趁热吃一块。"我很少吃肥肉，更不要说这纯纯的肥油，而且还是生的。哨长从牧人手里接过肥油塞进嘴里，夸张地嚼了起来，很享受的样子。吞掉羊油，哨长用手背擦了擦嘴角的油水，笑着说："好吃。"牧人又割了一块给我。我实在不想吃，也不敢吃。哨长说："这是老乡的心意，如果不吃，驳了人家面子，以后的关系就不好处了。"牧人也说："就是嘛，军民团结如一人，试看天下谁能敌。"

大伙都看着我，若再推辞，面子挂不住。于是我硬着头皮，先咽一口唾沫，抓起羊油，胡乱塞进嘴里。不敢嚼，直接吞下去。一股膻腥直冲脑门，差一点呕出来。赶快喝几口奶茶，把那股气压下去。战士们也都吃了羊脂，却不像我这样痛苦。我担心还有别的令人不适的程序，催促哨长赶快离开。

这个牧民兼作巡边员，放牧的同时协助战士守边护边。生吃羊脂，搞好军民关系，也是边防工作的一部分。我既来边防，就要融入这质朴的生活。上哪座山，唱哪支歌，入乡随俗吧。

离开巡边员的家，西行数里，抵达边境防护网。这一带地形平缓，作为警戒线的铁丝网南北延伸，一眼望不到头。铁丝网的外面，距真正的边境线还有数百米。祖国的疆域何其辽阔，边境曾是多么地遥不可及，如今，近在咫尺，却与想象完全不同。异国风情、金发女郎、酒绿灯红，怎么也无法跟眼前的荒凉联系到一起。我来赴一场心灵之约，心灵却欺骗了我。

顺着铁丝网向北骑行数小时，队伍登上一座小山头。这是此行的终点。一路上没见别的人影，也没有动物出没，只有茫茫的雪原。确认一切正常后，战士们在山头上就地午餐。吃压缩饼干，喝水壶里已经变凉的开水。此情此景，于我是一种新鲜体验，对于长年守防的战士来说，重复的动作，熟悉的线路，钝化了他们的感觉。

　　队伍原路返回。路过巡边员家时，天已黑透。狗叫声把巡边员从屋里喊了出来。他把我们拦进小屋，让吃了饭再走，哨长说要赶回去，不吃了，巡边员不依，一定要我们喝碗酒暖暖身子再走。我们只好跟着进屋，战士们围坐在炕沿。

　　女人端来一条风干鱼，用刀切成小片。大家都不客气，吃了起来。我尝了一片，很咸。巡边员拿出一个皮囊，给我倒了一碗奶茶。我刚要喝，一股酸辛入鼻。这不是奶茶。巡边员说："自酿的马奶酒，好喝。"我尝了一口，味道不怎么好，有点像老家的浆水，比那味还要难闻。

　　哨长端起碗，用手指蘸了一下，朝空中、地上各撒了几滴，随后一饮而尽。巡边员笑呵呵地看着我，两手上扬。我懂他的意思。深吸一口气，咕嘟咕嘟把那碗酒灌进胃里，又抓了几片鱼干嚼起来。这酒比啤酒有劲。

　　女人也给我端了一碗。我推说不能再喝。女人弯着腰，双手捧酒站在炕边不走。我若是不接，真不知她该如何是好。豁出去了。接过碗，干了。女人微笑着去忙炉子上的事。哨长又端了一碗，借花献佛，表达对我的欢迎和敬意。三碗酒下肚，浑身热乎，头有点晕。

　　女人把炉子上的锅移开，往炉膛里加了几块牛粪。我问巡边员："家里有多少只羊？"他说："不多，二三十只。"我有些错愕。一户牧民起码应该有上百头牛羊，才值得成年累月放牧。可怜的二三十只，这日子是怎么过的。哨长说，巡边员不以放牧为生，收入主要靠捕鱼。真是不可思议。

出门时已经10点多了。老马识途，不用缰绳的诱导，马就能驮着战士走回哨所。队伍过了桥，走上砂石路，军马的脚步明显加快，继而颠起来。有经验的骑手，要么骑走马，要么打马快跑，马背始终是平的。小步颠，最折磨人。很快，我的五脏六腑就翻江倒海。我不时勒紧缰绳，想让青马放慢脚步，可这家伙要保持队伍的节奏，不肯听我指挥。我的肚子偏偏又疼了起来，非常疼。我死死勒住缰绳。青马挣扎了几下，停住脚步。我翻身下马，跑到路边的草丛中解手。再次上马，战士们跑远了，只有哨长在等我。

哨长说，喝了马奶酒，浑身热乎，这时候骑马，马鞍凝结的寒气会沿谷道逆袭，肚子就闹意见。我很纳闷，别人为什么没事？我的肚子特别娇气吗？哨长说，上马后不要急于落座，先将大衣后摆抚下去，垫在马鞍上。这样一来，屁股坐在大衣上，而非直接与马鞍接触，寒气上不来，人就没事。我没有抱怨哨长的马后炮。边防哨所的事情很多，不可能每件小事都提醒我。有些经验和教训，恐怕还得自己去积累。

一匹马可以使一个人变成英雄，也可以变成狗熊。快到哨所时，不知是谁打了一声口哨，一匹马窜出队伍，向哨所狂奔，别的马迅速跟进。小青马不甘落后，四蹄放开，紧追不舍。缰绳控制不住回家的迫切。风在耳边呼啸。我两手握紧马鞍前部的铁环，把自己完全交给了青马。就像坐在飞机上，对自己的命运没有丝毫掌控感。小青马一直跑到马厩前才停了下来。

　　哨长集合队伍，讲评完当天的巡逻情况，询问大家装备是否完好。刚才马跑得太快，我的帽子被风刮掉了。战士们都笑了起来。哨长说："没事，丢不了，明天派人去找。"

　　回到宿舍，我发现有的战士在放暖气管里的水洗脚。说好的炊事班晚饭后烧热水，只坚持了一个星期，过后又不烧了。这里不是城市，不是大营区，也迷里哨所有它的性格。我可以替战士着想，但首先得尊重哨所的个性。战士最了解这片土地，他们知道什么该做，什么能做。如果他们没有按你的想法去做，一定有他们的道理。

　　在我即将离开哨所的时候，哨长送给我一颗狼牙，说是可以辟邪保平安。作为纪念品，我不好意思拒绝，就收下了。我很清楚，这一走，可能再也没有机会走近也迷里。我与哨长，与小谢，与巡边员，与那群战士的关系将就此止步。我给他们留了地址和电话，嘱咐他们到乌鲁木齐联系我。他们满口答应，但我知道，他们不会联系的。

　　我一无所知地来，学到了在别的地方永远学不到的东西。他们给我的，都是最好的，没有一丝想要回报的意思。就算我想回报，我能给他们什么呢？从我入住哨所之日起，他们就知道，我给不了他们什么，但他们依然真诚地待我。在那个寒冷的冬季，我没有因远离家人而感到寂冷，没有因无知无畏而被疏离、嘲笑。

　　也迷里哨所很偏，寂寞是常态。战士穿上军装，履职尽责靠的是忠诚和良知。他们早已习惯这里的一切，与周边的山川彼此影响，彼此照应，彼此成为血液中的分子。

送行酒肯定是要喝的，大块羊肉也少不了。我悄悄问哨长："肥羊尾巴下面热乎乎的羊油，真的好吃吗？"哨长说："咱都是北方人，我跟你的口味一样。"

在白哈巴醒来

阿尔泰山下了很大的雪。我坐马拉雪橇前往白哈巴。

雪橇钻出松林的时候，太阳正挂在西山头，垂垂老矣。白哈巴村安静地伏卧雪窝。一条蓝色小河，玉带般绕村而过。白雾犹如水妖，纠缠着河面。几十座尖顶木屋被主路分成两个区域。邻里以栅栏相隔。几缕炊烟，凝固在屋顶上方，那是对炉火和主人的依恋。

穿过白哈巴村，雪橇画了一条上升弧线，停在依山而建的营房前。这便是我此行的目的地——白哈巴哨所。

夜幕降临，不知谁把西王母的鹅绒被撕烂了，漫天飞絮，飘飘洒洒。它纵情狂舞，却没有一丝声响，不想打扰任何人的冬梦。俯瞰白哈巴村，隐隐约约一星半点的微光，定是喝醉的图瓦人忘记吹灯。村子和哨所，相依相守，像迷失在深山里再也走不出去的两个牧童。

白哈巴村的图瓦人是蒙古后裔。据说成吉思汗大军西征，行至阿尔泰山，有些老弱伤兵跟不上队伍，流落此地，繁衍生息。村子靠近边境，没电，也没有手机信号。通往乡镇的小路崎岖难行，常被雨雪阻断。在很长的时间里，白哈巴保留着原始的恬静。

不知从什么时候起，传言离白哈巴村不远的喀纳斯湖有水怪出没。驴友骚客，好摄之徒，慕名而来。水怪自始至终没能确认，好事者意外发现了沉寂千年的古老村落——白哈巴。桃花源的入口一旦被找到，能有什么好结果。远遁尘世的游牧生活再难安宁。白桦林中的哨所，也时时被人窥探。

清晨，我在雪鸡的叫声中醒来。

雪停了。哨所和村子都还没醒。我拎着相机，溜出哨所，想去拍几张雪景。我不是摄影师，连摄影爱好者都算不上，纯粹瞎拍。昨晚从指导员口中得知，秋天是白哈巴最美的季节。山色尚青，树叶斑斓，比夏季的浓郁翠绿让人心欢，比冬天的冰雪世界让人心暖。那时节，真真假假的摄影家蜂拥而至。白哈巴村嘈杂、躁动，甚至有些混乱。如今，大雪封山，搞摄影的都已离去，白哈巴安静多了。我正好拍个清静。

哨所西侧的山头，是拍摄白哈巴村的最佳点位，我直奔那里。白茫茫的山林真干净。没有人的足迹，偶尔可见小动物的蹄印。我是踏雪留痕第一人，脚下弹奏着班德瑞的《初雪》，心里涌起开创世界的优越感。

登上一座山头，前方是更高的大山。回眸一看，"两个牧童"还缩在雪被里睡懒觉。这时，我发现在下方山腰处，有个穿军大衣的男子，正抱着相机咔嚓咔嚓拍摄。他身边的三脚架

上，有一台更加笨拙的"炮筒"。我没想到，冬天的深山老林还藏着一个专业摄影师。他没在大雪封山前撤出，就得在这里熬过整个冬季。道路不通，没人冒险带他出去。我是有特殊的任务，才雇了雪橇进来。冬季的白哈巴，不该有陌生人出现。

从脚印看，他是从山的另一侧上来的。那边的坡度明显比我走的山坡陡峭。他是爬上来的，足迹凌乱。我是走上来的，脚印清晰。他不可能走我走的路。我走的这条路要穿过军事管理区，外人无法涉足。他只能从村子东侧上山。

他在捕捉美，我也是。尽管我的相机比较傻，但拍几张风景照，在家人朋友面前炫耀，够用了。我按下快门，把摄影师也捕入镜头。

山林过于清静，快门声惊动了摄影师。他转过身，似乎很意外。盯着我看了几秒钟，招手叫我过去。

摄影师40多岁，胡子拉碴，眉毛凝霜。一只手戴着手套，另一只手冻得通红。果然是专业眼光，他选的位置真好。白哈巴村的小木屋错落有致。河流一段隐于树丛，一段守在村边。他说，雪后初晴，白哈巴的美无与伦比，只有他才能拍到绝世之美。他还说，天不亮他就上山来，只为抓拍雪后白哈巴村的第一缕阳光。这个早晨，他长久以来的预谋就要得逞了。他说话多用鼻腔发音，好像感冒了。这种音质缺少艺术家的斯文，有几分伐木工人的鲁莽。不过，这莽撞又让人感觉踏实可靠。他的自信和对摄影的热情感染了我。我想起高更，想起《月亮和六便士》。

天太冷，我的相机没拍几张就没电了。面对绝尘美景，无法摄存，只能一饱眼福，有点遗憾。我冒昧地问："能不能把你拍的好照片拷几张，我拿回去给孩子看。"他先是愣了一下，随即笑笑说："可以。"我问完就后悔了。照片是摄影师的孩子，怎么可能随便给人。也许，他看出我不是摄影师，不用顾虑同行竞争，方才答应。

突然，他扔掉烟头，像发现了"敌人"一样，迅速趴在"炮筒"前开始瞄准。顺着他的镜头方向，我看到太阳在东山顶上露出半张脸，一缕金黄打在白哈巴村的西端。他先用三脚架上的大炮轰，再用手中的机关枪射，最后用胸前的小黑匣子捉，所有装备都用了一遍。阳光使我兴奋，却不会使我发狂。迷人的光线不是为我而来，也不是给白哈巴的抚慰，是给摄影师的馈赠。

短短几分钟后，太阳跳出山顶，整个白哈巴朝阳遍布，反射出刺眼的光。想必是拍到了满意的镜头，皮帽下那张粗糙而平常无奇的脸上，有一种曾经沧海的释然。他收起设备，告诉我他的住处，往另一个山头走去。

但凡想做点事的人，必有超乎常人的勇气。他是个有想法的人。穿着厚厚的大衣，扛着笨重的设备，在一米深的雪地里，蹲守、伏卧，上蹿下跳，没有一股子心气，没有结实的身板，做不到。我就缺少那种执着和热情，尽管我也想拍出好照片。拍照于我，不过是生活中的一点味精，但对摄影师而言，拍照就是生活，就是生命，甚至比生命更重要。

我在哨所的工作特殊但并不重要，就待在战士们身边，陪他们聊天，听他们讲故事，给他们介绍外面的世界，帮他们解闷。时间长了，能聊的话题越来越少，起初那点兴奋劲儿过去，人就觉得无聊。

雪山哨所，寂寞难耐，我早有心理准备。原想着这个哨所紧邻村落，有人烟、有牛羊，还可以见到女人，应该不会像昆仑深处的哨所那样无趣。然而，我还是低估了寂寞的杀伤力，高估了自己调整心态的能力。白天兵看兵，晚上数星星，睁眼闭眼都是雪，空虚感不时扑向我的心。何不拜访一下新认识的朋友呢？

天刚擦黑，村子里已看不到人影。"中央大道"铲出一条沟，每个院子都有一条"小溪"汇入"沟"里。我来到村头一户人家，推开栅栏门。几声狗叫，吓得我赶快退了出来。厚厚的门帘挑开，一位长须老者露出上半身。

"我找摄影师。"

老人用下巴指了指对面一间小屋，然后冲狗喊了一嗓子，那狗就乖乖回到窝里。我踩着脚印来到小屋前。窗子很小，透着光。

敲门进去。一尺多高的小床靠在屋角，摄影师坐在床上，披着被子，眼睛盯着笔记本电脑。屋顶的吊灯散发着仁慈而惨淡的黄光，这是太阳能电池板的功劳。屋里有点冷，没有暖气，也没生炉子，地上的火塘奄奄一息。床上的纸箱里，散乱的电池快装满了。背包的旁边，有掀开的胶卷盒。

摄影师没戴帽子，头发蓬乱，胡须比前几天更长了。艺术家就该是这个样子。他让我先烤烤火，他要先把照片处理完。我蹲在火塘边，加了几根柴，火苗又燃了起来。

我抽完一根烟，他正好忙完手头的活儿，邀我坐上床一起欣赏照片。不愧是摄影师，确实拍得好。冬雪，晨曦，牛羊，图瓦女人，生动美丽。他挑了几张照片，拷到我的U盘上，并一再嘱咐，只能用于欣赏。这个我懂。

因为有求于人，我来的时候，在小卖部买了酒、花生和胡豆。我们边喝边聊。我向他请教摄影技术，他毫无保留。可能是在这里封闭得久了，难得有一个适合倾诉的对象送上门来，他便滔滔不绝。如何开始学摄影，为什么要投身这伟大的艺术，取得过哪些成绩，全都倒了出来。

他是西北人，姓季，曾是一名中学语文老师。迷上摄影后，他觉得自己有天赋，只要肯花工夫，定能成为大师。两年前，他辞职离家，做起职业摄影师。作品断断续续发表，收入虽不多，糊口足矣。但是这一年，他运气很差。

3月份去北京一家杂志社谈合作，"非典"暴发，他被困京城两个月。回到家乡，又不能回家。秋天，他来到白哈巴。这里摄影师云集，个个身怀绝技。他没能拍出超越自己和他人的照片。第一场大雪来临之前，别的摄影师都走了，只有他留下。他要拍白哈巴的冬天，拍图瓦人的生活细节。

摄影就是靠近，再靠近，从细处观察，在不经意间按下快门。他为艺术献身的精神令我折服。我也有梦想，文学青年的

131

作家梦，可我没有胆量辞职去写作。写作仅是工作之余的爱好，是深夜灯下的片刻安慰。丢掉当下的工作，我无法养活自己和家人。我知道文学是美好的，但是靠文学吃不饱肚子。没有文学，可能欠缺某些气质。没有银子，则寸步难行，更不要提什么尊严。文学对我来说，始终是个梦。

老季就大不同了，梦想在他这里，不只是想想而已，而是行动，是实践。他用多年积蓄，购买了最新款的数码相机、笔记本电脑和硬盘。他要拍出绝世佳作，作品要登上《国家地理》《中国摄影》。他要参赛，要拿奖，有了成绩，就可以加入摄影家协会。出了名，就会有人请他去拍摄，就能过上体面的生活。他敢于迈出这一步，而且能靠摄影谋生，在我看来，已经成功了。

我们聊得起劲，屋顶的灯听得没劲，渐渐暗下来，灭了。老季找出蜡烛点上，关掉电脑。在这个没有电的村子，相机可以用电池，使用电脑就得惜时如金。村里有一台柴油发电机，平常不用，除非谁家有重要的事，才会工作一阵子。只要听到发电机的突突声，他就跑过去给笔记本电脑充电。刚才在处理照片时，他精力高度集中，手脚麻利，那是被电逼的。有时实在需要用电脑，电池又没电，就只能花钱请人家开发电机。每开一次，口袋里的银子就会流出去一些。我告诉老季，哨所有发电机，每天晚上发两个小时的电，他可以去我那里充电。他拱手道谢。

此后的一段时间，老季时不时来我的住处，说是让我欣赏他的作品，其实是来蹭电的。他的相机从不离身，似乎世间有无穷的东西值得被记录。一个放牛娃的笑脸，一只冻死的小鸟，一条瘸腿的老狗，抑或是雪地里的一堆牛粪，他总能从中找出美感和意义。在这个孤寂的山谷里，他是最忙碌的人，比图瓦人的牧羊犬还要忙，白天四处奔走，晚上处理照片，做笔记。

又一场大雪过后，春节到了。除夕那天，哨所聚餐，战士们邀请图瓦人联欢，闹腾了几个小时。当然，该站哨的站哨，该值班的值班。活动结束，众人在俱乐部看春晚。我回到宿舍，躺在床上发呆。想起老季也是孤家寡人，何不请他过来喝几杯。刚一出门，老季站在门口。他请我去他那里，有酒有肉。

雪夜，火塘里的火烧得很旺，屋顶的灯泡也比平时亮得多。烧鸡、火腿、风干肉、花生米，还有方便面。吃什么不重要，重要的是有酒。同是天涯沦落人，相逢何必曾相识。一杯又一杯，酒入愁肠，化作相思泪。小屋里没有电视，没有收音机。我虽然带着手机，可是没有信号，只能看个时间。电脑是开着的，屏幕背景是他的女儿，大眼睛，很可爱。

东一句，西一句，漫无目的，毫无戒备，天马行空，就那样胡说胡喝。不知过了多久，我晕了，他哭了。面对女儿的照片，老季的眼泪哗哗地流。我没问为什么，只是看着他。

一瓶酒喝干，我起身要去再买。他抓住我的手："不要走。"从床下又拿出一瓶酒来，打开，倒在碗里。"兄弟，

喝。"我抿了一小口。他一饮而尽，把碗扔在床上，说出一句悲凉的话："我是个无用的人，一个失败的父亲。"

怎么会呢？了不起的摄影师，不乏魅力的艺术家，怎么是失败且无用的人呢？老季还要倒酒，被我按住了。他眼睛发红，抹了一把嘴，讲起他的过往。

教学工作之余，有几幅摄影作品在重点刊物发表，极大地激发了老季的创作欲望。他要放弃教职，去当摄影家。妻子以离婚劝阻，他不为所动，他很清楚自己想要什么。搞摄影，并非为艺术献身，他要的是扬名立万，挣更多的钱。有了钱，就可以改善家庭生活，为妻子女儿提供更好的生活保障。都说兴趣与工作难以匹配，他就是要走一条从兴趣出发的路子。"成大事不与人谋"，他相信只要干出名堂，所有嘲笑都会变成吹捧。就像当年的苏秦，落寞之际，兄嫂都看不起，等到挂六国相印途经老家，哥嫂以头抢地，怎一副谄媚之态。人生就是这样，关键是自己要做出来。

这两年，老季四处游荡，希望拍出上乘之作，一鸣惊人。他上过珠峰大本营，去过漠河北极村，还曾攀上大凉山深处的悬崖村。可是他发现，无论他走到哪里，总有人，总有一批摄影师已经捷足先登。喀纳斯闹湖怪，他闻风而动，在湖边守了两个月，希望幸运降临，盼望用镜头捕捉水怪身影，哪怕看起来像水怪也行。可惜，水怪并不怜悯他。一无所获。他来白哈巴村，图瓦人的纯朴和白哈巴村的美景同样被摄影师拍尽。无限风光在险峰，他甚至动过邪念，摸到边境线去拍，被边防战士阻止了。

冬天来临，摄影大军陆续撤出。老季把自己为数不多的盘缠交给图瓦老人。他要在这里过冬，坚守四个月，只为拍出满意的照片。照片是拍了不少，有的确实精美，但是能否得到编辑赏识，能不能得奖，他没把握。他每天拍啊拍，拍了删，删了再拍，不敢让自己闲下来。他不想失败，不能失败，也不敢失败。

踏入新疆之前，他跟妻子离了婚。他暗下决心，一定要用成功重新赢回妻子的心。他觉得对不起妻子和女儿，可又不甘心放弃梦想。他必须坚持，似乎成功就在不远处，一步之遥，触手可及，只差一个小小的机会。也许下一张照片，就是成名的那一张。他相信熬过这个冬天，春天一定会来到……

他还讲了什么，我不记得了。我睡着了。大年初一，我在爆竹声中醒来。离开小木屋时，老季还没醒。我回到宿舍，倒头接着睡。

春节就那样浑浑噩噩地过去了。其间，与老季碰过一面。他好像忘了除夕说过什么，仿佛什么也没发生。他告诉我，能拍的、想拍的，都拍下了，该出去投稿了，他想搭乘我们的雪橇出山。正好，元宵节过后，有雪橇接我出山。我让他提前做好准备，到时候一声招呼，说走就走。

事出所料。离元宵节还有两天，我接到通知，提前出山。我连忙去找老季。小屋里没人，村子四周转了一遍，也没看到他的身影。晚上，我又去了两趟，仍是没见到老季。门一直是

锁着的。图瓦老人说，那人可能去山里照相了。不管去哪里，毕竟是冬天，晚上他总是要回来过夜吧。我很奇怪，他会去哪里呢？那晚，夜空明朗，满天星辰。难道他真的在某个山头拍摄星空。

第二天一早，我又去找老季，仍是铁将军把门。我心里有一丝不祥的预感。他会不会出事？冻死在雪地里。我没时间再找他了。无奈之下，从门缝塞进去一封告辞信。没能把好朋友带出山，很是遗憾。错过这个机会，他至少还要在山里待一个月，才能出山。

回到乌鲁木齐的日子，平平淡淡，既不无聊也不有趣。随着时间推移，我几乎忘了老季的模样。

半年后的一天，我收到一封来自甘肃白银的邮政特快专递。打开一看，是一本杂志——《新摄影》。封面是美丽的白哈巴村。雪后初晴，蓝天、白雪、小木屋，炊烟、牛羊、图瓦人，作者是老季，与我一醉方休的朋友。

我为他的成功开心。终于心想事成，他的作品登在杂志封面上，这下他肯定能出名了。杂志的内容都是关于摄影的，有点评，有传记，也有佳作欣赏。其中有一篇长文，专门介绍老季的创作生涯。看到这里，我真心替他高兴。他的付出没有白费，为梦想而经受的那些磨难终有回报。相信他的事业会因此走上正轨，他的人生也会开启新的篇章。

翻到杂志后半部时，里面掉出一封信。信是写给我的。读着读着，我的心就难受起来。

我离开白哈巴的前一天，老季没去拍照，而是故意躲开我。他从哨兵那里得到消息，知道我要走了，他不想跟我一起走。他不敢就那么离开，他心里没有底，他怕自己几个月的付出再次失败，他只能用不停地拍摄来掩饰自己的心虚。只要他还在拍，没停下来，就是在努力，不管这种努力结果怎样。只要身在白哈巴，他就能从坚持中找到某种意义。一旦离开，他不得不面对现实。那些作品如果不能刊登，不能获奖，他的一切努力和付出都将竹篮打水。他站在白哈巴的山头上，看着我乘雪橇离开。

　　斗转星移，春天来了，白哈巴的雪化了，世界露出真实的面目，老季依然不敢离开小村。可是，他的钱已用光，拖欠图瓦老人的租金不少。老人忍无可忍，把他赶出小屋。那时，老季的名声臭了，村里没人肯收留他。他只好走出白哈巴，走出喀纳斯，回到他熟悉的县城。

　　老季疯狂地投寄作品，一稿多投，连续几个月，每天寄出去十几封信。有几张他认为完全可以登上核心刊物，然而，都石沉大海。最初，希望在大刊、名刊发表，后来降低了预期，只要能发就行，不在乎什么级别的刊物。半年过去，只有十几张作品发在名气不大的小刊物。大多数作品杳无音讯。

　　在一个平平常常的夜晚，他来到黄河边，想纵身跳下去，一了百了。想来想去，没跳。他想把相机扔进滔滔黄河，以后再也不为摄影花一分钱，浪费一分钟时间。他做不到。他舍不得。他放不下。最终，他向现实低头，回到学校，当起管后勤

的老师。

至于《新摄影》，不是什么正规的杂志，是老季为自己办的杂志。自己写文章，自己选照片，自己排版，找广告公司打印了两份。一份自己存留，一份寄给了我。

我再次审视封面上的照片，一丝悲凉袭上心头。老季没说他和妻子是否复合，也没讲她的女儿现在怎样。他只说，得先活下去。追求艺术，追求梦想，追求远方，等退休以后吧，如果以后还有机会的话。他说自己就是个普通人，没有能力做出非凡的成就，只配老老实实、按部就班地生活。他希望我不要笑话他。

我哪里有资格笑话他。他为了心中的远方，起码走出去过，而我，连迈出体制的勇气都没有。他是一个普通人，我何尝不是，我更加卑微。老季暂时向生活低头，把梦想珍藏起来，似乎是一种屈服，但在我的心中，他是一位英雄，一位值得尊敬的人。

此夜格登山

垂杨挂丝，新草如茵，正是出游的好时节。游乐场被大大小小的孩子攻陷。女儿溜下旋转木马，奔向绳网铺就的斜坡。爬了几步，有点害怕，回头看我。我鼓励她，只管向上爬，不要往下看。她答应一声，向更高处攀去。

突然，大地晃动，绳网剧烈摇摆，网上的孩子发出尖叫。"地震啦！"有人喊道。我一个箭步越过栅栏，冲到绳网跟前，伸出双臂欲接女儿。

"嘟嘟嘟嘟！"一阵急促的哨音响起。"紧急集合！紧急集合！"

我猛然从床上坐起。屋内一片漆黑。楼道里传来急促杂乱的脚步声。刚才是在做梦。我没有休假，更不在游乐场。此刻，我身处新疆昭苏县一个偏远的边防哨所。这里发生了地震。我胡乱套上衣服，冲出房间。下楼梯时，大地又一次颤抖。我一脚踩空，险些跌倒。

院子里，列队完毕的战士忙着整理衣物和装具。手电光在队伍中乱扫。哨长站在外廊平台上，双臂交叉于胸前，似一尊

雕像。仿佛他早就料到地震的发生，比别人早起几分钟。哨长个头不高，身形偏瘦，没我壮实，可他身上的胆气比我正。

很快，人员清点完毕。少了两个，一个油机员，一个饲养员。我心头一振，不会出什么意外吧。

哨长命令，所有人原地待命。为啥不赶紧找人？我大为不解。这时，楼道里的灯突然亮了，机房传出发电机的突突声。油机员是去发电了。哨长心里有数。还有饲养员呢？战士住的楼房还算坚挺，马厩就不好说了。哨长开始踱步，应该是在权衡。队伍中的嘈杂声渐弱，发电机的声音愈发明显。我忽然明白，哨长是对的，此刻，院子里最安全。贸然行动，余震造成的损害或许更大。

几分钟后，饲养员跑来报告，马厩的墙壁有裂缝，军马安全。羊圈的窝棚垮了，围墙倒塌了一段，羊没有丢，挤在一个角落。猪圈、鸭棚稍有损坏，没什么大碍。

哨长果然是哨长，定海神针一般沉稳。

半小时后，哨长命令队伍解散，按预定方案清查设备设施。同时，命令一班长带人下山，前往苏拜村侦察灾情。苏拜村离哨所不远，有二三十户人家。

院子里一下子变得冷清，我感到了丝丝寒意。刚才情急，我没有顾上穿绒衣，此时浑身瑟瑟。局面尽在哨长的掌控之中，不需要我做什么，我便回宿舍添了件衣服。等我再次出来时，哨长正向机要参谋口授电报：

"凌晨二时许，驻地发生地震，震感强烈。经初步排查，人员安全，装备完好，牲畜无伤亡，营房局部受损，通信线路故障，电话不通。目前正组织详查排险。已派人前往苏拜村侦察。若灾情严重，将视情出动救援。妥否，请指示。"

机要参谋去电台室发报。哨长对我说，留下一个排继续排查营区险情，他要带二排、三排去苏拜村救灾。我提醒他，没有上级指令，擅自行动，似有不妥。哨长的态度明确而坚决："这样的强震，苏拜村的土坯房扛不住。现在是半夜，上级指示不知啥时能到。灾情就是命令，一切责任我负。"

我是个外来者，对边防不熟悉，还没有全面了解驻地社情，不该对哨长指手画脚，可是，职责又要求我监督、检查、指导哨所的工作。"将在外，君命有所不受"是古训，现代版的军队条令上没这一条。地震是突发事件，但毕竟不是战时。电话线中断，无法及时联络，是个挡箭牌。可是，万一救灾期间，哨所或者边境突发异常情况，留守兵力不足，如何应对？这里是孤零零的边防哨所，不是驻扎城镇的大军营。没有机关，没有近邻，也没有援手，所有事情都得独立应对，考虑问题就必须周全。抢险救灾若有战士受伤，哨长和我都脱不了干系。

该如何说服哨长呢？我还在寻思，派往苏拜村的一个战士跑来报告，村里五六户民房倒塌，有人被埋，班长正组织抢救。

哨长当即带着两个排的战士冲出营区。临走，他交给我一项任务——检查格登碑是否受损。似乎是商量，其实就是

命令。

对于哨长的安排，我心里觉得别扭。我是上级派来的，年龄比他大，军衔比他高。我没有要求他做这做那，他反倒指派我。边防哨所远离上级机关，是小小的独立王国。早年间，交通和通信不便，哨长可以一手遮天。这些年，道路改善，电话电报畅通，哨所自主的范围已经很小。现任哨长是土生土长的老兵，他的身上沿袭着过去的老旧作风。这正是我担心的。

担心归担心，哨长的命令还得执行。哨所的文书打着手电筒，陪我去后山察看格登碑。

格登碑全称"平定准噶尔勒铭格登山之碑"，是重点保护文物。由于地处边境，外人不便进出，保护文物的责任就落到战士的头上。我曾听哨长提过这座碑，清朝的，年代不够久远，料想文物价值不会太高，所以没去看过。

文书是个东北小伙。我随口问起格登碑的来历，他的话匣子就打开了。历史风云，战争场景，人物命运，像单田芳说评书一样娓娓道来。

清朝初年，蒙古准噶尔部为患西北，康熙、雍正、乾隆三朝数十年用兵，未能清剿。首领噶尔丹去世后，准噶尔部分化，这才显露败相。1755年春，清朝集结5万大军，向退缩在伊犁的叛军发起总攻。清军所到之处，准噶尔部众纷纷投降，只有新首领达瓦齐贼心不死，率领1万残兵退守格登山，凭借天险负隅顽抗。清军追至山下，多次派小股兵力引蛇出洞。达瓦齐看穿了清军的计谋，始终按兵不动。清军主帅不能断定达瓦齐是否在山上，没敢进击，派翼长阿玉锡带领一支小分队，趁夜色摸营侦察。

阿玉锡曾在蒙古部服役，言语与叛军相通，化装骗过外围守军，摸至中军帐。发现达瓦齐并未撤走，仍驻扎山顶。此时的阿玉锡，侦察目的已经达成，只要安全返回，把情报上告主帅，可记大功一次。阿玉锡没有这么做。他当机立断，率领小分队杀入达瓦齐营帐。勇士们在敌营横冲直撞。一时间，枪声大作，杀声四起。叛军以为清军发动突袭，仓皇应对，溃不成军。

此战，清军击溃叛军万余众，俘虏6500多人。达瓦齐带着少数亲信落荒而逃。阿玉锡所率侦察兵无一伤亡。不久，达瓦齐被哈萨克领主擒获，献给清军。至此，历时数十年的准噶尔部叛乱宣告平定。

乾隆皇帝得悉战报，龙颜大悦，封阿玉锡为散秩大臣，将其列入平定准格尔叛乱50功臣，画像悬于紫光阁，还挥笔写下一首长诗，盛赞阿玉锡。格登山战役，彻底消灭了准噶尔部割据势力。为纪念这一重大胜利，乾隆当仁不让，亲自撰写碑文，刻石立于格登山。

来到山顶，文书拿出钥匙，打开扭曲变形的栅栏门。碑身已倾斜，雄姿依旧在。原本只有一座孤碑，出于保护，碑顶和侧翼加装了砖块。刚刚发生的地震，导致碑帽脱落，两侧的护壁部分垮掉。砖块从碑面滑过，留下明显擦痕。碑为青石。正面碑额上，盘龙护佑"皇清"。碑体右书汉文，左为满文，还有后人胡乱刻画的兽形。背面，"万古"托举盘龙，蒙古文、藏文模糊不清。碑座前后雕有万顷碧波、日出东海。战争早已落幕，英雄归入史册。鲜血浸润的土地，未长出茂盛的草木，却生出别样的精神。

在我看来，格登碑震损并不严重，只需如实上报，等待文物部门择机修缮即可。文书却不这么想。他用对讲机呼叫值班室，让值班员派几个人，带些木棒和绳子到格登碑来。冬夜，山头空旷，冷风割面。文书这是要干什么？他没有征询我的意见，直接安排下一步的行动。自以为是的兵我见过，如此不把上级放在眼里的兵，还是头一次见。

稍许，几个战士抬着木棒上来。文书指挥众人用木棒、绳索、石块加固碑身和基座。忙活完了，文书拍着石碑说："别小瞧这块石头，它可是立过大功的。"

同治年间，阿古柏割据新疆，沙俄趁机渗透伊犁。左宗棠率军平叛，收复新疆绝大部分地区。格登山及特克斯河以北、伊犁河以南的国土仍被沙俄强占。清朝外交官曾纪泽多次与俄交涉未果。沙俄坚称这一区域是其固有领土。曾纪泽以格登碑为凭，据理力争。面对碑石勒文，铁证如山，沙俄被迫同意将格登山及特克斯河流域还给大清。若是没有这座碑，我们站立的地方，还有周边广阔的牧场，就是外国的土地。一座石碑，既是历史的见证，也是重要的领土标识。

我和文书返回营区时，哨长和救灾的战士还没回来，哨所已恢复平静。留守人员各司其职，四处巡查，没人敢睡觉。发电机的突突声，在黑暗的山里显得格外孤单。军马、军犬、牛羊、鸡鸭，无事心宽，重新进入了梦乡。

我想去苏拜村看看受灾和救援情况，又怕去了给他们添乱。正在走廊上徘徊，机要参谋拿着电报夹从电台室出来。

我问他："上级有新指示？"参谋点点头，没说什么，往苏拜村跑去。我想知道电报内容，话到嘴边，又咽了回去。他没打算告诉我。密码电报首先要呈给哨长阅签，然后才能轮到我看。机要参谋的职业素养是可敬的，没有因为我是上级派来的，就做出讨好之举。从他的眼神中，我无法判断上级的意见，是同意出兵，还是另有指示，倘使上级没有批准出兵救援，哨长擅自行动，问题就严重了。

格登山，一个小小的山头，一群有个性的官兵。他们身上那种特有的精气神是从哪里来的？我的思绪又回到200多年前的那个夜晚。阿玉锡，到底是个什么样的人？他为什么敢于突袭敌营？他就不怕一招失手，满盘皆输？我把文书喊来，虚心请教。这个编外文物保管员，道出了更多的细节。

阿玉锡原本是蒙古准噶尔部人，在达瓦齐的麾下做过养马小吏。有一次，上司来牧场视察，发现丢了几匹马，盛怒之下，训斥阿玉锡，还用火枪对准他的脑门。阿玉锡知道，丢失马匹，罪不至死，但上司的危险动作，却会要了他的命。临危不惧的阿玉锡出其不意，反手夺过上司的火枪。

依照准格尔部规约，这种以下犯上的行为要被砍掉双手。年轻气盛的阿玉锡岂肯坐以待毙。他携枪纵马，逃出部落，一

路往东，投奔乌里雅苏台的清军。乾隆皇帝听闻阿玉锡空手夺枪的壮举，召他进京，当面考验武艺。发现确有过人之处，便将阿玉锡留在身边，担任御前侍卫。准噶尔残部兵患再起，乾隆提拔阿玉锡为四品翼长，随大军平叛。这才有了格登山突袭战。

阿玉锡能名垂史册，因为他没有被上级指示捆住手脚，而是根据战场情况临机处置。一步险棋，走得大开大合。试想一下，如果他死守命令，只是侦察一番，悄然回营报告，然后清军大举进攻。最终也会平定叛乱，但战斗的烈度会增加，平叛的历程会延长。战场形势稍纵即变，机会不可能永远等在那里。阿玉锡抓住时机，敢作敢当。

这使我想起欧洲的滑铁卢之战。在战斗最为关键的时刻，法军与反法联军都已疲惫不堪，谁的增援部队先到，谁就是胜利者。双方均在焦急地等待援军。法军元帅格鲁希，明知战事胶着，却迟迟拿不定主意。他是个听话的元帅。拿破仑命他追击撤退的普鲁士军队，那时的普军尚未撤退，他就按兵不动，也不敢出兵增援主战场。他的胆小如鼠，他的明哲保身，他的唯唯诺诺，他的优柔寡断，把拿破仑和他的帝国送入坟墓。倘若格鲁希有勇气、有魄力，不拘泥于上峰的命令，而是根据战场实际，率领大军果断增援，哪怕只派小部分兵力增援。那么，滑铁卢之战，法国可能就不会失败，拿破仑王朝就不会结束，整个欧洲历史甚至世界历史都将重写。著名传记作家茨威格在《人类群星闪耀时》中写道：滑铁卢之战，不仅败在管理，同时也败在唯命是从，不能随机应变，这是拿破仑的用人错误。

军人以服从命令为天职，但军人是人，不是机器。机变常取胜，教条多误军。人，有头脑的人，才是决定战争胜负的主要因素。战场，是勇敢者的舞台。狭路相逢勇者胜。一切勇敢者都有一个共同的特质——主动。

天快亮了，院子里有动静。我走出房间，看见哨长带着几十个疲惫身影回到营区。他们在废墟中救出一老一少，伤者没有生命危险。苏拜村的房屋有倒塌，但不多。村民受到惊吓，实际损失并不大。受伤的牛羊、马匹较多，战士们实在无力施救，只能等救援队伍到来。

此时，机要参谋把上级发来的电报递给我。看与不看，已经不重要了。我忽然意识到，哨长和他手下的战士，身上都打下了格登山的烙印。一方山水养一方人。那是一种主动承担、敢于负责的勇气。这种勇气，恰是我们这个时代最为稀缺的品德。

在梦里，我鼓励女儿要勇敢攀登，可在现实中，勇敢与我，总有一段距离。我决定在格登山下多住一段时间。

帕米尔深处

已经下午3点了，她还没来。说好午饭前赶到的。我站在高高的哨楼上，用望远镜搜寻了很多遍。通往山外的砂石路似一条灰蛇，匍匐在茫茫雪地。路上空无一人，也无车马。目力所及的道路尽头，大山横亘于前。山外发生了什么，山里的人是不知道的。我默默祈祷一切平安。

春节前，我被派到帕米尔高原这个边防哨所，与战士们共度佳节。如今，春节已过，但春天的脚步远未到来。漫长的冬季，大雪虽不至于封山，可也没几个人来此。大山深处的一群人，多数时候被外面那十几亿人忘掉了。也不需要他们时时记着，有些人所做的事，生来就该默默无闻，一旦成为主角，引来关注，就会有更多的人流血、流泪。

哨所四面环山，像在碗底。白天迟迟不见太阳，夜晚仅能观望有限的天象。哨所附近有一条河。河水不大，终年不息，供养着哨所几十号人马。这条河发源于雪山，穿过深谷，流经田陌，消失在无垠的戈壁。它没有名字，也没有机会汇入大江大河。海洋不是它的归宿，甚至没有一个像样的湖泊收留它。

这是一条寂寞的河，在帕米尔高原有很多这样的无名之辈。

从哨楼下来，在营区院子里转悠，心神不宁，却装作若无其事的样子。隔一会儿，就到营门口张望。偶尔看到空中飞过一两只麻雀，再没别的有生命的东西。平日里，时不时出现的野山鸡，今天一只也没见着。后山坡上觅草的盘羊，有段时间没有出现了。寒冬，把很多事情拦下，等待春的唤醒。

回到房间，坐立不安，心烦气躁，想读几页书平复心气，却越看越烦。

指导员明白我的心思，几次提议派人开车或者骑马去山口接应，都被我婉言谢绝。这是私事，我不想给哨所添麻烦。山里没有信号，手机打不通，只能耐着性子等。不好的预感在脑海里跃跃欲试，被我一次次按下去。

终于听到汽车喇叭声。我快步走出房间。一辆蓝色皮卡车驶进营院。妻子从车里下来，牵着四岁的妞妞。她们娘俩来哨所看我了。

"路上出什么事了吗？"我问。

"没什么，积雪太厚，路不好走。"妻子的眼里闪烁着泪花。

午饭给她们留着，已经热了一次又一次。饭菜尽管花样不多，炊事班也是费了心思的。冬季，哨所的蔬菜供应十分困难，多数时候靠"老三样"——土豆、萝卜、白菜，还有"干三样"——海带、粉条、腐竹。为迎接远道而来的客人，炊事班做了两道新菜——青椒西红柿炒鸡蛋、雪里蕻炖豆腐，红

的、绿的、黄的、白的，色香味俱佳，甚是诱人。哨所过节聚餐也没有见到番茄、青椒之类的新鲜菜品。妻子和女儿饿坏了，那顿饭吃得很香、很快。

从餐厅出来，妻子说给战士们带了些东西。掀开车厢上的帆布，十几桶蓝莹莹的纯净水整齐排列。我顿时明白，她执意来哨所看我，原来是为了送水。又不能只给我送，索性与战士们雨露均沾。指导员眉开眼笑，叫人把水桶搬下来，分发到各班排，还让通信员广而告之，这是嫂子的心意。剩下3桶，送到我住的房间。我发现有几个水桶沾着泥雪，没多想，也没问。

妻子早就想来哨所，被我劝阻了。近日山区没再下雪，天气放晴，她一再要求，我只好同意，没想到她居然做起送水工。怪我多嘴，不该把哨所的困难告诉她。比这里艰苦的地方我也待过，这次与以往不同的是哨所的水，让我吃了不少苦头。

刚到哨所的那几天，我一吃完饭肚子就不舒服，胀胀的，拍着咚咚作响，像敲鼓。不仅腹胀难受，还要频频如厕。起初，我以为吃了不洁之物，找军医问诊。军医说："可能是水土不服，过几天就好了。"

一个星期过去，症状缓解，但食欲不振，屁特别多，尤其是饭后，一个接一个。我长时间在院子里散步，就怕污染了房间的空气。指导员对我说："肚子胀、屁多，与饮用水有关。"哨所的水不是清澈的甘泉，不是温润的井水，也不是冰雪融化的雪水，是附近的河水。都说这条河里的水富含矿物质，也不知道有什么特殊元素，吃下去就是不舒服。这种"矿泉水"不能生饮，烧开后也难以下咽，抓一把茶叶扔进去，方能掩盖苦涩的怪味。炊事班做饭，调料放得多，全是重口味，都是不得已啊！

准确地说，战士饮用的是河水，也是窖水。一条沟渠，把河水引入水窖，漂白、沉淀之后，流进厨房和洗漱间的管道。其间，还是经过了几道"净化"程序。

引水之前先清理沟渠。数百米长的渠里，枯草、树叶、石块、牛羊粪，什么乱七八糟的东西都有。战士用铁锹、坎土曼一段一段清理。清完水渠，再用钢钎和铁锤凿开冰层，在拦水坝上堆放沙袋，把河水逼进渠沟。出于好奇，我曾掬起清澈的河水尝了一口，没有苦味，就像是融化了的冰雪。可就是这清澈的水，让人闹肚子，也闹心。

漂浮着干草枯枝的河水缓缓流向哨所。一片片枯叶和一根根杂草，就像是一叶叶小舟，一忽儿向前急行，一忽儿被堵住搁浅，它们的喜悦、兴奋与我的心情相仿。水窖入口处，设有三道滤网，前疏后密，"小舟"们永远无法靠岸。记得有一则电视广告，宣传某款纯净水，经过27层过滤。那是多么纯净的纯净水啊！那水属于阳春白雪，远在深山的下里巴人，不敢有那样的奢望。冬天，一窖水可饮月余。夏季，两周引水一次。引水一般在下午。放满一窖水需要三四个小时。水放满后，炊事班班长往水窖里撒几包漂白粉。澄静12小时，便可饮用。想当年，高加林无法忍受脏兮兮的井水，带着刘巧珍去县城买漂

白粉。《人生》已走过20多年，帕米尔深处的战士，还在吃漂白粉净化的窖水。

见识了一次引水过程，我好几天吃不下饭，也不想喝水。滤网拦截的一堆堆羊粪蛋，总在我眼前滚动，好像茶杯里、饭碗里都有一种羊膻味。

我问过指导员，为何不打一口井？指导员说，上级曾派来一个打井队，在哨所不远处打过一口。出来的水依然不符合饮用标准，就废弃了。

西域缺水，凿井不易，古来如此。《后汉书》记载，屯田校尉耿恭与匈奴作战，被困疏勒城，饮水绝断。耿恭指挥兵卒在城中掘井，挖了15丈深，仍不见水。士卒渴极，挤榨马粪汁来喝。耿恭鼓舞士气说，当年贰师将军李广利西征，拔剑刺山，飞泉涌出，如今大汉圣德神明，我等绝不会困死于此。他整理衣冠，恭恭敬敬向井叩拜，虔诚祈祷。少顷，井水涌出，众人皆呼万岁。耿恭命士兵将水泼出城外。匈奴人大惊，以为汉军真有神助，撤兵离去。可惜，我不是贰师将军，也非屯田校尉，没有剑引飞泉、拜井出水的本事。

哨所是20世纪60年代设立的，几代戍边人都靠这一河之水生存。他们在帕米尔深处待久了，身体适应了这里的一切，包括饮水。在哨所，我养成一个习惯，吃饭不喝汤，平时也不怎么喝水。好心的指导员送我一桶矿泉水，5升。我只是偶尔润润唇，最多像喝白酒那样浅尝辄止。

吃水难，水难吃，给妻子打电话时无意中说起这些，让她上了心。为了让我喝上干净水，她不惜冒险，独自开车进山。当我再次问起，200公里的路，为啥走了那么久。她未开口，先抹起了眼泪。

我早先那种不祥的预感应验了。妻在来的路上把车开翻了。难怪车身有划痕，水桶上有雪泥。

哨所地处帕米尔深处，人迹罕至。通往哨所的路，不可能是柏油马路。走这条路的人，要么是边防军人，要么是军人家属。山路上积雪不是很厚，但有掉落的石头，有大大小小的坑洼。为躲障碍，一不小心，车就飘起来，冲下路基，侧翻在雪地里。好在车速不快，娘俩都没受伤。人没受伤，借来的车也无大碍。可是，一个弱女子无论如何也没办法把车救出来。山里没有手机信号，喊天不应，叫地不灵。

说到这里，妻子流泪了，她怨我没带人去接她。我无言以对。想想是有点后怕，冰天雪地，单车进山，够危险的。

吉人自有天助。就在妻子准备弃车徒步时，一位柯尔克孜老人赶着羊群从那里经过。妻子看到了希望。当然，一个老人同样不可能帮她把车推出来。老汉从另一条沟里喊来十几个人，帮忙把车抬了出来。她要给那些人辛苦钱，他们什么都不要。这些生活在帕米尔深处的农人牧民，与自然已相融合，从容地在那里任生命滋长衰亡。大山隔绝了信息，却也保护了人的纯良。也许哨所附近的那条河就流过他们的村子，祖祖辈辈，人畜共饮，他们抱怨过水质吗？我想，他们对河水的态度，可能更多的是感激。

看着妻子脸上的泪痕，我心生愧疚。其实，她没必要冒这么大的风险。哨所条件再苦，困难再大，通常没有生命危险。即使水质不达标，也不至于对身体造成太大危害。何况我在哨所只待一个月。

妻子和女儿在哨所住了一晚，第二天就走了。我在哨所又待了两个多星期。

离开哨所前，炊事班班长托我在山外的邮局给他家人汇一笔钱。班长不到30岁，肤色黝黑，面相显老，但眼睛很是清澈，不像是喝了多年窖水的眸子。他说儿子去年腊月出生，春节前本该给家里寄钱，因为出不了山，没能寄成，只好请我代劳。班长是二级厨师，炒一手好菜。在寂寞的大山深处，他的工作顶得上半个指导员。9年时间，他陪了三任指导员。

"多年饮用窖水，身体有没有毛病？"我忍不住问了一句。班长举起拳头说："没啥，这不挺好的，壮得像头牛。"我的手放在他的肩头，盯着他的眼睛问："水烧开了是苦的，你应该早就尝出来了？"他说："井水有井水的淡，泉水有泉水的甜，老窖有老窖味，喝惯了窖池水，回到家乡喝自来水，还不适应呢。"他的话没让我感到欣慰，反而勾起阵阵酸楚。他的妻子是否来过哨所？他敢不敢把自己的真实处境告诉家人？也许会，也许不会。

水是生命之源。幽远的帕米尔深处，看起来有山有水，但山是秃山，草木难生，水是恶水，人畜照饮。战士跑遍附近的沟沟坎坎，想找一眼清泉，终归没有找到。指导员常说一句话：习惯了，也没啥。

从建哨到现在，几十年过去，没有谁因为饮用河水而落下残疾，或者患上什么不治之症，大家只是不舒服而已。或许，真有什么慢性疾病潜伏体内，多年之后再发作，那就不得而知了。水源没得选，水质不可改，炊事班只能因地制宜。熬汤，多放葱姜。炒菜，多撒盐。食材多用萝卜和豆子，便于通气。通则不痛，通则不胀。

按说，我有义务和责任向上级反映哨所的困难，但在起草总结报告时，我却犹豫了。困扰哨所多年的饮水问题，肯定不是我第一个发现的。在我之前，多少机关干部下来蹲点，谁不了解呢？若能解决，早就解决了。现有技术无法给战士一眼甘泉，我再重复一遍，又有什么意义？我有时觉得，妻子不该给哨所送水。生活在大山深处的战士，顺应此间天地，常年饮用河水，身体业已适应。忽然间饮上纯净水，麻木的味蕾被挑逗，沉睡的肠胃被激活，那些纯净水喝完之后，再饮苦涩的河水，口感与情绪会是怎样的不适？沉睡在黑暗的铁屋里的人，唤醒他们，只能带来痛苦。

可是，若人人抱此想法，世间便不会有《呐喊》。呈报总结时，我还是把哨所饮水之难写了进去。不是呐喊，是为内心争得一丝安慰。在边防一线，我所看到的，也许只是他们希望我看到的。战士内心深处隐藏的情感和诉求，我了解多少，又能为他们做些什么呢？我什么都做不了。或许，还有比改善水质更值得做的事情，只因我的肤浅未能洞察。

　　是的，战士饮用的水确有杂质，但他们的心特别干净。他们一代一代坚守在大山深处，是对祖国的忠诚，也是为讨一份生活。边境线就在那里，哨所搬不走，饮水只能就地解决。改变不了的，就接受吧。

　　10多年过去了。听说帕米尔深处的这个哨所，打出了深水井，战士们喝上了符合饮用标准的干净水。

敏捷之死

我从没想过，用文字为一只狗立碑。这次，就这么干了。

有那么几年，我经常去边防连，有时普法，有时蹲点采访，有时当兵体验生活。我与许多边防战士成为了朋友，其中有一个特殊的朋友，是一条军犬。我们相处的时间不长，但它救过我。我忘不了它。

那次，我去边防七连当兵。暴雨损毁道路，我在军分区逗留多日。路通了，有个士官带着一条军犬与我同行。士官面黑体壮，我叫他"黑塔"。军犬有个好听的名字——敏捷。

车子驶出市区，一路西奔。起初是柏油路，后来是砂石路，再后来，就没有路了，杂草丛生的荒滩上只有隐约的辙痕。

雨过天晴，野气清新。雨水洗去尘垢，大地抖擞精神，浅池盈洼随处可见。旱獭冷不丁在路边草丛中探出头来，东张西望。不等车子靠近，又机敏地缩回洞里。山坡上，一只红狐狸向我们行注目礼。敏捷发现了红狐，隔着窗玻璃吼叫。黑塔轻抚它的头，敏捷便乖乖坐下。

离七连还有三四公里，车辙被一大片黄泥水覆盖。司机贸然涉水，车子陷入泥潭出不来，他只好打电话向连队求援。我和黑塔、敏捷都跳下车。7月的西北边地，气温不高。莽原之上，松林茂密，山巅白了头。近处草甸，一汪水倒映蓝天白云。池边两只黑颈鹤悠然自在。一只单腿挺立，耷拉着脑袋在打盹。另一只，细长的尖嘴伸进水里寻找虫鱼。我拿出相机，随意剪取大自然的无私馈赠。

突然，敏捷在身后猛叫。我一转身，一条蛇口吐红信正盯着我。我的头发像钢针一样竖了起来。犬吠惊动了冷血爬虫，它扭头一瞥，不想搭理，往别处游去。我小心翼翼，挪着碎步向越野车靠近。尽管我动作轻微，还是引起了蛇的误解。它调头向我扑来。速度之快，超出我的想象。

危急关头，敏捷跳过去冲着蛇怒吼。蛇被逼停，与敏捷对峙。黑塔从侧翼迂回过去，手起锹落，将蛇斩为两截。我站在车旁，额头渗出微汗。黑塔手握工兵锹的样子，简直就是刘邦再世。我点上一根烟，坐在车里深吸几口，紧张的情绪稍稍平复。

救兵来了。巡逻车挂上钢丝绳，轻而易举就把越野车拖出泥沼。再次上路，我觉得黑塔和敏捷是那样的亲切。

黑塔是边防七连的军犬训导员，刚从军犬训练队毕业。一年前，他选中当时还是幼犬的敏捷作为搭档。十几个月朝夕相处，人与犬高度默契，成为不可分割的整体。他们满怀激情，一道奔赴战斗岗位。

受过系统训练的敏捷，感知超常，反应灵敏。车子刚驶进七连营区，这家伙前爪就趴上车窗，迫不及待。门一开，嗖，蹿了出去，在迎接我们的军官身上嗅来嗅去，"抢戏"毫不客气。黑塔赶紧将它带开。

连长与我寒暄几句，带我进屋。楼道里，一条步态迟缓的黄毛军犬迎面出来。敏捷凑上去跟"老前辈"打招呼。好像在说：老大，你退休吧，这里交给我了。

边防连地处偏远，无丝竹之乱耳，无案牍之劳形，比机关科室有趣有味。在机关，一个刀笔吏，加班加点，累死无数脑细胞，凝结成几行文字，发到基层、登上报纸，自鸣得意，其实没几个人看。在边防连，跟着战士们骑马巡逻、打球赛跑，有时去菜园翻地，偶尔爬上山头吟诗放歌，好不快活。

敏捷有恩于我，我特别关注它。我把吃剩下的鸡腿、排骨扔给它。敏捷闻一闻，不下口。黑塔说，敏捷只吃他给的食物，别人投喂的东西，在野外捕获的猎物，它都拒食。真是一条自律的军犬。敏捷的饮食由黑塔一手操办。不喂现成的狗粮，而是从炊事班搞些骨头、肉类，给敏捷开小灶。军犬有正式编制，伙食费够它吃饱吃好。

敏捷不吃我给的食物，却知道我对它好。我们天生有缘。不管我怎么抚弄，它都一副顺从的样子。对待别的战士，它缺乏耐心。战士逗它玩，它不理不睬，惹毛了，还会吼两声。敏捷的窝在屋檐下、拐角处，是木板钉的小房子。黑塔将里外打扫得很干净，隔三岔五，还要把麻袋"床垫"拿出来晒晒。

傍晚，巡逻队回营，准备开饭。战士们聚在院子里等吹哨。突然，敏捷冲着窝棚猛吠起来。大家都围过去想看个究竟。敏捷将"床垫"叼出来，在地上甩来甩去，似乎麻袋片里藏着什么东西。黑塔上前抚摸敏捷的脑袋。敏捷安静了几秒，又冲着犬舍吼叫。

连长问："敏捷怎么了？"黑塔说："有谁动过犬舍？"我连忙解释："下午，一条瘸腿的土狗在营门口转悠，我看它可怜，扔了些吃的。土狗得寸进尺，钻进敏捷的窝里睡觉，我发现后拿棍子把它赶走了。"一定是敏捷闻出了异味。

在我向大伙解释的时候，营门口传来一声刺耳的狗叫。众人的目光移过去，一条土狗夹着尾巴落荒而逃。敏捷跑过来，扑在主人的身上蹭蹭嘴巴，转身扑向我，双手搭在我的胸前。我顺势理了理它的背毛。不好意思啊，敏捷，是我不该收留那条土狗。

一场风波就此平息。我知道，敏捷有洁癖。

敏捷很快就适应了边防七连的生活，忠实地履行起它的职责。未来的日子，它将像前任一样，在平凡中一天天老去，直到退休、死亡。对一条狗来说，这是不错的安排。

然而，有些事情总是令人猝不及防。人生与狗命，差不多。

一辆依维柯巡逻车驶进七连。这辆车的到来，改变了敏捷的命运。车是边防六连的巡逻车。最近一段时间，六连防区发现不明身份人员到边境偷鱼，上级要求加大巡逻力度。六连的军犬因公牺牲，继任者还没到位。六连向七连求助，希望把敏捷借去一用，协助他们执勤巡逻。

连长征求黑塔的意见。黑塔说他服从组织安排。于是，敏捷和它的主人被那辆巡逻车接走了。敏捷在七连安家，仅仅十来天，我们的关系刚熟络，它就走了。但愿它在六连的任务早日结束，我离开时还能见到它。

一个月时间说长不长，说短不短。当兵期满，我准备撤回乌鲁木齐。敏捷没有回来，我心里有些遗憾。这天，下着小雨。收拾好行装，我站在外廊看雨，等车。

一辆军绿色的依维柯驶进营院。我拎起行李准备上车。连长说，这是六连的车，不是军分区接我的车。我想起来，半个月前，这辆车接走了敏捷和黑塔，难道今天是送他们回来的。

六连指导员从车里下来，冲我点点头，搂着七连长的肩膀往值班室走去。我关心的敏捷，没有出现，黑塔一个人回来了。我跟他打招呼。他应了一声，扛着迷彩背囊，低头往宿舍走去。"敏捷呢？"我问。黑塔停下脚步，回头看着我，一脸忧伤。"敏捷留在六连了吗？"我追问道。黑塔摇摇头，低声说："敏捷，牺牲了。"怎么会这样？我的心像被马蜂蜇了一下。敏捷刚刚成年，上任才一个月，怎么就……我想知道更多的细节，但见黑塔黯然神伤，不忍心再碰触他的伤口。雨忽然变大了，是老天在替我落泪。

透过值班室的玻璃，我看见六连指导员和七连长在交谈，便走了进去，询问敏捷牺牲的缘由。我以为敏捷是在执行任务

时牺牲的。指导员说不是，敏捷是被蚊子咬死的。"蚊子咬死军犬？"指导员重重地点点头，煞有介事地说，六连驻地是一片湿地，是蚊虫的天堂，蚊子多得数不胜数，随手一拍，就能打死十几只。有人做过统计，每立方米有2000多只蚊子。

怎么会有那么多蚊子呢？

两条河在这里交汇，形成连片沼泽。大量动植物在水中腐烂变质，产生的微生物为蚊子提供了顶级营养。这地方又很少刮风，蚊虫毫无顾忌地浮游在空中。人和牲畜只要皮肤暴露在外，就会引来无数刺针。蚊虫大多有毒，被叮咬后处理不好，会化脓、溃烂。若是大面积遭蚊虫袭击，还可能导致休克。农牧民无法忍受，大都搬去别处。现在只剩下一户人家和边防连的几十号兵。

这么多的蚊子，应该有防护措施吧？

有是有，但收益甚微。你想想，一只蚊子一年可以生一千只小蚊子，太多了。战士们可以穿防蚊服，军犬只能靠那身皮。皮毛能阻挡部分蚊虫的叮咬，但是腹部、脸颊，难逃厄运。执行任务时，军犬的鼻子嘴巴外露，舌头要伸出来散热，遇有敌情，还要吼叫撕咬。不可能把它全面防护起来。军犬常被咬得坐卧不宁。此前，六连已有四条军犬被蚊子咬死，敏捷是第五名烈士。训导员用破布缝制的防蚊罩能起点作用，可军犬的口鼻仍屡遭攻击。敏捷生性敏感，对蚊虫叮咬的耐受度低。一旦有蚊子咬，它就用爪子去挠、去拍，有时把脸抓得稀巴烂。蚊子好像特别喜欢敏捷的血，总是群起而攻之。可怜啊，一只好狗。

指导员的解释，让我浑身不适。我不喜欢夏天，不是怕热，是烦蚊子。我的体质特别招蚊子。被蚊子咬，浑身难受，却说不准哪里难受。一想到密密麻麻的蚊子在眼前飞舞，我就头皮发麻。再想想敏捷，没有防护，又无法表达，被无数蚊虫欺负，我的心里真难受。可惜啊，它没来得及看懂这世界，就匆匆走了。本可以在七连颐养天年，一个偶然事件，生命轨迹就变了。

敏捷不会白死，就算是被蚊子咬死的，六连也要为它争取"功臣犬"的荣誉。这是指导员的承诺。军犬非正常死亡，在别的连队可能要追究责任，在边防六连，不会。现实摆在那里，生存条件恶劣，军犬都能被蚊虫咬死，人受的罪，就更不用说了。

军犬不是一件工具，它是活物，是我们的战友。走出值班室，满脑子都是敏捷活泼的样子。我知道，边境地区地形复杂，天气多变，巡逻途中，战士遇险遇难时有发生，何况军犬呢？

黑塔坐在犬舍旁，默默抽烟，膝盖上套着敏捷的项圈，胶鞋和裤腿被雨水打湿，地上散落着烟蒂。他是敏捷的主人，历经千辛万苦，流血滴汗，把一只懵懂的幼犬带成边防卫士。如今，他像失去孩子的父亲，孤独，失落，无处倾诉。我想安慰他，却不知说什么，只能陪他抽烟，一根接一根。

"都怪我，是我害了敏捷。"黑塔把烟头扔在地上，嘴里

念叨着，"我不该带它去六连，敏捷不适应那里的环境。它不该那样走。"

"怎么能怪你呢？上级有要求，连队之间也沟通过，你一个训导员，做不了主的。"我的安慰，显得苍白无力。

接我的车来了。连长走过来对黑塔说："别太伤心，人都会死的，何况狗呢？下一批军犬训导员集训，还派你去，你再给咱带一条回来。起来吧，送送岳干事。"黑塔坐着没动，头快低到膝盖。连长又说："回头让岳干事给你寄几张敏捷的照片。"

我确实给敏捷拍过一些照片。我答应黑塔，回乌鲁木齐就寄。

雨小了，打在车窗上，像泪滴，黑塔的泪。我不知道狗会不会流泪，如果会，它什么时候流泪呢？狗好像不流泪。听黑塔的口气，敏捷的死不像指导员说的那么简单。它到底是怎么牺牲的，我没有机会搞清楚。这个问号挂在了记忆中。

这个冬天，乌鲁木齐的雪比以往时候来得更早一些，才11月，就下过好几场。一天下午，我在办公室整理案卷，黑塔打来电话，说他退伍了，已到乌鲁木齐，住在兵站，明天回陕西。他想要几张敏捷的照片，留个纪念。我拍着脑门连连道歉。我早把这事给忘了。当初以为连长随口说说，只是安慰黑塔，他却一直在等。

当晚，我拿着照片和酒去兵站，想请黑塔喝点，既是道歉也是送行。数百名同籍老兵都住在兵站，领队的军官不允许他们外出。我和黑塔就在房间里回顾过往。

除了那段不怎么轻松的边防生活，黑塔提到，敏捷的"功臣犬"荣誉上级批了，那是它应得的。敏捷不是被蚊子咬死的，它确实是执行任务中因公牺牲的。半年来，敏捷在我的记忆中已经变得模糊，当初的伤怀被平庸的生活磨得所剩无几。黑塔旧事重提，道出敏捷死亡的另一个版本。我感到欣慰，又有些不解。

黑塔说，边防六连的蚊虫确实多，人受罪，军犬也不例外。敏捷训练有素，即便蚊虫侵扰，它仍能忠实履职。那次去41号界碑巡逻，战士发现水草丛里有烟盒，可能是盗捕者留下的。为了取证，黑塔让敏捷去捡烟盒。结果，敏捷误入沼泽，没能爬出来。它不是为躲避蚊虫而跳进水里的。

事情过去这么久，敏捷已化为泥土。六连指导员的解释已得到大家认可，亦能自圆其说。真相似乎不重要了，但在黑塔的心里，敏捷是他的作品，是他的心头肉，他要给敏捷一个说法。指导员和黑塔，谁说的才是真相呢？

两年后的秋天，又轮到我下边防。这次，我去边防六连。9月份，草甸吃力地保持着青春姿色，不肯轻易退出夏季的舞台。湿地开始涂抹秋的颜色，黄的白桦叶，枯的芦苇荡，干涩的芨芨草，像野火一片一片地烧向山顶。越野车在边防公路上起起伏伏，如纵一苇，凌波万顷。

远远地，六连上空烟雾缭绕，宛若烽火，又像是炊烟。车子驶进营区，只见篮球场四周烧着几堆牛粪。战士们头戴防蚊

帽正在打篮球。营房是新盖的，像四合院，建筑内部相互连通，大部分活动可以在室内进行。虽已入秋，蚊虫还是不少。我一下车，连长就把我带进室内。短短几步路，我的脖子、手腕被蚊子咬了七八个包。

入住六连我才发现，咬人的不仅是蚊子，还有小虫子。特别是一种蠓虫，体型很小，趴在人的肌肤上，一个小黑点，战士叫它"小咬"。纱窗和防蚊服挡不住它。这种不起眼的小虫，身形小，不易发现，人畜总是被它欺负。它下口的时候，你觉察不到，等你感觉痒，它已吸饱了血。即便打死它，皮肤上也会冒出小包，比被蚊子咬过更痒。蚊子，可以用扇子赶走。只要你在动，蚊子就没法停靠肌肤。但是小咬不一样，你走路，你训练，它照样能趴在你的胳膊上、耳朵上、鼻尖上猛吸。吸不饱决不罢休，直到你要了它的命。

通信员给我送来花露水、清凉油、防蚊贴，还有两盒蚊香。"这些东西有用吗？"通信员笑了，说："基本上没用。"连长拿来一套迷彩防蚊服，叮嘱我穿戴防蚊服要特别注意袖口、领口、裤腿处，一个小小的疏漏，那些吸血鬼就能发现，防不胜防。

我穿上防蚊服去营区周围找感觉。在一个池塘边，发现几个小坟堆，坟前插着木板，我看到了敏捷的名字。我向通信员打听敏捷的死因。他听说过有一条军犬，在六连没待几天，就被蚊子咬死了。具体的细节，说不清楚。

可怜的军犬，可爱的战士。长年累月与蚊虫共生。一两年，三四年，一辈子。很多时候，我们感慨人生别无选择，命运任人摆布，想想边防战士，就觉得自己身在福中不知福。战士没有选择，他们是被分配来的。他们不怕蚊虫吗？他们不想过好日子吗？他们跟我们一样，肉体凡胎，是蚊子的营养。他们的坚守，说高尚，是卫国戍边；说平淡，其实是一种生活，平凡人的平凡生活。为了生活，就这样忍了。

告别六连的头天晚上，哨所大锅炖牛肉，战士们吃得不亦乐乎。

哨所附近有一户边民，家里死了牛，因为远离城镇，卖肉不方便，自己又吃不了，给哨所送来半头牛。我心里纳闷，不明死因的牛肉能吃吗？连长看出我的顾虑，解释说："牛不是病死的，是自杀身亡。"牛会自杀？我更疑惑了，莫非边民欺骗连长。还真不是。前些日子，边民忙于他事，没能及时清理牛圈，牛粪堆积，引来大批蚊子。本就是蚊虫王国，又有增援兵力。这牛啊，被蚊子咬得实在受不了，就用头撞墙，结果把自己给撞死了。

我又想起了敏捷。

孟伯山传人

出库车县城往北，过了黑英山乡，满眼戈壁碎石，犹如亿万昆虫结阵杀向天山。不知千百年前，由此穿峡越岭前往伊犁的人，所见是否是同样的景象。

博扎克拉格沟口从峰峦叠嶂中显露出来，砂石路消失在乱石滩中。车辆无法前行，只好弃车徒步。杂草丛中立有一块石壁，上书"刘平国治关城诵石刻遗址"。近观壁文，始知由来。汉桓帝永寿年间，龟兹左将军刘平国带人在此守关修路，凿岩筑亭，刻石以记之。绕过石壁，沿河边向沟口行进。"乌孙古道"四个大字嵌于崖壁，鲜红醒目。沟口像个喇叭，吹出一河清流、一滩沙石。对岸山头上的烽火台，仅存基座。烽燧燃烧了无数岁月，化风从云，披霞散雾。

乌孙古道北接伊犁河谷，南通塔里木绿洲。从博扎克拉格沟一直往北，翻越阿克布拉克达坂，经天堂湖、科克苏河，可抵伊犁特克斯县。连通天山南北的峡谷通道不止这一条。夏塔古道位于此沟西侧，连接昭苏与阿克苏。大名鼎鼎的独库公路，在这条沟以东50公里。

沟口狭窄，宽10余米，左岸紧邻崖壁，筑坝拦水。坝上建一混凝土平顶屋。小屋类似碑亭，四面透空，铁栅围栏。堤坝逼走流水泥沙，小屋可防山顶落石。打开栅栏门，顺屋内台阶下行两三米，来到古老的河床上。摩崖石刻就在眼前。

石刻模糊，几乎看不清。想伸手触摸，怕有损文物。崖石粗糙起伏，不似碑面。凑近看，勉强能找出斑驳字迹。千百年来，日晒雨淋，风蚀水冲，又因河床上升埋于地下，自是消磨了不少。县文管所修堤筑坝，将河水逼向右岸，然后开挖河床。石刻得以重见天日，却再无摩崖之势。

铭文简短，字迹模糊不清。若是游览，索然无味。要说考古价值，也未必有多高。早在西汉，中原王朝就已设立都护府管辖西域。刘平国治关勒铭，是在东汉末期，不足为奇。倒是摩崖石刻的发现过程，颇为传奇。

清同治年间，中亚浩罕阿古柏入侵新疆，左宗棠率军进剿。当时，清军将领张曜驻军库车。张曜帐下幕僚施补华，精通金石古迹，听说此间石壁存有残字，前往查看并制作拓片。施补华所著《泽雅堂文集》详述了刻石发现的经过。"此碑在今阿克苏所属赛里木东北二百里山上。光绪五年夏，有军人过其地，见石壁露残字，漫漶不可识，或以告余。疑为汉刻。秋八月，余请于节帅张公，命总兵王德魁、知县张廷楫具毡椎裹粮往拓之，得点划完具者九十余字。"

施氏著述及拓片流传出去，引起考古界、史学界的关注。晚清至民国，不断有史家文人到此仿古复制，学界掀起一股研究龟兹拓片的热潮。王国维、鲁迅等名家亦曾考证此铭文。多年以后，刻石内容基本确认："龟兹左将军刘平国，以七月廿六日发家，从秦人孟伯山、狄虎贲、赵当卑、夏羌、石当卑、程阿羌等六人，共来作列亭，从□谷关。八月一日始斫山石作孔。至十日止。坚固万岁人民喜，长寿亿年宜子孙。永寿四年八月甲戌朔十二日乙酉，直建纪。此东乌累关城，皆将军所作也。京兆长安淳于伯隗作此诵。"

铭文以实物佐证了汉与西域的关系，于史有增益。我疑惑的是，永寿年间，秦亡汉兴已有300多年，龟兹境内的基层官员刘平国及其部属孟伯山、程阿羌等人，为何自称"秦人"，而不称"汉人"？静安先生认为，铭文中的"秦人"是生活在西域的汉人的自称。似乎有道理。毕竟秦国紧邻西戎，立国500多年，秦统一天下，帝国闻名遐迩。在西域，在欧亚古国，"秦人"的声名远在"汉人"之上。

"秦人"也好，"汉人"也罢，终究是人不是神。区区6人，短短10日，于山崖绝壁筑起关亭。可能吗？那时没有电钻，没有挖掘机，火药尚未发明，他们是怎么施工的？为何如此神速？

正百思不得其解，看到身边的小孟，骤然有了答案。小孟是我的助手，国防科大军事工程学硕士，虽然改行做了法官，工兵专业素养还在。小孟说，6人10天，修一座关亭，不是没有可能。秦国有李冰、郑国那样的水利工程师，就一定有高水平的建筑工程师，否则造不出长城、驰道、阿房宫、秦王陵。世人皆知秦人能耕善战，忽视了秦国乃制造业大国。秦国的水利工程、交通工程、军事工程、建筑工程，早把山东六国抛在身后。修建关亭，若是标准化施工，木制构件在工坊加工好，运至关口，开凿洞孔，组装即可。秦法有"物勒工名"之规定，汉承秦制，把施工者名字刻在石上，不为称颂功绩，而是方便追责。刘平国带领的士卒工匠或许不少，能留下名字的，是位阶较高或有一定手艺的。其他苦力，历史的流沙而已。

术业有专攻。小孟说得有理有据，令人信服。我又问："6位工匠中，有个叫孟伯山的，会不会是你的先祖？"小孟笑道："那是当然，咱都是老秦人，老家眉县有很多孟、西、白三族的后裔。"小孟所言可能是随口戏说，但古往今来工程兵的气质是一脉相通的。

结束了在库车的公务，我和小孟乘火车返回乌鲁木齐。

列车驶入山区，盘旋于深谷浅壑，走走停停，比牧羊人还悠闲。停车也不靠站，似乎很随意，少则几分钟，长则一个多小时。列车播音室总是说临时停车，却从不解释为何临时停车。我感慨这条铁路修得窝囊，威风八面的铁龙居然比牛车还慢。小孟说："有火车坐，已经不错了。"我让他从军事工程学的角度分析这条铁道的优劣。小孟坦言，南疆铁路建于20世纪70年代，那时缺少施工机械，开山辟路靠血肉之躯，靠胸中那一口气。他的父亲是铁道兵，在这段天山峡谷中流过血、流过汗，还差一点丢了命。听他此言，我不由得心生敬意。一对父子，两代军人，都是玩命的工程兵。

火车到达乌鲁木齐已是晚上11点了，小孟叫我去他家吃饭。他父母前不久从陕西来疆探亲，而我的妻小还远在喀什。于是，便去了他家。

老孟身材矮胖，短发圆脸，上身挎栏背心，下着大短裤，手持一把蒲扇，活像鲁智深。小孟的母亲做了臊子面，见有客人来，又拌了几个凉菜。我们三个男人喝酒、抽烟、聊天、吃面。我发现老孟右手食指缺了一截，猜测可能是修铁路时受的伤。一问，果然如此。

提起当年施工，老孟侃侃而谈。1974年，铁道兵部队挥师天山。逢山凿路，遇水架桥，风餐露宿，历时10年建成南疆铁路吐鲁番至库尔勒段。400多公里铁道，200多位战士牺牲，无数人负伤致残。如今，铁道兵已退出历史舞台，无言的铁道仍在诉说着他们的功绩。老孟那一代兵，把几辈子的苦都吃了，但是，不管多么艰苦，战士们始终热情高涨，苦中找乐，没有一个退缩的。老孟讲得口若悬河，我听得津津有味，小孟却不以为意。

说到高兴处，老孟拉着我的手，连声道谢，感谢我把小孟从南疆调到乌鲁木齐。我哪有那本事，我只是推荐了小孟，选谁用谁是领导的事。老孟把他在太白山上采的药王茶塞给我一包，我推辞不掉，我只好收下。

老孟兴致很高，不多时就喝高了，回房休息。小孟的母亲又加了几个菜，我与小孟接着喝，接着聊。聊着聊着，话题又扯到老孟身上。

我问小孟："你父亲的手因公受伤，应该有伤残补助吧？"小孟说："别信他的话，他最爱吹牛，他的手指不是修铁路受的伤。"老孟当兵5年，在新疆钻了5年山沟。本来可以提干，可老孟说啥也不干了，回家当起农民。一次进山采野茶，手指被蛇咬了，他自己砍掉了那截手指。

我以为小孟当初考军校，读军事工程学，是受父亲影响。小孟说不是，他的工兵之路，成也父亲，败也父亲。

小孟自幼听父亲讲工程兵的英雄故事，小小年纪就在心里埋下工程兵的种子。高考填报志愿，他毫不犹豫选定工程兵学院。收到录取通知后，父亲却骂他乱填志愿，毁了大好前程。父亲让他放弃军校，来年重考。小孟不乐意。事情到这份上，父亲才吐露实情——工程兵太苦了，他不希望儿子重走他的路。他讲给儿子的那些故事，大多是编的，想在儿子心目中树立老子的英雄形象。

小孟没有复读，穿上军装，进入军校，毕业后分配至喀什某工兵部队。我不清楚工程兵的具体任务，从常识判断，开路架桥，清碍排险，布雷扫雷。辛苦自不必说，常有生命危险，就是现代版的孟伯山。孟伯山好歹在历史上留下一笔。可是，更多的、无以计数的兵卒，无声地淹湮在边关的尘埃中。

酒越喝越多，话越扯越远。小孟谈及他在工兵部队经历，身心创伤至今无法修复。

那些年，部队连年开赴高原施工，很少有人知道他们在喀喇昆仑以命搏天。

天路新藏线（219国道），已成为网红打卡的旅游线路。一年四季，游人不绝。承建新藏公路的是武警交通部队。这样的工程交给地方建筑公司，不放心，也没人愿意干。海拔太高，环境恶劣，没人愿意拿命换钱，只能靠军人。新藏线上有很多岔路，伸向大山深处，往里走，可能就是一个边防哨所。通往哨所的路比国道更险，修筑边防公路，建设哨所营房，构筑防御工事，唯有工程兵能担此大任。

高原施工任务重，一年当中能施工的时间有限，加班加点是常事。小孟所在的部队头一年上山，缺少专业技工。为赶进度，有个焊工士官长时间超负荷作业，导致眼睛受损。起初他没当回事，从卫生队拿了些眼药水，偶尔滴几滴。有一天，突然什么也看不见了，才被紧急送下山。医生诊断，长期在缺氧低压环境下过度用眼，造成视网膜脱落。手术还算成功。经过休养，士官的右眼视力恢复至0.3，左眼仅有光感。医生要求他每月做一次康复治疗，并叮嘱他不能再从事电焊工作。士官只做了一次康复治疗，又向组织递交上山申请。那一年，他还是上了高原，尽管没再操作焊机。

听到这里，我的心里很不是滋味。士官后来怎么样，小孟也不清楚。他只记得士官说过，穿一天军装就要想一天军人的事，以后的事，以后再说。我想，这些漂亮话是说给媒体听的。战士为什么争相上山施工？我不怀疑他们的觉悟和担当，他们不是一般的人。但是，再不一般，也是人。小孟的解释或许值得思考。他说，战士争着上山，无非想多挣点高原补贴。

那个眼睛受伤的士官，女儿患有先天性心脏病，手术需要钱。

雪域高原是冷峻的，也是公平的。不管你是上校还是列兵，老迈或是年轻，加之于你的摧残，施之于你的考验，一视同仁。我想起了老任，工程兵部队的政委。同乡会上认识他时，他说话口齿不清，像没牙的老太婆。这样的人当政委，怎么跟战士做思想工作，话都说不利索。后来才知道，连年带队上山，老任的八颗牙齿掉落在喀喇昆仑。

高原施工，是精神与自然的殊死较量，是在天堂与地狱交界处的疾行。人说不见棺材不落泪，老任见了棺材也不落泪。多年上山，他确实没落过泪，没掉过队，但他无法阻止别的东西掉落，比如体重、指甲、头发、牙齿。牙齿脱落是因为牙龈严重萎缩，牙龈萎缩是高原病作怪。高原病是全身性的，掉牙只是一种表象。别人劝他下山治疗，他却说，高原施工的官兵，谁的身体没点毛病。我与老任只有一面之缘。时隔不久，他就去了另一个世界，还不到50岁。

高寒、缺氧、塌方、粉尘、强噪音，是高原施工的五大鬼门关。小孟也遇到过不少险情。有一次，他带几个战士掘进作业，风钻剧烈的震动引发洞顶塌方，幸好安全员及时报警，他和战士跳车逃命。来不及移位的装载机被砸成铁砣。施工期间，这样的危险几乎不可避免。刚开始，大家心虚发怵，后来习惯了，也就淡定了。拍拍身上的灰尘，振作疲惫的精神，远方也许尽是坎坷路，也要勇敢走一程。

没上过高原的人无法想象，海拔4000多米，氧气稀薄，气

压极低，一个小小的感冒就能夺走人的生命，空手行走相当于平原负重20公斤。如此恶劣的环境，小孟所在的部队连续7年施工，有4名官兵献出了年轻的生命，最小的只有18岁。小孟侥幸没受伤，但我知道，高原施工对他身体造成的隐性伤害，有苦难言。

小孟后来离开了工兵部队。如今的小孟，跟文字打交道多，不再与机械为伍、与粉尘作伴。他的那些战友兄弟，"狄虎贲、赵当卑、夏羌、石当卑、程阿羌"，仍旧战斗在军事工程一线。那里是遥远的山巅，是寒冷的冰河，是无边无际的戈壁大漠……

第三辑

烟
火
尘
心

边城巴扎

巴扎，就是集市。

在边城疏勒工作的头几年，我没逛过巴扎。成家以后，要跟柴米油盐打交道，这才频频光顾县城东郊的大巴扎。去的次数多了，仿佛被某种磁场吸引，不买东西，也要去转转。似乎在寻找，却不知要找什么。就这样一次一次游荡，有时满载而归，有时两手空空。

最初赶巴扎，我骑自行车去。巴扎附近没有存车的地方，车子放在路边，丢过一辆。推着自行车在坑坑洼洼、人流接踵的巴扎里穿行，如同拖着小船走山路，累赘。后来，我就改坐马车。

常见的马车是一种单马四轮板车。马儿健硕漂亮，额头顶红穗，屁股挂铜铃，跑起来叮当悦耳。红色的丝绒顶棚，尽显奔放与热情。乘客坐在两侧，踏板可以置脚。一辆马车能载七八个人。一次一元，不论远近。马车不允许驶入县城正街，却有相对固定的路线，招手即停。

平日里，巴扎寂寞，马车不去那里。逢巴扎日，车夫扬鞭

改道，通往巴扎的路变得欢腾热闹。马蹄与铜铃奏出明快的交响。在春风拂面的季节，坐马车赶巴扎，通透、畅快，比坐豪华轿车兜风更为惬意。

除了马车，还有拖拉机、摩托车、毛驴车，载着各路卖家买主，从四面八方聚拢过来。有人出售汗水结晶，有人淘取便宜喜好，有的人呢，只为满足目腹之欲。

毛驴车是农民离不开的交通运输工具，家家都有。市场管理员早给驴车划定了专用停车场。国道旁边，一片荒滩，拴满毛驴。成百上千的车架，层层叠叠停放。我曾疑惑，如此多的毛驴和车子聚在一起，不怕混淆吗？不怕。农民一眼就能认出自家的驴。毛驴脾气虽倔，却不傻，斜着眼也能瞅见主人，回家的路更是熟记在心。有一回，赶巴扎的老乡在毛驴车上睡着了。调皮的小巴郎（男孩）把驴车牵着掉了个头，毛驴便原路返回。估计这位老兄，醒来发现毛驴把他带回家，少不了给毛驴喂几鞭子。

在疏勒县，规模较大的乡镇都有固定巴扎日。县城的巴扎日是星期天。时间一到，生动的市井活剧便在近城郊野鸣锣开演。人们把积攒了一周的期待装上车、塞进手提袋，涌向这座城乡商贸大舞台。他们是演员，亦是观众。

主角永远是卖东西的人。

擅长逢场作戏的，是小商小贩。他们开着售货车从这个乡镇到那个乡镇，追赶一个又一个巴扎，把鸡零狗碎的商品送到需要的人手中。他们懂得营造购销氛围，放音乐，搭凉棚，雇个小孩大声吆喝。

本色出演的，是来自三里八乡的农民。他们席地而坐，裤腿沾满尘土，手里捏着一卷钞票，随时准备找零。一块彩条布，萝卜、土豆、恰玛古、皮芽子，一股脑儿倒上去。捆住双足的鸡鸭胡乱扔在地上。长长的大蒜辫，挂在脖子上，就像沙和尚的骷髅佛珠。农民卖货，无所谓批发零售，买多买少都是一个价。他们很少用秤，论堆或者数个。五六根黄瓜，3块钱。七八个洋葱，2块钱。一只鸡，30块。

卖菜的通常不提供塑料袋，即使有，也是揉得皱皱巴巴多次使用过的。你若不嫌弃，他就用那个装。我买白菜，把外层的蔫叶子扒掉，付了钱。卖菜的老汉又把那几片叶子塞给我，说这是白菜的衣服，一并拿走。我说要它没用。老乡说，拿回去喂鸡。我只好笑纳。

巴扎上的日用品应有尽有。铁匠打制的镰刀、铲子、斧头、犁，木匠搬来了桌椅、板凳、窗子、梯，铜匠精雕细刻的水壶、烛台、洗手盆，手艺人编织的背篓、卷帘、篮子、席。"货若云屯，人如蜂聚，奇珍异宝，往往有之，牲畜果品，尤不可枚举。"

我曾见过一个小伙子，出售一种简易烟斗。在弹壳的侧下方钻一个洞，插入细细的竹管，烟斗就做成了，卖3毛钱。这种烟斗抽莫合烟再适合不过。莫合烟是把黄花、烟草的茎叶碾碎，掺和而成，颗粒状的，烟劲较大，抽再多也不咳嗽（据说是），深受烟民喜爱。我小时候喜欢看民兵打靶，从靶场捡回

手枪弹壳，采取同样的方法制作烟斗。那时偷学抽烟，抽的不是烟叶，是树叶。

巴扎上能买到商场超市没有的东西。比如羊胰子、土盐巴、原生态的化妆品。

羊胰子就是土肥皂，在小作坊里，用羊油牛油加上草木灰自制而成。泡沫少，节约水。要论洗涤效果，一块羊胰子能顶好几块肥皂，很划算。唯一的缺憾是有异味，一般人接受不了。

土盐巴是含有咸盐成分的土块。眼力独到的人，能在河滩沟渠边找到这种土块。土盐不能炒菜做饭，有什么用呢？烤馕用。馕是当地人不可或缺的主食，几乎家家都有烤馕的馕坑。修筑馕坑，把土盐捣碎与沙土混合，糊在馕坑内壁。烤馕的时候，炭火在馕坑底部燃烧，馕饼贴于坑壁。这种馕坑烤出来的馕，自带咸香，别具风味。

所谓的原生态化妆品，是一种植物——奥斯曼草，维吾尔族人称它是"眉毛的粮食"。女人把奥斯曼茎叶挤汁，一遍一遍涂在眉毛上，浓眉大眼长睫毛的西域美女就诞生了。乡下人房前屋后都会种一些奥斯曼，自家女子用不完，就拿到巴扎上去卖，一小把5毛钱。卖奥斯曼的乡下人，帮城里塑造了无数美女，自家的生活却未见得有多少改善。

美食，不只是巴扎上的点缀，对老人小孩来说，它就是巴扎本身。他们赶巴扎，不为买卖什么，只为看几场把戏，尝几口美味。烤肉、抓饭、面肺子、拌面、油馕、羊蹄子、凉皮、酸奶、缸子肉，羊杂、奶茶、油塔子，看得人垂涎不止。每个摊位前都围着饥渴的眼神。三五个小巴郎一边吃烤肉，一边盯着正在播放《西游记》的电视机，看着吃着，说着笑着。

"阿达西，来一碗曲曲尔。"我被小如蛐蛐、鲜香浓郁的馄饨吸引，忍不住也想尝尝。摊主扬起锅里的热汤说："曲曲尔卖完了，曲曲尔的哥哥吃不吃？"曲曲尔的哥哥是啥呢？摊主笑嘻嘻地指着刚出笼的薄皮包子："这个，曲曲尔的哥哥。"哥哥就算了，我还是喜欢弟弟。

巴扎上常常可以看到做买卖的小孩。不知他们是利用周末挣点小钱，还是早早步入社会。卖烟卷的小男孩，行头跟电影里的差不多。胸前挂一木盒，摆十几包烟，走到哪里卖到哪里。卖麻糖的小姑娘，挎着竹篮，摇动萨巴依（枣木棍上固定两个大铁环，大铁环上套小铁环），走一路，摇一路。人们听到铁环的声音，就知道卖麻糖的来了。小货郎们边走边叫卖，遇到热闹，停下来围观一会儿。看到想吃的美食，手里又幸好赚到了零钱，就买一个冰棍或者一串烤肉，心里美滋滋的。

有一家祖孙三代的剃头匠，每个巴扎日都来支摊子。手艺看起来不错，可他们的装备实在太简陋了。断腿的长条凳，用废电线绑着。不知从哪里捡来的老板椅，座面的皮革咧着大嘴，露出了海绵。即便如此，总有排队等候的大人和小孩。

剃头先要打湿头发。没有肥皂，也不用洗发水，因为不是洗头，仅仅是给头发施水。好多人共用一盆水、一条毛巾。头道工序，由小男孩负责。握剃头刀的，是男孩的父亲。若有人

刮脸修须，就该祖父上手了。祖孙三人，分工明确。剃一个头，收2块钱。

最热闹、最吸引人的地方不是杂耍圈，不是抽奖台，而是斗鸡场。围观的人里三层外三层。里圈的人，盘腿而坐，大呼小叫。外围的人，伸头探脑，想把目光从人缝中插进去。好斗的鸡，当然是公鸡，大红色居多。开斗之前，鸡主把他的宝贝藏在篮子里，用布盖住，生怕公鸡见人见光。要开赛了，从篮子里抱出公鸡，端在怀里。裁判哨令一响，主人把斗鸡往地上一扔。好家伙，两爪接地的瞬间，鸡毛炸立，低着头，伸着脖子，扭着身子，不可一世地冲向对方。一场厮杀随即展开。观众不停地起哄，公鸡似乎明白人的意图。它们打斗、跳跃，用尖嘴叨，用爪子挠，用翅膀拍打，再不行，就扯着嗓子吓唬对方。直到一方落荒而逃，或者主人认输，主动逮鸡撤出，比赛就算结束。斗鸡很刺激，有赌博的嫌疑，那么多年，我在巴扎上只见过两次。

中午时分，巴扎上的人流量最大，交易活跃，餐饮红火。到了下午，人渐稀少，毛驴车一辆一辆驶离。夜幕降临，曲终人散。几天之后，同样的地点，同样的舞台，类似的演出，照旧。这样的一个舞台，不挑演员，只要你想演，尽可以上台展示。演得好不好，没有人评判。农民、工匠，艺人，都可以在这里一露身手。有意也罢，无心也好，来到巴扎，不是看他人的表演，就是表演给他人看。不过，大多数赶巴扎的人，从不把自己当演员或者观众。他们没有心思表演，也没有兴趣欣赏，他们急于成交。

巴扎之于南疆，犹如茶馆之于成都。逛巴扎就是逛世界。巴扎能满足人们吃穿用度的需求，还是了解世界、认知社会、获取信息的最佳场所。巴扎是一曲木卡姆，融合各种乐器和唱腔，幻化出美妙的旋律。巴扎更像一个容器，包容了生意往来、娱乐休闲、邻里交往。商场，是城里人的巴扎。巴扎，是乡下人的乐园。

我在巴扎上寻找了多年，什么也没找到。离开疏勒以后，某一天，突然明白了自己在找什么。世界是一个巴扎，万物都在交换。树木制造氧气、出产果实，换取水土的供养。牛羊啃食青草，贡献奶水和肉身。农民把汗水洒在田间，换取一年的口粮。工人在车间辛苦工作，只为养家糊口。能量守恒，价值平衡。欲先取之，必先予之。看清了交换，就理解了巴扎。

农民有果蔬，工匠有器具，艺人有演技，他们都有可供出售的东西。即便是老人小孩，也能为他人提供某种价值。我与他们，呼吸同一种空气，接受同样的落尘，脑子里想着类似的问题——把日子过得好一点。可我与他们又不一样。

我什么都没有，除了口袋里可怜的几两碎银。我不会种地，没有土豆萝卜可卖。我不会养殖，没有生鲜禽蛋出售。我不会制作麻糖，更不会叫卖。在巴扎上，我很不成器，对他人无用，只是一个耗材。之所以还耗得起，仅仅因为我在另一个"巴扎"上出售了自己。倘若在那个"巴扎"不能产生价值，在这个巴扎我将一无所获。

孔夫子说，君子不器。我做不了君子，我走过的每一步，都在努力使自己"成器"。巴扎有巴扎的规矩，自然有自然的法则。天地如斯，谁也无法逃遁。

一晃，阔别疏勒20年了，不知现在的巴扎变成什么样子，是否还保留着早年的纯朴憨厚？听说，男人爱抽的莫合烟不让卖了。也不知道，女人青睐的奥斯曼是否依然叶嫩汁浓。

风干的骏枣

车里没人说话，似乎都在睡回笼觉。我靠窗而坐，打开《高贵的个性》，搜寻那些启人心性的句章。公路尚在修整，车子颠簸，手中的笔总是划出书页边界。我的心静不下来。一抬头，目光就不由得移向窗外。

路边高耸的白杨，尚在等待春风的唤醒。田野里，越过无雪之冬的小麦刚刚吐露新芽。池塘边的枯苇在冷风中漫舞。一群羊站在路边等着横穿公路。汽车喇叭声惊动了芦苇丛中的两只灰麻鸭，踩着水花窜出来，飞向天空。杏园里，两个农民在修剪枝条，一个站树上，一个在树下。杏花还要过些时日才能向春天汇报她的美艳。塑料大棚外，一对男女正在移栽幼苗。戴皮帽的男人从筐里取出青苗递给包头巾的女人，女人用小铲在地膜上挖一个洞，将幼苗按进去。一帧帧画面向车后移去，风从窗缝钻进来。树枝在歌唱，车轮在歌唱，发动机也在歌唱。经历了一冬的休眠，大地已然苏醒。

周末，我请了假，乘长途汽车前往泽普，去看望同村的小老乡西堂。

不久前的春节假期，我回老家探亲，西堂的父亲托我把一块手表带给西堂。他父亲听说我和西堂都在喀什，却不知我俩相距数百公里。西堂的哥哥东堂，是我的发小。东堂学习好，大学毕业后在深圳谋生。西堂自幼调皮，不听管教。初中念完进职业技校，读了两年，还没毕业，要去当兵。父亲坚决不同意。一场激烈的冲突之后，西堂离家出走，两年多杳无音讯。春节前，家里收到西堂的信，得知他在泽普油田当工人。父母的心稍稍安稳。父亲觉得愧对儿子，想表达悔意，专门买了一块海鸥牌手表，让我代他探望儿子，并把西堂的真实情况写信告诉他。我来喀什工作不到一年，平时窝在营区很少出门，远没有熟悉当地的社会环境。泽普对我来说是陌生的，茫然的。尽管如此，我还是要去看西堂。叔辈的嘱托，要当回事。我能理解一个父亲对儿子不可言说的感情。我毕业时申请去边疆，父亲就用长久的沉默表达过他的态度。

天刚亮我就赶到县城客运站，当天发往泽普县的客车只有一趟。发车时间比预定的推迟了半个小时，车上也只有五六个人。客车驶出县城，奔驰在不怎么宽的公路上。天光尚早，路上的毛驴车和行人并不多，但客车跑不起来。路面的柏油被铲掉了，砂石一堆一堆，没看到施工的机械和工人。停工状态估计有段时间了。车辆一驶过，空气中就有了沙尘的味道。

这是南疆的原生之味。数月吐纳，我的气息融入此间生态。虽然还没有学会当地语言，内心已将自己当成本地人，不像初来乍到时，那么惶恐不安，那么格格不入。我不知道要在边地小城待多久，或许七八年，或许十几年，或许，是一辈子。

每到乡村镇点，客车都要停靠。有的地方短停一两分钟，有的街市耗时十几分钟。司机想多拉乘客，对上车的人特别关照。有人要下车买馕、买瓜，随时开门。有人要方便，说停就停。人上上下下，车子走走停停。反正一天就这么一趟，早晚回去都可交差。多拉多挣，应该是有奖励。日上三竿，乘客渐多。时而满员，时而减半。他们来去匆匆，大包小袋，是去做什么呢？大人的喧哗，小孩的吵闹，奇怪的气味，这样的空间我再也无法读书，索性闭目养神。

抵达泽普客运站时，斜阳把人影甩得很长很长。街边的小贩开始收摊，逛累的老少准备回家，汽车、拖拉机、毛驴车上坐满了人，热闹即将退却。

县城规模不大，我照着信封上的地址，找到石油勘探公司。说明情况，门卫不让我进。得知我是当兵的，便不像开始时那样警觉。他告诉我，石油公司不是普通单位，周末仍有工人上班，工区离县城几十公里，要找的人若是出工，晚上未必能回来。我心里咯噔一下，倘若西堂今天加班，那就麻烦了。来之前，我想打电话，可没电话号码。通过查号台也没查出个子丑寅卯。这次行动只能寄希望于运气。若是走运，给西堂一个惊喜。假如他去工地，我是等，还是不等呢？

电话铃响起，门卫告诉我，西堂在公司，马上就出来。几分钟后，一个身着蓝色工装的小伙子出现在我面前。我几乎不

敢相信，西堂这么高了，高出我一头。我上大学以后就没见过他。来泽普的路上，我在脑海中勾勒过西堂的形象。眼前的西堂，打破了我所有的想象。当初那个顽皮少年，如今已是堂堂石油工人。

西堂的惊喜和感动都写在脸上。他紧紧握住我的手："哥，你咋来了？"说话都有些结巴。西堂带我去宿舍。两层小楼，干净整洁，房间内有暖气。一间屋子住8个人，架子床，钢门钢窗。石油工人的宿舍比战士的要好。我所在的连队还是老平房、大通铺，木头门窗，冬天要生炉子。不过，有一点是相同的，我闻到了方便面和胶鞋混合的气味。

我把手表交给西堂，告诉他父母很想他，希望他多给家里写信。我还给他带了两条烟。我知道，石油工人纪律严，跟部队差不多，打发寂寞主要靠烟。烟是他们的伙计，也是他们的伙伴。同室的工友很热情，凑过来问这问那。他们对军人充满好奇，何况我还是来自"大城市"喀什近郊，比泽普县风光得多。

我们正聊得酣畅，一个中年男子背着手走进来。工人们全都站起来，说："队长好。"我跟队长寒暄了几句。队长通情达理，特批西堂当晚可以外出吃饭，但必须回来住宿，不能在外过夜。工友和领导对西堂很关照，可见他为人处世绝不是他父亲说的那样——陕西愣娃。

我和西堂来到街上。天黑了，路灯吃力地发着光。穿过大半条街，也没进一家餐馆。要说我俩的胃口，最想吃家乡的臊子面，可这偏远的地方，没有陕西面馆。西堂想找个像样的餐馆，点几个菜，喝几口。我却只想吃面。西堂可能觉得，大老远去看他，吃一盘面过于简单。我知道他挣点钱不容易，坚持吃面，他只好同意。两份过油肉拌面，一盘酱牛肉，四串红柳烤肉，两只烤鸽子，两瓶啤酒。西堂的心意都在里边了。

西堂来新疆快两年了。他在职业学校学的是焊工，来新疆先在昌吉的建筑工地打工。那边的工地冬歇期长，没活干就没钱，他便转战南疆。遇上油田招工，他的手艺不错，实习几个月后顺利入职。国营公司，上下班时间规律，作业区在沙漠戈壁，每周能回县城放松一两天。在我的印象中，西堂是个不太听话的家伙。如今坐在我面前的，却是一个沉稳持重的工人，尽管他才21岁。人的成长，不可限量，昨天还是不羁少年，明天可能就是扛鼎义士。

我们谝家乡的田园变化，也聊喀什的风土人情。我讲军营趣事，他说油田笑话。不知不觉，两瓶啤酒穿肠而过。我问西堂有什么长远打算。他说先干着吧，攒些钱再说。那个春天的夜晚，在离家数千公里的小城面馆，两个陕西人，吃着烤肉，喝着小酒。他乡遇故知，人生快意，不过如此。

次日一早，我要返回疏勒。前往客运站的路上，西堂非要带我去菜市场。他买了一网兜大枣，足足5公斤。风干的红枣并不稀罕，没必要带。西堂说，这是泽普骏枣，个大、皮薄、核小、肉厚，干而不皱。我嫌累赘，真不想带。可若不带，伤他的心，只好接受。

离发车时间还早，西堂却不能再陪我。当天，他要进入工区上班，必须归队。我陪他到候车室的门口，好像他要远去，我是送行的人。西堂挥手离开的瞬间，我看到他的眼里噙着泪水。我大声说："西堂，好好干，有空来喀什找我。"西堂答应一声，头也没回就走了。看着他那魁梧的背影，我想，油田给他的不仅是个岗位，还在塑造他的气质。岁月让一部分人老去，也让一部分人长成。学历只是就业的敲门砖，人的品性决定他能走多远。西堂没上过大学，他用自己的脚和手证明，他不是父亲眼里那种废物。

回到连队，我把风干的骏枣分给战士们，大家都说好吃。

"好吃，也不能多吃，吃多了不消化。"母亲的一句话，把我的思绪拉回到现实中。

此刻，我正坐在老家院子里，葡萄架下，石桌旁边。桌上的一盘红枣被我干掉不少，枣核是我的战利品。烟灰缸里的烟头，也在争着表功。晚饭后，我独坐瞎想。不知不觉，月亮绕过墙角的落叶松，快要爬上屋脊。悠扬的唢呐声，若隐若现，在夜晚的乡村传出去很远。

眼前的红枣并非泽普骏枣，而是刚从后院摘下来的秦枣，脆甜。好多年没有在这个季节回家，如今尝到鲜枣，不由得就想起新疆，想起西堂。

我匆忙从城里赶回来，是为参加西堂父亲的葬礼。昨天跟母亲通电话时，母亲提到西堂他爸去世了，上吊死的。还不到

70岁，得了坏病，治不好了，人受罪还花钱，索性就走了。村里一位老人过世，我一个外人有必要千里迢迢专程回来送葬吗？是的，这次我必须回来，回来了却一桩心愿。这事窝在我心头20多年，该了结了。

下午，我已去过西堂家，在灵前烧了纸，磕了头，跟东堂和他母亲说些宽慰的话。今晚，他们家要举行烦琐的点纸告别仪式，参加的人是家族成员和亲戚。明天一早出殡。到时，村里人多数要去送逝者最后一程。

母亲催我回屋休息，说夜里久坐屋外，小心着凉。我顺从地回到房间。床头柜上，那个用烧纸包裹的东西还在。

翌日清晨，我穿好运动服，把那件东西揣在口袋里，蹑手蹑脚地走出家门。出了村子，我一路小跑，像个晨练者。东方既白，连片的猕猴桃树像一顶巨大的平顶帐篷。猕猴桃刚采摘完毕，树叶还没黄落。忙过这个关口的人，都在找补前段时间的劳累。混凝土铺就的机耕道上没有人，我迈开大步往西岭坡跑去。那里是我们村的公共墓园。

杂草丛生的墓园，弥漫着肃杀之气。我点着一根烟，给自己壮胆，寻找新挖的墓坑。经过一块黑色墓碑，我浑身的毛孔都在收缩。那墓碑像一个人站在那里，阴沉着脸。我提醒自己，我是来还愿的，是来赎罪的，西堂的父亲如果在天有灵，一定不会责怪我。

墓坑旁边，一辆挖掘机吊着长长的臂膀，像个下跪求饶的铁鬼。以前人工打墓，一锹一锹铲，一筐一筐运，没有两天时间挖不好一座墓。现在方便，挖掘机一个小时就能挖好墓坑，再找两个砖瓦匠，一天时间，墓室就箍好了。我掏出那包东西，放进墓室与坑道的夹缝处，捧几抔土扔上去，盖住它。然后匆匆撤离现场。

早上8点，起丧。东堂头顶孝盆，从家里出来，在第一个十字路口摔碎孝盆。纸灰散落一地。灵车缓缓前行，送葬的亲友披麻戴孝，挂着柳条棍跟在后面，纸钱一路撒开，唢呐声盖过了哭泣声。

行至墓地，灵车自带的铰链把棺材吊起，缓缓放入坑道。几个男人跳下去，把棺材推入墓室。随后挖掘机刨土掩埋，众人跪地长哭。新土填进坑道，堆起一座大坟头，再插上柳条棍。一通大火，烧掉花圈和纸幡。一个人的一生就这样走完了。

回村的路上，我心里暗说："叔，西堂，你们父子在那边相见，若是提起我，不要埋怨，不要怪罪。我是一时疏忽，又多年犹豫，害得你们隔阂几十年，今天总算了却心愿。"

回到家里，葡萄架下那盘没吃完的秦枣还在。表皮稍有褶皱，不再光鲜。我又想起泽普的骏枣——西堂送我的风干骏枣。

唉，哪里有什么骏枣啊！我从来就没有吃过普泽骏枣。所谓西堂送的枣，不过是我的想象，是我用幻想完成的一段情感补偿。我根本没有去过泽普，在新疆也没见过西堂，更没有把他父亲买的手表送给他。一切都是我在脑子里构想出来的。

那年春节，我回家探亲，春运的火车票极其难买。归队时，我虽托关系挤上火车，但不慎将行李丢失，包括西堂父亲托我转交的那块海鸥手表。回到单位，我想尽快买一款相似的手表，抽空去泽普见西堂，可是找遍喀什的商场，也没有海鸥表。我打听休假的战友，希望能帮助代买，一时没找到合适的人。3月份，部队工作全面铺开，一来二去，这事就耽误了。我没顾上去看西堂。他在我脑子里的真实形象，永远是初中生的模样。

几个月后，我突然得到消息，西堂死了，死在工地上，好像被流沙吞没，尸体都没找到。西堂他爸去新疆处理后事，什么都没带回老家，除了丧葬费、人命价。听说，西堂的单位要在当地烈士陵园给西堂修墓，埋些衣物，好有个纪念。西堂他爸不同意。老家既没搞仪式，也没墓堆。西堂像是从人间蒸发了。受人之托，却失信于人，我追悔莫及。西堂离家出走后，父子俩就再没见过面。西堂的父亲不知道我没把手表送给西堂。西堂也不知道他爸已有悔意。也许到死，他还在记恨他爸。我不是犯了一个错，简直是犯了一个罪。由于我的疏忽和麻木，把一对父子消解误会、弥合感情的机会弄丢了。

西堂走后，我想找他父亲说明情况，请他原谅，又怕这事勾起他的伤感。或多或少，我也有隐瞒的意思。我不说，这世上就没人知道手表是否送给西堂。如果西堂有个墓，我会去他的坟前，把同款的手表埋给他。可西堂走得干净，连一个纸片都没留下。我欠西堂一块表，欠他爸一个人情，20多年，一直没有还上。每次回老家，我都怕碰上西堂他爸。我不敢想象，如果他们见面，是相互谅解，还是依旧看不顺眼。

得知西堂父亲去世，我立马赶回来。我不能再犹豫，不能再迟疑。如果还不把愿还上，他爸到了那边，提起那块表，他们会怎么看我呢？我恨自己的冷漠与懦弱。手表丢失后，应该及时买一块送过去，就算没来得及送，把事实给西堂和他爸解释清楚，都可以啊。可我，竟然把这事埋在心里20多年。这份遗憾和不安虽不至于天天萦绕心头，但一看见某些东西，比如红枣，比如手表，都会针刺我的心房。

这次，事结愿了。勉勉强强。手表埋进土里，我的心救了出来。

胡杨嗟

昨夜，风从北方来，越过天山，扑向大漠。今晨，大地披上了仙女编织的银色纱衣。冬天的脚步悄然而至，喧嚣扰攘的日子终于过去了。

每临秋日，金叶满枝，新一道年轮即将塑形，在我生活的这片区域，就会涌入大批游人。他们或徒步，或开车，或孑然一身，或三五成群，有的拿相机，有的扛画架，执意要把我和同伴的残妆定格留存，忘情而且痴迷。

在我看来，我辈胡杨最美的季节应该是夏天。葱茏翠绿，枝干繁茂，烈日把厚厚的叶子晒出油水。大风起兮，我们欢歌笑语。雷雨过后，我们脚下生溪。那种酣畅淋漓的快意，胜过忽冷忽热的春，优于寂寞无聊的冬。那时节，我每天都能感受到大自然的热情。秋，是最为痛苦的季节。

随着天气转凉，体内的汁液流速放缓。我们不能大口喘气，无法呼风唤雨，更无力留住枝条上的叶片，就像人类止不住脱发。我不忍撒手，却无可奈何。有人说，秋天的胡杨总是那么忧伤。说这话的人，懂我。可惜大多数人不理解我们。他

们的审美不可思议。他们喜欢欣赏异类的悲苦和不堪。

一树黄叶有什么稀罕？自然界中，多数林木都是春绿秋黄，岁岁如斯。难道只因我们是胡杨，生活在沙漠边缘，就该赢得更多的赞誉？红柳、沙棘、梭梭树，生存环境比我们更恶劣，为何无人为他们大唱赞歌？胡杨与别的树木，有很大的不同吗？

别的树怎么生长，我不知道，我没有见过别的乔木，我的身边只有胡杨。据说在江南，雨水充沛，草木杂生，从来不会感到饥渴，但我不羡慕。我知道，南方再好，我去不了，我就是一棵树。我只是一棵胡杨，生在哪里，一辈子就站在哪里，我没有自由。我听说有些树友，不幸被人看中，连根拔起，移栽到人认为美观、舒适的地方。人才不管树是否喜欢，他们只在乎自己能否赏心悦目。有些人是好心，有些人是无意，他们不知道，树只有自然地生活在野外，才是最美的。野外风雨摧折，可能没有足够的水分和营养，但是移树进城，渴了有人浇水，乱了有人剪枝，树会觉得幸福吗？地面有混凝土，地下是数不清的管道，腿脚根本伸不开，还失去了自由繁殖的机会。城市没有新鲜的空气，没有可爱的狐狸、兔子，也不能与花花草草嬉笑打闹。那些树像是犯了错，终生被罚站。

胡杨是有性格的。我喜欢大漠戈壁的风情，我宁愿忍受干旱和盐碱。我不会离开脚下的沙土地，如果有人非要把我移进城，我就死给他看，让他白费工夫。估计没有那么愚蠢的人。不过，有些聪明人，想把我的同伴往沙漠里栽，希望我们挺进沙漠，阻止农田沙化。可是，我们虽然耐旱，却仍需要水分。沙漠里没有一滴水，胡杨活不了。我们只能在沙漠边缘有水的地方生长。

噢，忘记告诉你，我是一棵即将腐朽的老树，在塔克拉玛干沙漠北缘生活了100多年。很久很久以前，这片被人们称为"西域"的土地上，森林遍布，草原广袤。变化起于何时，已不得而知。天气越来越热，河流日渐消瘦，沙漠悄悄扩张。我们的祖先为了生存，不得不降低欲望。以前一天喝三次水，后来数月才能等到一场雨。慢慢地，我们对水的需求减少了。如今，只要很少的水分，我们就可以维系生存。

如此干旱少雨、盐碱度大、风沙肆虐的地方，本来不适合植物生长。幸好，我们的祖先进化出耐旱抗碱的本领；幸好，我的家乡有一条河——塔里木河，若非它的滋养，我辈不可能在此生存。

我小的时候，河水流量大、河面宽，鱼虾就在我脚下乱窜。我的周边很少有人的活动。10多年里，我只见过一个外国人和他的向导从沙漠中来。听说这个洋人找到了丹丹乌里克遗址，探访过沙漠腹地的原始村落——通古孜巴斯特。他们用木筏渡河，抵达胡杨林，就在我的脚下生火做饭。过了几年，这个洋人又来过一次，带了一群人，说是寻找楼兰古国。人的脚啊，真是厉害，能走几千里、几万里，看各种各样的风景。

我长到两丈多高时，最需要水分滋养，塔里木河却向沙漠偏移。河面收缩，河水离我越来越远。我想要喝水，不得不拼

命把根往河床方向伸去。出生在哪里，我没有选择权，但是，我可以选择将自己的根伸向哪里。能伸出去多远，看造化，也靠自己的判断和努力。这方面，万物同理。生在什么样的家庭，人也不由自主，但是走哪条路，自己可以选择。改变命运，更多时候需要自己的努力。跟我一起出生的小伙伴，大多在河水远离之后枯萎了。他们还没成年，就早早谢幕。不必惋惜，也不必失望。他们已来过而且留下，就像这个宇宙。

第七十道年轮爬上我的额头，灾难降临了。不知为什么，塔里木河完全枯竭。起初我以为是天气干旱的原因，可是多少年来，气候差不多都这样，为什么偏偏这个时候河水消失了？我等啊等，等了一年两年，三年五年，没等来一滴水。

我能感觉出，体内的水分在一点点蒸发，沙漠涌起的热浪和天山下来的冷风撕扯着我外衣。我不能由着它们。厚厚的树皮，是我保存水分最后的防线。我坚守着，等待着，盼望着塔里木河来水。

记不清是哪一年，有一群人从我身边经过。他们是地质队，来勘查石油。从他们的交谈中我得知，塔里木河断流，是因为塔河流域人口增多，大面积垦荒，破坏了植被涵养水源的机能。为保障人畜饮用和农业灌溉，上游多处修建水库，河流被拦腰截断。我就纳闷，上游拦水，难道不管下游的死活吗？他们说，上游建水库，可以把水引到农田，增加粮食产量。这个理由似乎说得过去，毕竟，前些年的饥荒，想起来令人后怕。只要能大量获取粮食，别的什么都可以不顾。

也就是从那时候起，我再也没有喝到塔里木河的水，只能靠极少的雨水续命。没几年，我的新陈代谢就停止了。身上的叶子不再随着季节的流转变绿变黄，树干停止增长，树皮趋于干燥。按人类的话说，这棵树死了。我粗壮的腰身不再发胖，可我的眼睛还睁着，我的耳朵还聪灵，我的根仍深深扎在沙土里，有十几米长，四通八达，最长的部分伸进塔河边的小湖。

我停止了呼吸，可我还站着，头没有低下。我就站在离河不远的地方，陪我先辈的遗骨，看我后代的生发，顺便目睹一批批人类从垂髫变成黄发。倘若用我盖房造车或者打制桌椅，我还是很有用处的。不像有些树友，被人类收了去，搞成奇形怪状的装饰品，摆在博物馆供人观赏。看起来舒舒服服，冬暖夏凉，其实最没有意思。那不是树木该有的归宿。我更喜欢现在这个样子。泥沙相伴，任风吹雨打，凭日晒人踩，无拘无束，亦无所求。我从大自然中来，我定要回到大自然中去。作为一棵树，我是死了。我身边的那条河，比我死得更早。

93岁那年，突然有一天，塔里木河又活了。几乎一夜之间，干涸的河床被混浊的泥水冲出一道浅沟。不大，但是能看见水的流动。久未见水的沙石和那些半死不活的草木，全都兴奋不已。那次，水头流过我的脚下，行走不远，即告消失，没能抵达罗布泊。塔里木河下游的树兄树弟，未能尝到甘甜的河水。河死了还能活过来，树却不行。树的生命只有一次。

第二年，又有一股水流下泄，水量比上年大得多。听说，这一次河水到达了一个什么湖。断流20多年的塔里木河恢复了

流水。我想，天气的变化不至于影响塔河水量，应该是人类意识到了什么。他们主动开闸闭渠，给塔河补水，说是要恢复生态系统。这当然是天大的好事。此后，每年都有一两次大水漫灌。大水过后，就是涓涓细流。细流也行，只要不干涸，终究是有希望的。

我的那些后代，生逢好时，得到了实惠。我已在干旱中站得太久，无法恢复当初的活力，只能眼睁睁看着河水从我身边流过。我无力吸吮它，吸收它。我体内水分越发稀少，我的下肢逐渐被小虫子掏空。终于在一个大风的夜晚，我再也支撑不住笨重的身躯，倒在地上。这样一躺，已有三四年时间。人们并没有将我拉去做家具，也没人挪动我的位置。他们在我的身边修了一条铁轨，偶尔有冒着白烟的小火车经过。多数时候，小火车在湖边停下来，游客与我合影。因为我的头顶有一个牌子——五百岁老胡杨。

哎，有人来了，我得先闭嘴，看看这些人要干什么。欣赏秋光的季节已去，黄叶几乎落尽，河床即将见底。这些人还来看什么？

哟，是两个年轻人。一个20多岁，另一个30多岁。20多岁的，我见过，就住在尉犁县，经常带着外地人来看胡杨。他姓胡，人们都叫他小胡。另一个人，胸前挂着相机。他们来晚了。最美胡杨季，让北风赶走了。

小胡拍着我的身子对那人说："岳干事，这棵老树有500多年树龄，要不是前年一场大风，它完全可以再活500年。"

"这么能活啊。"岳干事瞪大了眼。

"胡杨能活1000年呢。1000年不死，死后1000年不倒，倒后1000年不朽。"

小胡，你就吹吧。我才100多岁，你愣是给我虚增400年。我哪能活那么久。我爷爷才活了不到200岁，我的父辈也没活过100岁。我的肉体死了，可我的骨架还活着。这跟人类对死亡的理解不同。你们人类，肉体停止新陈代谢就算死了。伐木盖房，树并没有死，只是换了一种姿势看这世界。直到有一天，房子被火烧毁，或者时间太久，木料腐朽成灰，那才算真的死亡。要论不朽，胡杨并不比有些树木出色，红木、檀木都比胡杨耐朽。有些木质建筑，能活上百年，甚至上千年。那些房子肯定不是胡杨建造的，是松柏，是楠树。

岳干事抱着相机，从头到脚把我拍了个遍，不住地夸赞胡杨精神。"三个一千年"，故事很动人。可能是因为人类生年不满百，相对于树木来说，确实短了些，多有遗憾。不过，人类生命虽然短暂，但可以活得很精彩。树虽百年千年不死不倒，但只能站在一个地方，目力所及，也就身边数百米范围内的事物。在空间意义上，我们无法跟人类比，但是在时间维度上，我们胜过人类和大部分动物。这可能就是人类常说的"以时间换空间"。世上的事都如此，难得圆满，勿求万全。你不能把时空的便利全都占去。有所得，必有所失。

小胡拍着我健硕的枝干说："你看，这棵树已经倒了两三年，体内还有水分。"岳干事发出啧啧的赞叹。

这哪里是我体内的水分啊，这分明就是昨晚下的霜。两个无聊之人，在我跟前拍照、瞎聊，然后就走开了。人啊，真是不老实。这个小胡，还跟我们一个姓呢，年纪轻轻就满嘴跑火车。岳干事看起来文绉绉的，居然如此轻信，简直就是个书呆子。若是这样谣传下去，过几年，可能会有人说，胡杨一万年不死，死后一万年不倒，倒后一万年不朽。可惜，我没有长嘴，不会说话，无法辩解。也不能说我不会说话，我只是不会说人话。如果能说人话，我一定把族类的生命历程告诉那个书呆子。

小胡领着书呆子往沙漠方向走去，胡杨林恢复了寂静。没有风，地上的树叶就不会动。这个季节，动物很少出没，林子里没有一点生机。我突然感觉有些失落。人来人往，确实是有些讨厌，但人若不来，好像又缺点什么。

小胡说我是500岁的老树精。真是胡说。所谓的"三个一千年"，本是好事者编造故事糊弄他人，最后自己也信了。他们不但虚构我们的年龄，还给我们起很多名号："沙漠英雄树""西域活化石"。人总是喜欢把自己的愿望强加到他人的头上。向世界表达情感，我们有自己的方式。我们懂得时间的力量。人类寿命短，来不及看到胡杨完整的一生，就只能靠想象。

人类现在已经知道，胡杨的性格远不止坚韧、顽强，我们的价值还在于调节沙漠周边生态。只要有一棵胡杨活着，柽柳、铃铛刺、骆驼刺等十几种的植物，都可以在胡杨的保护下生存，形成一个小型绿洲，为多种沙漠动物提供栖身之所。我们是当之无愧的绿洲保护神。在人类的推动下，胡杨的照片四处传播，胡杨的故事被谱成歌曲，拍成电影，写成小说。

有一位大作家说，胡杨已经被吹烂了。可我要说，胡杨不是被风吹烂的，是被人吹烂的。胡杨并没奢望人类给它多高的赞誉。胡杨很清楚，死了还能站着做树，就已不简单，倒下去还要千年不腐，期望太高。期望越高，失望越大。我不会被人类的夸赞迷惑。我现在倒卧在沙土表面，风吹日晒雨淋。这样的姿态，我坚持不了几年，必将腐朽。只有那些被风沙掩埋，身处地表以下的同类，被干旱包裹，又无阳光直射，亦无空气流通，才能减缓腐朽，但最终也会隐入尘烟。这世间的生命，都逃不过一朽。

3000年的故事，是江湖传说，不可当真。别说3000年，300年后，塔里木河依旧，塔克拉玛干犹存，而我早已遁入沙尘。

既非金石，何必不朽。人类感叹胡杨的长寿和坚贞，我却羡慕人类的自由与洒脱。如果胡杨真能活一千岁，我愿用九百年的时光，换一年的自由。就算我不能用脚步丈量天下，我也希望变成一根拐杖，或者一串佛珠，被有心人带着行走江湖。我想看看这个美丽的世界。

春风落白杏

  绿株走后，再没人给我寄过南疆小白杏。10多年了，我也从未买过。不是小白杏不甜，也非因距离遥远，是我不再接受那种口感。很甜，甜得不真实。杏子不该是那个味儿。

  那年夏天，我还在乌鲁木齐北门附近一幢老楼里，做着抄抄写写的琐事。绿株用航空快递发来一筐小白杏。打开柳条筐，黄黄绿绿，清香扑鼻。小白杏体态匀称，大的如荔枝，小的似鹌鹑蛋。挨挨挤挤，像一群刚从幼儿园放学的孩子，张开双臂呼喊着：抱我吧，抱我吧。我捡起一颗软的，在手心搓了搓，掰开，黄里透白的果肉渗出细微蜜汁。轻咬一口，杏肉与味蕾接触，清甜迅速布满口腔。尔后兵分两路，一缕细若游丝，徐徐冲入脑际，另一路沿喉管下行，沁入心脾。甜，真甜。这甜美来自味觉，或许是错觉。

  我拾取一盘，随便用水冲冲，坐在沙发上品味。一不留神，整盘杏子被干掉。没过多久，肚子就闹意见。我想起那句老话——桃饱杏伤人。赶快翻药箱，找点氟诺沙星修补肠胃。

  绿株打来电话，询问杏子是否收到。我嘴上含蜜感谢她，心里却抱怨：哼，害得我腹泻。绿株提醒我，洗过的杏子，要把水控干再吃，否则会坏肚子。我当即向她控诉，就是吃了带水的小白杏，现在肚子还疼。绿株哈哈大笑，让我赶快吃几粒杏仁，比吃药管用。

五六公斤杏子，我一个人吃不了，怕放坏，问她如何晾制杏干。绿株笑我迂腐。小白杏就是尝个鲜，鲜之不存，扔掉即可，晾什么杏干。杏干皱皱巴巴，毫无美感，也没滋味。青春不可永驻，还是把握当下吧。

绿株言语直爽，我不喜欢这种性格的女子。幸好我们相隔千里，她时常主动联系，我每每礼貌回应。我不知道她如何看我。在我的眼里，她不是励志书，不是醒时漏，也不是陈坛老酒，是一个精美的绿玉斗。

我与绿株相遇相识，是在开往北京的火车上。7月间，我坐T70进京，参加司法考试培训。我是下铺，她在上铺。我没事就看书。她主动搭讪，问这问那。我半真半假，敷衍作答。坦率地说，她挺漂亮的。正因为漂亮且过于主动，我怀疑她的动机。直到她拿出一本司法考试指定用书，我才收起警惕，原来是同路人。她也是去北京上辅导班，不过，我俩不在一个班。我是三校名师班，食宿和授课在电影学院。她是法大司考班，在政法大学。为着相同的目标，我们走到一起，有种秀才结伴赶考的兴奋。

对于新结识的朋友我向来谨慎，绿株却毫不设防，将自己的心袋翻了个底朝天。后来我知道，其实她是有所保留的。只

不过，她让我觉得，她很坦诚。她来自南疆小县城，是个医生，爱时尚，向往嬗变，乐意拥抱春天，不甘心一眼看到退休，于是果断辞职，报名参加司法考试。她要当律师。我也是非法律专业，同样希望通过司法考试换一种生活。我没有她勇敢。我是利用业余时间偷偷备考，留有后路。

我想跟她谈法律，她却对我这个人感兴趣。我越是遮掩，她越好奇。在她真诚的目光下，我撕掉了部分伪装。共同的话题，新鲜的友谊，消解了旅途的烦闷。两天两夜的行程，很快就过去了。

在北京的30多天，我们分处两校，离得不远，见面还算方便。我的班上遇有名师授课，给她发信息，帮她混进课堂。她那边有独门绝技、押题秘籍，复印好送给我。我们在不同战壕为同一场战斗做着准备。

培训结束，她要返疆，我准备回陕西老家看望父母。不能再像进京时那样畅聊，她有些失望，酒喝得有点多，还抽了烟，落了泪。她谈到自己的家庭。普普通通的四口之家。父母重男轻女，自小在她心里留下阴影。她既不爱父亲，也不肯向母亲说心里话。弟弟高中时染上毒瘾，一次大剂量注射后不治身亡。父母相互指责，怪对方宠溺儿子，疏于管教，都不承认自己的过错。父母虽未离婚，却已形同陌路。支离破碎的家庭，让绿株对组建小家顾虑重重。父母催她谈婚论嫁，她只想一个人过。她说自己都活不好，不想耽误别人。

我不善与人沟通，但我愿意倾听。绿株讲她的身世，谈她对生活的困惑，我无从开导，也给不出良方。这世间的每个人都有属于自己的林中小路，谁也不知道那条路通向何方，途中会不会遇到荆棘野兽。唯有循着内心的指引，摸索前行，或许能找到真的所爱。我是这样想的，也在这样做，可我不能把自己没有验证且不成熟的想法灌输给她。她也并没有期望从我这里得到指点。有时候，情感的宣泄足以稀释内心的烦恼。看着对方的眼睛听，胜过侃侃说教。

京城一别，彼此忙于复习，少有联系。绿株的模样渐渐变得模糊。她是一个好女人吗？从她真假难辨的豪迈与醉态，我很难把握。女人应该持重，就算喝酒抽烟，也不能失控，尤其在外人面前。或许，她没把我当外人。我不是外人吗？她根本不了解我。我欣赏大气的女子，害怕大胆的女人。

司法考试如期而至。很幸运，我以较高的分数通过。她也不赖，低空掠过。公布成绩的那个午夜，她打电话向我报喜。我们只聊了几句。我急着与家人分享喜讯。她首先想到的是我。

后来，我调入乌鲁木齐一所法院。绿株得偿所愿，成为一名律师。她头一回给我寄小白杏时，还是实习律师。我们再次见面，她已拿到律师执业证。

那次，我和同事扛着巡回法庭的牌子去小县城办案。绿株邀我去她家吃饭，说有特别的东西送我。我觉得不方便。她说："我都不在乎，你一个大男人怕什么？"是的，我是男人，可我属鼠，向来胆小。她赖在我的房间不走，我只好跟她去了。

　　她的房子是两居室，一个人住并不局促。房间特意收拾过，餐桌上有一枝黄梅，插在青花瓷酒瓶里。我猜她的家平时不是这个样子。一贯的整洁与临时打理的干净有区别，能感觉出来。我当着她的面给同事打电话，说我在朋友家，晚点回招待所。她笑着摇摇头。

　　凉菜是买来的，热菜是她拿手的。当然少不了酒。酒柜里并列着三个玻璃酒坛，里面泡的全是杏子。我见过用雪莲、虫草、枸杞泡酒，我喝过海马、蝎子、毒蛇泡的酒，也听说过杏花酒、梅子酒，却头一次见杏子泡的酒。一坛名曰"青涩"，里面泡着绿杏子，像青梅。一坛标贴"瑾华"，成熟的小白杏黄中透白。还有一坛，称作"留芳"，是用杏干泡的。我不明白，杏子既不是名贵药材，也非珍奇异果，泡酒有什么药用价值。绿株反问："谁说泡酒一定要有药用价值？只为口味不行吗？"想想也是，有多少药酒假延年益寿之名，博人眼球，骗人钱财。喝的人不少，未见一个得道成仙。

　　小白杏，长在天山脚下，塔克拉玛干沙漠边缘。天山雪水浇灌杏园，绿洲沙土提供厚朴营养，造就了精致口感。平平常常的一种水果，在绿株这里，幻化出无限可能。

　　我细细品味，三种酒各有千秋，但都深蕴甘味。绿株对杏子酒的解析很有意思。春来万物复苏，要喝"留芳"。春心萌动之际，唯有成熟绵厚，可以镇压冲动，让人保持清醒。夏季炎热，来杯"青涩"，冰镇再喝，解暑，不上火。"青涩"口感好，容易喝多，要小心。秋冬寒气上扬，"瑾华"登场，暖胃也暖心。看着那些酒坛子，我想起医学院的玻璃器皿。曾经的医师，现在的律师，将毫无生机的标本，换成催人兴奋、给人幻想的美酒和白杏。器皿还是那样的器皿，生活却换了一种滋味。

临走时，她用矿泉水瓶给我装了三瓶。这就是她所说的特别的东西。原来是我想多了。

绿株送的杏子酒没顾上喝，尽忙着筹备开庭，还抽空搞了几场普法宣讲。离开庭只剩两天的时候，绿株拿着律师函和委托书来找我，以辩护人的身份申请查阅案卷。

我和同事正在办理一起刑事案件。起初，被告人不请律师，临近开庭，突然冒出来一个辩护人。同事很是恼火。律师的出现，把我们的工作节奏打乱了。按法律程序，开庭时间需要后延10天。我倒不担心时间，我在考虑如何界定我与她的关系。

我审查了委托书，确认是刚签的。也就是说，在我去她家吃酒的时候，她尚未介入本案。那时我与她是单纯的朋友关系。现在身份不同了，我们都是本案的诉讼参与人，倘若再同桌共饮，性质就变了。

我把案卷交给她复印，希望她不要过多纠缠细枝末节，若能按原计划开庭，会减少很多麻烦。她看过材料，说案情并不复杂，不需要10天准备，可以按时开庭。其实，她若较劲，我们就只能推迟开庭。我不认为她在迎合谁，她的练达早已超过常人。

临时法庭设在一个修理工间。工间的顶棚很高，内部空旷，没有暖气。我和同事都穿起防寒服，蹬上大头靴，手脸仍觉得冷。绿株披着厚厚的军大衣坐在辩护席。

庭审开始，被告人站在话筒前瑟瑟发抖，不时用手背擦一下鼻涕。轮到辩护人发言，绿株请求法庭给被告人找一件大衣。主审法官没理会她的提议，要求她针对案件事实和法律发表意见。

绿株的一句关心，被告人感动得痛哭流涕。当场表示，他不要大衣，他有罪，愿意接受处罚。这样的认罪态度，似乎案件没有任何悬念，法庭审理要进入垃圾时间了。

然而，绿株的辩护意见一出，控辩双方的对抗，立马剑拔弩张。绿株说，被告人的行为显著轻微，不构成犯罪，应该无罪释放。公诉人不答应。此案是按认罪认罚程序起诉的，量刑建议是"有罪但可从轻"。倘若无罪，拘捕和起诉均属错误，随之而来就是国家赔偿。公诉人绝不允许这种情况发生。现场火药味渐浓。公诉人一再质问被告人，到底认不认罪。被告人态度坚定："认罪，认罪。"

如此这般，双方对抗变成三角质疑。律师受被告人委托，替被告人辩护，现在被告人自认有罪，律师却认为他无罪。法庭应该听谁的意见呢？

一直唯唯诺诺的被告人，这时候情感爆发，坚称自己有罪，自己的行为自己负责，请求法庭不要听律师意见。主审法官询问绿株，是否要修正辩护意见。绿株坚持无罪辩护。

戏剧性的一幕出现了。被告人对法庭说，他不要这个律师了，现在就解除委托关系。我审案不多，像这样当庭赶走律师的当事人，还是头一次见。公诉人的脸上露出一丝冷笑。

绿株站起来说，辩护意见已经发表完毕，既然当事人不需要，她即刻退庭，希望法庭作出公正判决。绿株走出法庭时，把军大衣披在被告人的身上。她的背影单薄，脚步从容。庭审走到这一步，是谁的悲哀？

最终，法庭裁定，被告人有罪，但情节轻微，判处缓刑，当庭释放。被告人与亲属抱头痛哭，向办案人员鞠躬致谢。他可能不清楚，缓刑与无罪，都是重获自由，但对生命的意义截然不同。如果我是主审，可能判处当事人无罪。判他无罪，不是因为绿株的辩护出色，而是基于自由心证。可惜，我只是助理。当天的判决结果，当事人很满意。我和绿株都不满意。

我的不满意，藏在心里。绿株的不满意，发布在网络论坛上。

那个年代，网络对我来说，是陌生的领域。论坛是热闹的"假面舞会"。有绿株邀请，我偶尔也去"舞会"上晃一圈。隐藏身份，可以口无遮拦，可以出言不逊，反正谁也不认识谁。在论坛上，绿株化身为仗剑女子，行走江湖，替弱小发声，为公平呼喊。她每次现身论坛，总能引来围观叫好。绿株善于从点滴处营造个人幻象。新闻热点、人生百态，都能化作她杏花般的文字，招来蜂蝶。

绿株在律师的道路上大步流星，我在法官的科层里谨慎前行。熬日熬月，我从助审晋升为主审，可以独立主持庭审，可以在画圈的范围内决定一个人的自由。我珍惜来之不易的身份和手中的法槌，绿株却一点都不珍惜他的律师资格。她又转换赛道，背地里干了一件秘密工程。她报考公务员，顺利通过笔试、面试，成为一名检察官。小白杏，又多了一种吃法。

穿上制服的绿株，跟那个争强好胜的律师完全不一样。我打电话祝贺，她笑得很开心。我很好奇，律师干得风生水起，为何要挤进体制内，检察官的收入比不上成熟律师，难道只是为了那份尊重和体面？这不是她的性格。

绿株给出的理由很奇葩：女人穿上制服显年轻。我说年轻女人穿制服会显老。她说："过了而立之年，青春如火箭般飞逝，所以要用制服来守护。"这套理论与她以前的观点迥异。旧时的她，说青春逝则逝已，把握当下就好。如今的她，如此迷恋青春。哪句话是真的呢？

保守的制服能否拢住不安分的心，我是有点担心。我有时在想，过不了几年她可能会辞职，仍去当律师。自由对她来说，比年轻美丽更值得追求。我不相信她当检察官只为穿那身制服。从她的微博中，我还是读出了一些蛛丝马迹。

执业律师的经历，让她觉得律师是司法体系中的弱势群体，维护当事人利益的手段有限，磨破嘴、跑断腿，收效不大。实现公平正义，最大限度保护当事人利益，还是要靠制服。这是她转换赛道的底层逻辑。

服装带给人的改变，不仅是外在仪容，还有内在气质。女人尤其如此。也许她的选择是对的，穿上检察蓝，她比以前更好看了。然而，女性的美，有时是机会，有时是财富，有时则是灾难。

制服并没有束缚绿株的心。在无法触摸的网络世界，她华丽转身，放弃论坛，转战微博。一亮剑，就是武林盟主。我被她从"假面舞会"拽出来，带到微博的江湖。她的微博，既有花花草草、热热闹闹，亦有加班熬夜、出差游历。草根气息、专业素养、女性魅力，一样都不缺。在与粉丝的互动中，她享受着女王一样的尊崇。她说每天翻看和回复评论，像在批阅奏章。我不玩微博，只在无聊时偶尔点开看看。那玩意儿刺激性强，杀伤力大，我玩不起。玩得越大，甜头和苦头必然越多。这是我的感受，不曾与绿株分享。她比我聪明，比我经历的多。在网络编织的虚拟世界里，她是剑客，是侠女，我是一只无名的蚂蚁。

蚂蚁没有自由，永无休止地完成社群分工。蚂蚁的世界，不需要个人英雄。没人崇拜，也便没人嫉恨。蚂蚁只在夜深人静的时候，才上网溜达一圈。

一个风雪交加的夜晚，我无意中点开绿株的微博，大吃一惊。那一幕，许多年后我都无法忘记。绿株的微博评论区，被网民攻陷了。字里行间蹦出来的侮辱、谩骂、讥讽、嘲弄，几乎将我的眼球炸裂。

事情的起因很简单。绿株身着制服，去内地某大城市出

差，在机场拍了一张照片，发在微博上。这张小小的照片，招来海啸般的声讨。照片上，她背的爱马仕包与胸前的公务徽章被人恶意放大。那些不怀好意的键盘侠抓住这个细节，疯狂制造谣言。有人盯上她的包，说一个年轻检察官，怎么买得起奢侈品，一定是徇私枉法，贪污受贿。还有人说她有背景，有靠山，是官二代。更有甚者，污蔑她卖身求荣，被富豪包养。谣言四起，直指人心，甚至牵扯到领导。老实说，看着这些评论，我很不安。谣言的扩散不仅有损她的形象，还给单位带来负面影响。我打电话，让她赶快删除那条微博，关闭评论区。她说，删也没用，始作俑者已经截屏，身正不怕影子斜，她不怕查。

接连几日，我有空就上微博。关于绿株的谣言，在网上发酵。换作我，看到这样的评论，我会愤怒，会回怼，会发疯。成千上万人向你泼脏水，你躲不开，撇不清，想解释也没人听，没人信。互联网似乎成了法外之地，网上的喷子肆无忌惮，为所欲为。他们的本事大得很。即使绿株后来删除微博，无聊的跟风、无耻的造谣，仍弥漫在网上。

绿株是一个法律工作者，受到了不法侵害，却无力用法律保护自己。她的制服没能成为盔甲，反倒成了软肋。单位给她的不是支持，而是指责和批评。相距千里，隔着屏幕，我都感受到绿株身上的压力。我担心她，同时又抱有一丝侥幸。酒量好的人，不会轻易被打倒。

曾经有那么一个瞬间，我也想过，她的钱是哪里来的。不过很快我就打消了那个念头。她没有成家，没有负担，又做过律师，买几件贵重物品不足为奇。可是网上之人，未必了解这些。今天不遗余力攻击她的人，很多就是当初追捧她的人。也许，她的那些名牌包，只是网上淘的假货，满足一点虚荣心。

那些天，能保护她的，可能只有她的信念。我打过几次电话，都是关机。给她发邮件，她回复：谣言止于真相。然而，谣言没有止于真相，因为没人相信真相。人们更愿意相信非正道的消息。这一次，我真真切切地见识了文字的力量——杀人不见血。

绿株自杀了。从12楼跳下去的。

苍蝇一哄而散。

没人去追索真相，没人能给她清白。看到消息，我真后悔。我应该多跟她聊聊。或者应该飞到小县城，跟她喝一顿酒。她比我有胆识，可还是没能扛住。我在邮件里提醒她：不妨采取鸵鸟战术，眼不见，心不烦。如需解释，只向组织交代清楚，网上的内容根本不值得关注。说起来容易，其实做不到。人一旦因某种消息陷入惶恐，会不由自主地持续关注那些消息。越是负面的、夸张的，越是忍不住要看。看过就生气，想把电脑砸了，可还是要看。这种时候，人是无助的、无力的，需要心理干预，而我却没有意识到。一颗成熟的小白杏，从高空坠落，掉在冰冷坚硬的水泥地上。

绿株还年轻，她爱美，说她爱臭美也行。给小白杏保鲜，有错吗？网络时代，人们没有兴趣分辨对错，只关注立场，只

在乎个人好恶。虚拟世界很疯狂，不因你是明月，就报之以琼浆，相反，可能是阴云，也可能是天狗。屏幕的后面，躲着无数个隐形杀手，专门摧毁美好的事物，从不打招呼，绝不手下留情。越是美的，下手越狠。他们把美弄死，还要在美的遗体上吐一口痰，说："看吧，这就是爱慕虚荣的下场。"可怜的杀手，他们并不知道自己是杀手。恶毒的杀手，你看得见他的影子，却不知道他是谁。他不是一个人，是多数人。

绿株那么爱春天，春风却把她吹落了。我能有什么办法？我能做的，就是永远不吃小白杏。

悲肠愁肺

　　雪真大，一会儿的工夫，铺天盖地。夜幕，提前降临乌鲁木齐。这并非今冬的第一场雪，却是下得最为豪放的一场。从西戈壁返回市区的道路，因雪雾迷蒙变得异常难行。30多公里，走了3个多小时。车子驶入北门，时针已跳过10点。天寒地冻，人困马乏。司机小马说："去南门小馆喝羊杂汤吧。"正合我意。这样的夜晚，适合来一碗重口味的热汤。

　　雪大，又过了饭点，隔着玻璃门可以看到小餐馆里冷冷清清。门口的大铁锅，盖着铝合金盖子，没有想象中的热气腾腾。一个包头巾的姑娘坐在餐桌前，托着腮，看这漫天大雪，也看门前过客。

　　我和小马一闯入她的视界，姑娘的笑容瞬间被唤醒。站起身来，露出蓝白碎花的围裙。

　　"你来了，吃了吗？"她认识小马。

　　"来两碗羊杂汤。"小马的大长脸乐开了花。

　　"呀，羊杂汤卖完了。"姑娘搓着围裙，两手都是歉意，"要么来碗面肺子米肠子，也好吃呢。"

铁锅旁边的案板上，堆放着姑娘所说的美食。这东西我以前在南疆见过，从来没吃过。夏天的巴扎上，常有维吾尔老乡叫卖，凉拌着吃。大冬天怎么吃呢？姑娘麻利地倒了两碗热茶，拉开凳子，笑盈盈地看着我俩。她如此热忱，又跟小马相识，那就尝尝吧。

我边喝茶，边打量小店。十几平方米的空间，4张小桌擦得干干净净，桌面摆着醋瓶子和辣椒罐。小马不像我这般悠闲，进了店就找活干。他挨个查看辣椒罐，需要添加的，就拿到操作间去加装。又翻出几个纸箱子，撕开，铺在门口防滑。

姑娘手起刀落，砧板当当作响。三两下就切好两碗食料。揭开锅盖，热气喷涌而出，直冲天花板。长把勺子伸进锅底，舀出浓浓的汤汁浇在碗里，撒上葱花香菜，淋一勺辣椒油，香喷喷的面肺子米肠子端上桌来。面肺子犹如蒸熟的土豆块，酥软中带有筋道。米肠子像腊肠，灌装的不是肉丁，而是糯米。汤汁里还配有面筋、木耳，很对我的胃口。

姑娘坐在旁边，看我们吃。主要是看小马，跟小马聊这场梨花雪。少女少男的心思，掩饰不住。姑娘的脸上始终挂着甜甜的笑。平时吃饭像抢槽食一样的小马，这会儿吃得慢慢吞吞。他肯定是希望时间放缓脚步，大雪封门更好。

一碗米肠面肺，吃得我浑身发热，心气舒坦，随口问道："这么好吃的东西，做起来一定很麻烦吧？"

"好吃就不觉得麻烦。"姑娘说。

面肺子米肠子是伊犁那边的穷人发明的。穷人吃不起牛羊肉，捡来别人杀羊扔掉的肠子肚子下锅，算是见点油水。做面肺子，先把心肺连接处的大血管剪开，反复冲洗。洗好的羊肺灌入面水，用绳子扎紧气管。米肠子简单些，将羊肠子翻洗干净。羊肝羊心剁成小粒，加点胡椒、孜然、盐巴，与淘好的大米拌匀，塞进羊肠，也用绳子扎紧封口。包扎好的肠和肺下锅煮到半熟，用钎子扎破肠壁，放气放水，防止胀破。煮熟后捞出来。吃的时候，切成小块，根据个人的口味，浇上不同的调料。夏天凉拌，冬天浇汤。

我的无心之问，姑娘居然如此热忱作答，看来她是个会做生意的女人。店里再没来别的顾客，我借口买烟走出小馆，给他俩创造独处的机会。我知道，年轻人在一个地方封闭久了，不是身体出情况，就是思想出问题。十几分钟后，我踱进小馆，这两人还谈得热乎，没有停下的意思。再给他们一个小时，话还是说不完。

回去的路上，我提醒小马，单位有规定，不允许士官在本地找对象。小马说，枣花不是新疆人，他和枣花是同乡。这我就放心了。

小马的宿舍与我的宿舍是对门。他像喝了酒一样兴奋，坐在我屋里东拉西扯，不肯去睡觉。我看出他有心事，故意不提，等他说。小马实在憋不住，才觍着脸说，想借点钱，5000块，家里有急用。兄弟开口，我没理由拒绝，答应明天去银行取。小马连连道谢。出了门，又转身回来。好像他不把借钱的理由说清楚，就对不住哥们儿。其实，他若不说，我是不会问

的。他要说，我也愿意听。

小马跟枣花认识好几个月了，两人处得挺好。前不久，餐馆的老板娘回家给儿子办婚礼，不打算再来新疆，就把店面盘给枣花。枣花想把铺子重新装修一下，手头紧张，小马攒的那点津贴全给枣花仍不够，于是向我张口。

人是可靠之人，做的又是正当生意，我不怕他们赖账。我所顾虑的是，小马的热心被人利用。社会复杂，能在外面独立开店的女子都不简单。小马当兵多年，善良单纯，没有心机，容易上当受骗。

"父母知道你们交往的事吗？会不会干涉？"

"我的事我做主，父母不管，也管不了。"

"她家里人是什么意见？"

提起枣花的家人，小马欲言又止。说话做事，我从不勉强别人，看他为难的样子，我便让他回屋休息。小马却不吐不快。坐在床边，把枣花的身世和盘托出。

枣花不知道亲生父母是谁，一个姓孙的老头在自家门口捡到襁褓中的枣花。老孙头有三个儿子，都已成家，生了三个孙子，没有孙女。老人家一看，是个女婴，抱回去给大儿子，大儿不要。又给二儿子，儿媳不喜欢。找三儿子，同样吃了闭门羹。老伴早已过世，老孙头不能自己养孩子，便抱给村干部。村干部说，村里也没能力收养，实在没人要，就扔到沟里让她自生自灭吧。老孙头不忍心，四处打听，希望有人收养。胡婆婆得知此事，把枣花抱回家。

婆婆有个儿子，脑子不灵光，30多岁没娶上媳妇。婆婆担心她过世后，没人照顾傻儿子，就想着趁自己还能动，把这女娃当孙女养大成人，将来给儿子养老送终。

就这样，枣花在婆婆的粗茶淡饭中一天天长大。她的爸爸也一天天变老。婆婆想给枣花招个女婿，可是他们的家境不好，没人愿意入赘。倒是有人看上枣花，想娶过门去。婆婆不同意。枣花嫁出去，谁来照料她爸呢？可是，一直拖着不让枣花嫁人，也不是个事。婆婆就想给枣花找个有钱人，一来可以多要些彩礼，二来方便将来照顾儿子。挑来挑去，婆婆看中一个牲口贩子。

牲口贩子有钱，玩过不少女人，40多岁了想成家过日子，瞄上枣花。他愿意出6万元彩礼，并答应婆婆，只要枣花肯嫁，他花钱雇人照料岳父。6万元，不是天文数字，可也不是一笔小钱。婆婆想把这钱存在银行，靠利息也能给儿子一口饭吃。

枣花不愿意嫁给那个满身都是牲口味的老男人。婆婆再三劝说，枣花就是不答应。后来，村长把实情告诉枣花，若不是婆婆好心收养，她早就被狼吃了。养育之恩，何以回报？枣花不再执拗，听从了婆婆的安排。

就在牲口贩子忙着张罗婚事的时候，枣花的爸爸失踪了。有人看见他在河边晃悠，估计是溺水了，尸体没找回来。婆婆哭了几天，忽然想明白，不能把枣花往火坑里推。可牲口贩子死活不愿退婚，退婚就要双倍返还彩礼。婚期临近，婆婆塞给枣花1000块钱，让她走，走得越远越好，以后在外面找个年轻

人，好好过日子。枣花不忍心丢下婆婆，又不愿意毁在不幸的婚姻中，犹豫多日，最终还是离开婆婆，一路跑到兰州。东躲西藏多日，还觉得不安全，坐火车来到新疆。

在乌鲁木齐，举目无亲的枣花被人介绍到夜总会。她不愿做那种生意，找机会逃了出来。没有身份证，没处住店，身上的钱花完了，流落在南门外。好心的老板娘收留了她，给她管吃管住，让她在店里打工。老板娘独自一人开店，身边无亲无故。她没有把枣花当丫鬟使，打细处关心照顾枣花的生活。枣花把老板娘叫姨娘。开始时，没有工资，只给一点零花钱。后来，每月也能攒上几百元。

枣花有了栖身之所，就打听婆婆的消息。从一个姐妹那里得知，她离开的那天晚上，婆婆喝农药走了。彩礼一分不少，退给牲口贩子。枣花面朝家乡方向哭了好几天，在姨娘的安慰下，慢慢缓过劲来。两三年时间，枣花跟着姨娘学会各种小吃料理，面肺子、米肠子、杂碎粉汤、胡辣羊蹄，她样样都能得心应手。

小马讲到这里，眼眶有点潮湿。枣花的故事是真是假，我不得而知，不敢全信。但我相信小马，他是我的兄弟，我愿意帮他。

此后的几个月，小马都精气神十足，啥时候见他都是兴冲冲的。枣花的小店应该经营得不错，两人的关系顺顺当当。好几次，我加班到深夜，小马送来枣花的手艺，美味总能冲散熬夜带来的疲惫。

有一天，我在单位值班，接到门卫室电话，说有个女人找小马。我告诉门卫，小马去阿勒泰出差，不在单位。没过一会儿，门卫又打电话，说那女人不走，非要见小马，她来过三趟，每次都说出差，今天见不着人，她就不走了。我猜可能是枣花，让门卫把电话交给她。电话那边的人不是枣花。她不听我在电话里的解释，我只好出门当面解释。

　　在门卫室，我见到一个40多岁的女人，包着头巾，一脸的怨气。我说："小马去外地出差，有什么事跟我说，回头我转告小马。"女人把一串钥匙塞给我，说："你是小马的领导，把这个交给他。"说完转身就走。我连忙追上去。我要知道她是谁，跟小马是什么关系。女人只留下很简单的信息，消失在人群中。

　　小马从阿勒泰回来，我把钥匙交给他。钥匙是枣花的姨娘送来的。我不明白，不是说姨娘不回新疆了吗，怎么又来了？为什么不把钥匙给枣花，而要交给小马？枣花不在乌鲁木齐吗？姨娘与枣花之间是不是有了误会？这一串问题没有因为那一串钥匙的转交而自动解开。小马拿着钥匙，半天没说话。这一次，是我忍不住想知道事情的原委，问他到底发生了什么。

　　小马点了根烟，似乎费了很大劲才把思路理清楚。一串钥匙，两个女人的恩恩怨怨。

　　姨娘家与枣花家隔几条沟，口音相近，习俗相仿，所以姨娘一见到枣花，就觉得亲切，爽快地收留了枣花。

　　姨娘也是个不幸的人。本来有个幸福的小家庭，却被一次

意外彻底改变了。姨娘在乡上的学校做饭，男人在外地打工，儿子跟着爷爷奶奶生活。男人在建筑工地，不小心从脚手架上摔下来，人就走了。建筑公司给她赔偿4万元，她一分钱没有拿上，都被丈夫的哥哥代领。处理完后事，公公婆婆、叔伯兄弟都劝她另寻良人。表面上给她自由，其实是觊觎她家的三间砖瓦房。姨娘舍不得7岁的儿子，拒不改嫁。

按当地风俗，女人改嫁只能净身出户，不能带走家里的一针一线，更不能带走儿子。她不肯走，族人三天两头找碴，骂她是灾星，说她是破鞋，破坏她的名声，害得她在学校食堂没法干了。

实在待不下去，姨娘准备带着儿子逃离。她把儿子哄到县城，还没上车，儿子哭着要奶奶，怎么都不肯走。家里的叔伯兄弟发现异常，追到车站，夺走儿子，还把她打了一顿。他们威胁她，要走就走，再回家就打断她的腿。

姨娘一无所有，只好远走新疆，她想走到天边边去。到了伊犁，走不动了，再走就出国境了。她在一家餐馆打工，用心学做当地的风味小吃。几年后，她攒了些钱，又有了手艺，来到乌鲁木齐，在南门外开了那家小餐馆。开始时，一个人，两只手，再辛苦也不愿意雇人。后来，遇到枣花，心一软，把枣花留在身边。

生意越来越好。解决了温饱，姨娘想把儿子接过来。跟家里联系，结果可想而知。作为母亲，她不能不管孩子。她每月往家里寄钱，既孝敬老人，也抚养孩子。她没再找男人。在她的心里，她还是那个家的人。她希望儿子好好读书，将来走出山沟。

离家十几年，青丝白发，苦尽甘来。去年底，儿子突然来电话，说要结婚，请母亲回去，还说结婚之后，想让母亲帮带孩子。姨娘高兴得几天睡不着。她把小餐馆留给枣花，带着多年的积蓄回家去了。她没打算再来新疆。儿子成人后，她以为苦日子熬到头了，该歇歇了。

姨娘把辛辛苦苦攒下的十几万元，全都花在了儿子的婚事上。粉刷房子，置办家具，支付彩礼。婚后不久，儿子带着新媳妇去省城打工，把姨娘一个人扔在家里。后来，儿子打电话说，钱不好挣，暂时不打算要孩子。儿子让她不要在家里等了，有机会再去找个活干。又过了些时日，小两口去更远的南方打工。再后来，就断了联系。姨娘又成了孤家寡人。

那时她才明白，儿子从小跟奶奶长大，跟母亲没有多少感情。只是在结婚需要钱时，才想起他娘。如今，儿子有了自己的女人，母亲对他来说，可有可无。姨娘不怪儿子，怪自己命苦，恨自己没带好儿子。村里人私下议论，说她命不好，克夫克子，儿子担心跟她在一起惹灾祸，所以远远地躲着她。奶奶也成天说难听话，说她在外十几年，不知睡了多少野男人，她早就不是这个家的人了。那些叔伯兄弟故技重演，把各种各样的脏水往她身上泼。无奈之下，姨娘再次离家，又来到她熟悉的乌鲁木齐。

回到当初的小店。店铺已重新装修，生意更好了。可是，这店现在是枣花的。

枣花很高兴姨娘回来，她要把店还给姨娘。姨娘不要。说她是来给枣花打工的，枣花应该当老板，她当服务员。枣花怎么能答应呢？枣花让姨娘当老板，一切照旧，姨娘又不答应。一个非要让位，一个拒不接受。谈不拢，就僵住了。

前几天，枣花给姨娘留下一封信，说她去别的地方开店，南门小馆，还给姨娘。姨娘四处打听，找不到枣花的下落，不得不来找小马，在门卫室扔下一串钥匙后，独自去了伊犁。

小马当然知道，枣花在昌吉选好店址，准备新开一家餐馆。小马劝过枣花，让她跟姨娘和好，两人齐心协力把南门的生意撑起来。两个人做，总比单打独斗要好。枣花听不进去。姨娘有恩于她，她永远是姨娘的孩子，她不能与姨娘平起平坐，更不能指使姨娘。姨娘的脾气也倔，说话算数，她不能占小辈的便宜。枣花和姨娘，一对相爱相杀的女子。素昧平生，萍水相逢，却能掏心挖肺。都在底层行走，精神那么高洁。生活的滋味，就是这样酸酸咸咸。

小马夹在中间，不知如何是好，问我有什么办法。我可以帮姨娘和枣花拟定一份合伙协议，把双方的权利义务写清楚，两人都是老板，利益均分。可是，他们之间哪里是钱的问题？他们都在替对方着想，心里唯独没有自己。

丝路禽声

黄亮的鸡块，鲜红的辣皮，翠绿的青椒，包裹着酱汁的土豆，在蒜瓣、姜片、葱段的簇拥下，像一座热情的火山，喷发出浓郁的诱惑。只看一眼，津如泉涌。夹一块肉放进嘴里，咀嚼肌还在犹犹豫豫，吞咽肌早已迫不及待。

20世纪90年代，新疆大盘鸡声名鹊起。远在南疆的疏勒县，有一家大盘鸡店，开在十二医院附近，门庭若市。我去尝过一次，有滋有味，不负盛名。回到连队向战友推荐，一个老兵不以为然："疏勒县的大盘鸡有啥吃头，要吃正宗大盘鸡，就去沙湾县，那是大盘鸡的故乡。"老兵是沙湾人，品论大盘鸡，他有发言权。从那时起，我的胃里就种下一条馋虫，一条籍贯是沙湾的馋虫。

几年后，我去沙湾县出差，住在某部招待所。所长重点推荐他们的拿手菜——大盘鸡。确实，比我在疏勒县吃过的口感丰富。那条馋虫似乎可以消停了。司机小梁却说，招待所的大盘鸡还欠火候，鸡块偏小，调料放多了，想吃地道味，要去县城西关的路边店。小梁好吃，走的地方多，比我有见识。即使

陌生城镇，犄角旮旯里的美食也躲不过他的鼻子。我是个冒牌吃货，抽烟、喝酒、饮茶、用膳，没啥讲究。经小梁点拨，觉得招待所的大盘鸡可能是冒牌货，我决定去大盘鸡的发源地探个究竟。

县城西关，不是繁华街市，也非孤村野店，312国道两侧挨挨挤挤全是小饭馆。简陋的红砖平房，门前皆搭凉棚。味道不知怎样，招牌一个比一个牛。"沙湾第一盘""大盘鸡拌面王""超级大盘鸡""齿留香大盘鸡"……来自全国各地的大车小车，胡乱停在店铺门口。

小梁直接把车开到"李四大盘鸡"店前。彩条布搭起的凉棚下坐满了等着吃鸡的人。伙计拿着小本跑过来问："客官，几位？""两位。"伙计撕下一个纸片给我。13号。"二位先找个地方坐下喝茶，稍等片刻。"

看这情形，不知啥时候才能轮到我们。我想换一家。都是原产地，口味应该差不多。小梁说："赶上饭点，不管去张三李四家，都要等。排队的人多，说明味道好，来都来了，就等会儿吧。"

等了半个小时，才轮到5号。有几个食客等不及，起身去别的店。我又喝了一碗茶，抽了两根烟，伙计仍给不出上菜的准信。我这个假吃货现出原形。不吃了，回乌鲁木齐。

乌鲁木齐不缺大盘鸡店。小梁说，南湖附近的"天下第一盘"，特色是盘子大，盛得下一只羊。那是他见过的最大的餐盘，没有之一。北门外有一家店，门口有一棵老榆树，经营多年，生意一直不错。还有血站大盘鸡、沙场大盘鸡、八姐大盘鸡……有点名气的大盘鸡店，他差不多都尝过，吃来吃去，还是沙湾县的大盘鸡最正宗。

一只鸡对人的诱惑就是这么大。

小梁老在我耳边念叨，我胃里的馋虫一次次被他勾醒。始终未能在渊薮之地一品真味，多少有些遗憾。也许是馋虫作怪，机会说来就来。

一天晚上，我已经睡下。电话响起，是个陌生号，没接。那电话又打来，执着得很。接了，电话那头是开大车的山虎，我们一个村的。

山虎来新疆送货，遇上麻烦。卡车的两个轮胎被人卸走，油箱也被抽干。财物失窃，应该找警察，但警察好像没把它当成多大的事。山虎的意思是，希望我跟警察打声招呼，尽快抓住小偷，追回赃物。我的兄弟哟，实在是高看我。我虽在法院当差，不过是一个小卒，没有多大能量。何况他出事的地方远在数百公里外的沙湾县。

在我的老家，人们把在外做事的统统看成当官的，似乎都有无比的神通。他们不知道，我这样的寒门学子，靠读书侥幸离开农村，在城里并无根基，更不是手握重权的大人物。山虎要去伊犁，口袋里的钱既买不起轮胎，也不够加油。我是他在新疆能联系到的唯一的熟人。他不找我，还能找谁？

第二天中午，我赶到沙湾，见到了山虎。他的样子让我想起梁生宝。头发乱糟糟、油乎乎，眉头拧成了疙瘩，泥灰填满

皱纹，右腮处有一块机油印子。两手不停地搓，好像要把几天没洗的手搓干净。他的车停在公路边，正是沙湾大盘鸡的发源地。警察出过现场，作了笔录，留下联系方式，说是有结果通知他。

山虎仍指望我去找警察说情。我自知人微言轻，没去。我给他2000块钱，让他先送货。山虎连声道谢，要请我吃大盘鸡。我想了想，也好，就吃李四大盘鸡。正好有空位腾出来。我问山虎，是不是只顾着吃鸡，把车给忘了。他说，昨晚到沙湾，吃鸡的人多，就在车里打了个盹。等他醒来，鸡还没吃，车轮和柴油就不翼而飞。我印象中，跑长途的通常两个司机换着开。山虎为了多挣钱，单挑。出车补助是固定的，两个司机对半分，不如自己辛苦点，拿全款实惠。

坐在店外的凉棚下，来往的车辆不时扬起沙尘。我要挪进店铺里面去，老板娘说，在路边的风沙中吃鸡，才有"风味"。香喷喷的鸡肉端上来，话不多说，开吃。肉质很筋道，不是寻常的饲料鸡。土豆不软不硬，入味深，绵而嫩。先炒后炖熬成的汤汁，香而不腻，又宽又薄的面片扔进去搅拌几下，金汁银粉，晶亮诱人。我发现大盘鸡有个明显特征——口味重。究其原因，这是迎合顾客。但凡体力劳动者，出汗多，吃盐也就多。过往的司机，哪个不像牛马。那些劝人"少吃盐、要清淡"的养生秘诀，对劳苦大众不适用。

上次来沙湾留下的遗憾，这次补上了。没想到机会以这样的面目出现。

吃大盘鸡，喝乌苏啤酒，是那个年代的标配。我吃得慢，重在品味。山虎开始还不好意思，几杯酒下肚，人就放开了，频频伸缩的筷子，如同啄食的鸡喙。我说话多，他吃肉多。从昨天中午到现在，他一天一夜没进食。一米八的壮汉，真能扛。山虎说，开大车的一天吃一顿饭很正常，节省时间，也是迫不得已。难怪卡车司机，多见胖子。

我原想这么大一盘子鸡肉若是吃不完，要打包。我想多了。一只鸡，外加四份皮带面，妥妥地歼灭战。山虎去买单，发现我已结过账，尴笑着说："不好意思，让哥破费了。"酒足饭饱，油箱加满，轮胎配齐。山虎要赶路，我们就此别过。

在南疆初识大盘鸡，到吃上正宗的沙湾大盘鸡，中间隔了七八年。与山虎一起吃的那盘鸡，虽说很地道，可我没吃过瘾。如同猪八戒囫囵吞下的人生果。

大盘鸡是江湖菜，自然少不了江湖气。沙湾县是往返乌鲁木齐与伊犁的必经之地。往西边去的车，一早从乌鲁木齐出发，行至沙湾已是中午，司乘大多饥肠辘辘。一大盘子鸡块，几份皮带面，两瓶啤酒（那时法律尚未禁止酒后开车），实惠，顶饱。吃的人多了，江湖上便有了大盘鸡的传说。

别小看这只普普通通的鸡。它从不起眼的路边店起飞，先是红透乌伊公路，尔后沿着四通八达的国道东奔西驰，穿州过县，声名远播。这是沙湾大厨的功劳，更要感谢无以计数的司机师傅。

一个地方出产什么，是天缘地利的造化。大盘鸡诞生在新

疆，自有它的道理。盘子大，肚量大，装得下一只整鸡，可容纳丰润的汤汁。新疆的地形，三山夹两盆，如同大盘子里卧着一只鸡，博格达峰就是骄傲的鸡头。大，是新疆的特点，更是一种气度。因为大，所以包容。五湖四海的过客，都能在这片土地上找到活路。

第二次吃正宗沙湾大盘鸡，还是与山虎有关。那是一个冬天的下午，山虎打来电话。

"哥，你在乌鲁木齐吧？"声音有些抖。

"在呢。"

"我过会儿到你单位门口，你出来一下。"

我挂上电话，琢磨半天没想明白，这家伙跑我单位来干啥？山虎向来不愿求人，能打电话，一定是摊上事了。难道又是借钱？

下了班，在单位门口见到山虎。他穿一件沾满油渍的棉大衣，戴着雷锋式的棉帽，两个护耳张着，脸冻得通红，手里拎着一个塑料袋。

"哥，我从伊犁来，路过沙湾，给你带了一份大盘鸡。"山虎把袋子递给我。

我的嗓子忽然有点发干，眼眶也有点潮。为了掩饰自己的脆弱，我拍着他的肩膀说："走，到家里去，喝几杯，暖暖身子。"

"不去了，媳妇儿还在南山停车场呢。"

"打电话把弟妹叫来，晚上一起吃饭。"

"不行啊，得有人看车。"

我看着他的眼，知道他没说谎。他是不可能去我家的。我在路边商店买了两条烟，塞给他。山虎憨憨地笑了，转身朝公交车站跑去。我不记得是否在他面前提过，我爱吃大盘鸡。他居然把这等小事放在心上。拎着尚有余温的塑料袋，我心里有说不出的滋味。

时代日新月异，高速公路像蜘蛛网一样四处铺张。前往伊犁塔城的大车，很少再走国道，更没必要专门下高速，拐进沙湾县去吃饭。国道两边的餐馆日渐凋零。为了这份大盘鸡，山虎多跑了几十公里，耽误不少时间。

那晚，我和家人在温暖的屋子里，享用山虎送来的大盘鸡。山虎和他媳妇，在郊外寒冷的停车场过夜。也许他们会登记一间小屋，也许那屋里有炉子，但是，他俩总有一个人不能安睡，要操心自己的车。

山虎的业务应该跑得不错，好几年没联系过我。有一次，我休假回老家，听父亲说，山虎出了车祸，因为疲劳驾驶，撞断了四根肋骨，媳妇也受了伤。我有些伤感，想去山虎家探望。后来想想，还是没去。几句安慰的话，对于跑车养家的人，有多大意义呢？你能给他一份更体面的工作吗？你能劝他把钱看淡点、多注意身体吗？他自己清楚他能干什么。一个外人，何必指手画脚。他不缺人生导师，多情的社会、无情的现实天天在教导他。很多时候，人不是不懂道理，只是囿于自身的条件，别无选择。

那几日我很少出门。不知山虎从哪里得到消息，跑来找我，非要请我去他家吃饭。我看他的身体并无大碍，便欣然前往。

山虎家的院子是新修的。瓷砖贴面的门楼，很是气派。东西两厢平房，门阔窗明。主屋是大开间的两层楼，布局新颖。前后院全部硬化，见不到一寸土。没有花草树木，也无猪圈鸡舍，仿佛拗着一股劲，要跟土地彻底脱离关系。屋内的装修风格，有一种时髦的土气。地砖、顶灯、雪白的墙面，明快相映。落地窗帘、布艺沙发，还有专门的餐厅餐桌。以前农村人吃饭，都是蹲在院子里吃。如今的山虎家，算是村里的上等人家。

山虎媳妇引我参观新居，山虎在厨房里忙活。一根烟的工夫，七八个菜摆上桌。出乎意料，有一道硬菜——大盘鸡。不，应该叫大盆鸡。山虎家没有新疆那么大的盘子，他就用一个面盆盛装鸡块。酒自然是少不了，乌苏啤酒。山虎真是有心。过去帮他的事，他没有提，只说好久没见，喝几杯。我尝了两块鸡肉，与沙湾大盘鸡相差无几。看来这些年，新疆没白跑，大盘鸡没少吃。

山虎媳妇说，山虎爱跑新疆，是贪嘴好吃，成天惦记着大盘鸡。山虎说，他爱吃鸡，因为他属鸡，是鸡的命，一辈子不停地刨啊刨，只为找吃的，爪子一闲下来，就会饿肚子，实在刨不动了，也就成了他人的盘中餐。十几年来，他一直在运输线上跑。这般家境，是他开大车，手脚并用，没日没夜刨出来的。

山虎承认自己好吃，但不懒做。大盘鸡吃得多了，还吃出了名堂。他常跟大盘鸡店的老板套近乎，给掌勺大厨送烟酒，向人家请教大盘鸡的做法。爱吃又好学，加上有点悟性，一来二去，把大盘鸡的技艺偷到手。

我说，有这手艺，以后不用跑车了，开个大盘鸡店，生意一定好。山虎说，现在还不是开店的时候。他想再跑几年，多攒些钱，再贷点款，自己买辆车。给公司开车，拼的是辛苦，还要缴份子。自己有了车，尽管还是血汗换银子，但是给自己干，感觉不一样，大小是份家业。

山虎自称是鸡的命。我不属鸡，但我觉得自己也是鸡的命。谁不是一只鸡呢？起早贪黑，只为糊口。一不留神，就被人宰割。

我一时冲动，想跟着山虎跑几趟长途，体验"卡哥"的生活。吃住在车上，日出而发，日落而息，放下不必要的牵挂，行走大江南北。最终未能成行，怕给山虎添麻烦。

生活是无法体验的，生活要真的去活。跟着卡哥去跑车，跑八趟十趟，我还是我，我不是卡哥。纵然能写出打动人心的文字，那也只是心灵的自慰。对于卡哥，对于生活，何益之有？那是一个庞大群体，据说有2000万之众，生存状态并不理想，命运的沟回曲折颇多。他们背负的责任和承受的压力鲜为人知。难道他们都属鸡？他们中的很多人，是属骆驼的，跟祥子一样，奋斗大半生，只为拥有一辆自己的车。可是，真有了车，日子就变好了吗？

丝绸之路上悲怆的驼铃，已经化作一缕缕鸡肉的醇香。人间大地，到处是流浪的身影。有人在厚土中耕作，有人在车间里耗命，有人在凌晨敲击键盘，有人在风雨中紧握方向盘。汗水滴落在不同的地方，凝结成相同的晶体，透明而且是咸的。

这些年，我走过许多地方，吃过不少鸡。德州扒鸡、临沂炒鸡、道口烧鸡、昆明气锅鸡、扬州叫花鸡、成都芋儿鸡，最爱还是沙湾大盘鸡。离开新疆后，就很少吃大盘鸡了。

不久前的一个晚上，在老家的县城闲转，看到一家新疆大盘鸡店。心想，不是正宗的，不尝也罢。脚，却把我带进了这家店。

山虎的媳妇正给客人倒茶，见我进来，连忙招呼："哥，你啥时回来的？快坐，山虎在里面炒鸡呢。"我愣了一下，后悔不该进他们的店。

山虎到底是放下了方向盘，拿起炒瓢和锅铲。不论是在驾驶室，还是在灶台边，终究是属鸡的。

独库琵琶曲

雨越下越大。雨刮器已是最快节奏，也只能勉强拨开水幕。前方谷底的乔尔玛镇若隐若现，宛如幻境。乔尔玛地处217国道与218国道交会处。西边是那拉提草原、霍尔果斯口岸。往东，经和静、焉耆，可达库尔勒。我们从天山北麓的独山子来，去往南疆的库车。

疾风骤雨赶在我们前面，袭击了乔尔玛。雾霭遮蔽大山，镇街昏昏欲睡，路上行人很少，南来北往、东驰西进的车流倒是不曾间歇。从车窗的缝隙里，我感觉到夏日的*丝丝寒意*。

车停路边，犹疑不定。冒雨前行，还是在这里等待？车里的家人并不关心车外的天气。老人闭目养神，小的玩手机，妻子翻腾背包，念叨着先吃自热火锅，还是先来一桶酸辣面。没人过问行程。我把他们带往哪里，他们就去哪里。绝对的信任，意味着绝对的责任。查看天气预报，不远处的巴音布鲁克镇，晴。稍稍放心。

一个小时后，雨小了，但还没停。我叫孩子们去参观独库公路纪念馆。他们不去。若我说去烈士陵园，他们更不会考

虑。那是同一个地方。我希望此行不只是游玩，孩子应当接受某种教育。然而，他们不理解我，也不愿配合。

我独自走向松柏苍翠处。小雨淅淅沥沥落在身上，仿佛诉说这条公路鲜为人知的故事。站在高大肃穆的纪念碑前，看着那些冰冷的数字，1974年，562公里，10年，128位烈士，唏嘘不已。一条公路，沟通天山南北。而沟通，仅有真诚是不够的，有时需要付出鲜血和生命。

我没有献花，敬上三根香烟。埋骨于此的战士，那么年轻，他们肯定想不到，以战备为目的的独库公路，日后会成为红遍中国的观光之路。假如他们知道，若干年后享受交通便捷的人，未必想念他们、感激他们，他们还会奋不顾身地完成这一伟大使命吗？

伟大自能成其伟大，不需要渺小来反衬。一代人有一代人的使命。战士所处的年代接受的启蒙，铸就了特殊的精神气质。胸怀天下，公而忘私。他们为理想奋斗，燃烧青春的激情，不曾计较后人的评价。人是活在当下的，对眼前生计的投入，就是对生命长河的尊重。未来的船驶向何方，多数人无从把握。风的方向就是船的航向。

雨停了，乌云依旧浓黑。驶离乔尔玛几十公里，云开雾散，蓝天重现。天宇方沐，山峦清净。一只鹰飞过空中，彩虹正闪闪发光。松林刚洗过淋浴，清清爽爽。与公路伴行的河水，唱着欢快的牧歌。歌声带着水气和草香扑进车窗，诱人顾盼流离。

山路曲折，盘桓而上，一直爬升到垭口。停车回眸，群山罗列云中，山无尽，云也无尽。松林的墨绿与芳草的新绿相间，幼弱的灌木与堪为栋梁的乔木相依相傍。说不清内心是惆怅，还是激扬。

继续前行，路上的车辆明显增多。天落得很低，云层透着淡淡的蓝。我们已然踏上巴音布鲁克大草原。它是天山中部的山巅盆地，名副其实的空中草原。孙悟空替玉皇大帝放马的天庭御苑，想必不过如此。辽阔的草原一望无垠，公路笔直修长。路面不宽，却很平整。两侧的草场偶尔长出几顶蒙古包，像雨后露头的蘑菇。我们的车如一叶小舟，漂荡在绿色的海洋。

天空的蓝渐渐深邃，温软的云显露出倦意。太阳从山头滚下去，落霞染红了嵯峨乱石。不久，夜幕降临，月亮悄眯眯地挂在远空。路上的车灯汇成光的河流。抵达巴音布鲁克镇时，天已黑透了。

经由独库公路，外界的关注与遐想，将巴音布鲁克唤醒。这座草原深处的小镇，犹如一朵格桑花，经历了漫长的冬季，在浪漫的夏天绽放。这是它最美的季节，也是对它伤害最大的时期。公路穿镇而过，两侧楼房高不过四层。沿街商铺，灯火阑珊；餐馆酒店，霓虹闪烁。一块块醒目的招牌，把昏黄的路灯逼到惨淡的境地。灯火，照亮当地人懵懂的心。欲望，招来天南地北的淘金者。

临街的酒店客栈爆满，我没订上。驶离主街，来到草地上

的帐篷旅馆。月光下，连片的蒙古包望不到头，仿佛走进成吉思汗西征的大营，"夜深千帐灯"。蒙古包里是大通铺，高出地面二尺多，可睡七八个人。铺板上花红柳绿的地毯、被子、枕头，还有电暖器和小榻几，喜庆又热情。帐壁上挂着兽角、短剑和画毯，让人对蒙古英雄浮想联翩。

服务员是个眉清目秀的小姑娘，向我们推荐川味炒菜。我们从巴蜀大地远道而来，千里万里仍逃不出川菜的控制。小姑娘说，出门在外，吃上可口的饭菜，游玩才能开心，吃不好，闹肚子，这个地方缺医少药，很不方便。她讲得有道理，可我还是想尝当地风味。

我翻看菜谱，我女儿坐在铺上玩手机游戏，小姑娘的目光被吸引过去。

"玩的什么？"

"王者荣耀。"

游戏是孩子的通用语言。两个女孩的兴趣无缝对接。喜欢什么角色？打到哪一级了？对手怎么样？有没有猪队友？我女儿不善言谈，聊起游戏来，却滔滔不绝。两人相见恨晚。我已经选好菜了，小姑娘还忙着分享游戏经验。川菜必不可少，手抓肉和奶茶也要尝尝。小姑娘一一记下。她的字很漂亮。

饭菜摆上榻几，一家人盘腿围坐。这种吃饭的姿势，小朋友感到新鲜有趣。菜肴的味道勉勉强强。羊肉炖得不烂，颇费牙。

餐后我走出帐篷，在草地上散步、抽烟。开了一天的车，并不觉得累。月色如雪，霜华四溅。在巴音布鲁克，明月的辉光属于草地，属于帐篷，跟那灯火通明的街道楼宇没有关系。蒙古包快睡着了。月亮不睡，俯瞰草原深处的小镇，如同守护婴儿。我也不睡，并非想凌驾众生之上。有幸逃离喧嚣，置身旷野，我愿独与天地精神往来，而不傲睨于万物。我期待某种超脱，幻想着自然将我融化，大地与我同频。

慈祥的皎月，温暖的毡帐，勾起我的诗兴。方块字在脑海中蹦跳，出口却难以合律步韵。搜肠刮肚，仅忆起古人的只言片语。现世生活与古人的生存不可同日而语。我们一年的见闻，抵得上古人一世，我们的表达却只及古人分毫。前人情注笔端，诗词歌赋行云流水。今人不会用眼睛去发现，也听不见树吟虫鸣，只会用镜头记录，用图片和视频呈现。我们疏离纸笔，习惯了按键，字迹越来越难看。我们正在丧失抽象的审美。文明在衰退，还是语言在没落？

有人说，眼前只有苟且，诗意都在远方。我们不辞辛劳，千里奔赴。如今远方就在脚下，诗又在哪里？此时的巴音布鲁克，不知收留了多少游人，谁邂逅了诗。诗是那样飘忽不定，稍纵即逝，像云影，像风歌。去远方寻找诗意，或许只是一种妄念。其实，诗意就在眼皮底下，在上下班途中，在柴米油盐酱醋茶里，在给孩子辅导作业的急火中，在帮老人端饭倒水的温情时。可惜的是，我们没有能力从日常升华出品位，赋予它诗意。

我固执地酝酿情感，驱使字句，试图捉住一首小诗。突

然，整个帐篷区灯火全熄，陷入黑暗。跳闸了！小姑娘一边发放应急灯，一边向客人解释：电暖器全都打开，线路承受不了，建议大家使用火盆。此刻，街边的楼堂酒店，依旧光影婆娑，灯火将那里的夜晚弄得千疮百孔。相隔不远的两个区域，一半是火焰，一半是海水。

有的游客担心烧木炭中毒，不用火盆。我家的孩子看见火盆，甚是喜欢。小姑娘就多送我们一个火盆，炭火通红通红。她又帮我们打开帐篷顶部的天窗，世界就更奇幻了。山月临窗，天河入帐。一家老小躺在大通铺上，仰望星空，脚蹬火盆，妙趣天成。帐篷、火盆、星星，多么原始的东西，无意中的撮合，生活原来可以如此率真。冷暖已经不重要了。刚才还在遗憾没订上酒店，现在反倒庆幸，帐篷更能撑开孩子的眼界。

我拨弄着火盆里的木炭，随口说道："今晚不挨冻，要感谢这位小姑娘。"女儿突然坐起来说："小姐姐明天搭我们的车去库车县，她辞职了。"这是唱的哪出戏？她怎么知道我们车上有空位？旅馆生意正火，为什么不干了？我不赞成穷游，尤其是女生。没有盘缠靠什么游历天下？靠胆子大、脸皮厚，蹭吃蹭喝蹭车？吃点喝点倒没什么，万一途中出点意外，责任谁负？我轻易不麻烦别人，也不想招惹麻烦。女儿说，小镇没有客运站，走远路只能搭便车，座位空着也是空着。事已至此，我还能说什么。大人的烦恼，小孩子永远不懂。

灯熄了，帐篷里安静下来。我感到生命涌过我的全身，就像河水漫过河床。外面，同样是无边的沉静，犹如一尊熟睡的神。我想起前日在独山子，老宋为我们送行的情景。酒桌上除了我们一家，还有老宋的客人——一位大学教授。教授是社会学专业的博导，学识渊博。聊起历史，侃侃而谈；论说人文，头头是道；提及西域的历史掌故，更是信手拈来。然而，我瞧不起他。

教授身边有一位年轻女子，他们是什么关系，傻子也能看出来。老宋兴师动众热情接待，是有求于教授。老宋的儿子要报考教授的研究生，老宋就把教授请到新疆来玩，全天候保障。对老宋而言，教授是他儿子的贵人。在我眼里，再高的学术造诣，也掩饰不了道德的瑕疵。

喝了几杯酒，教授的情绪上了头。他见我们一家老小亲热和睦，心生感慨。说他离婚以后，女儿就把他当仇人，不理不睬。女儿高中毕业跑到新疆打工，具体在什么地方，他无从知晓。听朋友说，在巴音布鲁克见到过他女儿，他便从西安赶来，准备走一趟独库公路。说到动情处，居然流起眼泪。他凄然地诉说，让我产生了几分同情。

我想，帐篷旅馆的小姑娘是不是教授的女儿？我要不要问问她的身世？如果她真有个当教授的爸爸，我是否帮他们联系？我没留教授的电话，如果想找，可以通过老宋。想着想着，就睡着了。

太阳刚刚升起，我们就坐上大巴，奔向草原腹地。欣赏了

天鹅湖，参拜过喇嘛庙，最终来到仰慕已久的九曲十八弯。沿栈道爬上山顶，放眼四顾。天空明澈，闲云悠懒，远处的雪山清晰可见。绿原起起伏伏，像牧羊姑娘的身体。蓝色的河水从山脚下流向远方，是那姑娘的腰带。流曲分岔，到底有多少个弯，数也数不清。深深地吸一口草原的芳香，人就醉了。耳边响起熟悉的旋律：陪你一起看草原，去看那青青的草，去看那蓝蓝的天……

美则美矣，却也有一丝遗憾。广袤的草原景区，被铁丝网包围分割，没看到几群牛羊。草原上的精灵，飘到哪儿去了？自在洒脱的牧人，是否告别毡帐，搬进了新村？谁在替他们做主？谁在定义游牧的进步与落伍？

返回巴音布鲁克镇已是中午，匆匆吃点东西，接上小姑娘，再次踏上征程。行驶在草原公路上，铁马长出了翅膀，心在空中飞扬。两个女孩坐在后排窃窃私语，不知在聊游戏，还是谈人生。后视镜里，是两张单纯的笑脸。

穿过一条昏暗狭窄的隧道，眼前豁然开朗，我们爬升到铁列克提达坂的垭口。山，丢失了郁郁葱葱，胡乱涂抹着枯黄与干涩，一副焦渴的样子。山形怪异，面目狰狞，没有树，也不长草，仿佛火山喷发之后留下的遗迹。盘山路九曲回肠，一侧是悬崖峭壁，一侧是万丈深谷。上行车辆多是负重货车，像一只只爬虫，喘着粗气，司机的脚不能离开油门。我们正好相反，几十公里的下坡路，频踩刹车，焦煳味一阵一阵飘进车内。同一条路，上行与下行，看到的是不同的风景。

傍晚时分，抵达库车县。两天时间，500多公里路，冰雪、暴雨、烈日、和风，悉数经历。一路兼程，是寻找，是回归，又像是逃离。

库车古称龟兹，是西域最美的邦国。中原、草原、高原，文化、宗教、民俗，在这里交流融合，留下过许多美丽的传说。商旅匆匆，经济繁荣；冶铁之术，闻名遐迩；石窟造诣，堪比敦煌。龟兹音韵更是深刻影响了中原，长安的宫廷市井，随处可见胡风乐舞。难怪史学大家冯其庸说："平生看尽山千万，不及龟兹一片云。"

时间这个无情的杀手，在无声无息中，化繁荣于腐朽。时间亦是造物的高手，翻云覆雨，操弄王朝的兴替。眼下的库车，空气中弥漫着令人烦躁的热，像戈壁滩上一簇干巴巴的骆驼刺。基于史料，我能想象2000年前龟兹的繁华，但我无法感知龟兹人的喜怒哀乐。龟兹人也断难想象后人的生活图景。思维受制于时空。时间是连续的，像一条河，可以无限延展，却不能倒流。我们不能给古人打一个电话，却可以给未来留一封信札。

小姑娘在一家客栈门前下车。我没有问她的家庭情况。就算我问，她未必肯说。我女儿跟她打得火热，俨然成了知己。孩子之间的交往就是这么直接、感性。人总是渴望理解，尤其是青春期的孩子。然而，理解何其难也。锦衣玉食无法理解朝不保夕，亿万富翁不可能对乞丐感同身受。一路同行者，未必是同路人。一个打工妹，一个中学生；一个生活在温室，一个

行走在边缘。他们彼此只是对方生命中的过客。一天的时间，不会留下多少生命痕迹，即使有，很快也会消失在烦琐而平庸的生活中。是什么让她们轻而易举走进一个陌生人的世界？是游戏。游戏帮她们架起沟通的桥梁。

你站在桥上看风景，看风景的人在楼上看你。人都活在自己的世界里，也活在别人的眼中。在自己的世界里，别人的幸与不幸，躲在滤镜后面。在别人的世界里，你的欢愉，你的痛苦，与你无关。世间的幸福有很多种，痛苦也千差万别。你和她，同时行走在独库公路上。你遭遇狂风暴雨时，她正在享受美妙阳光。你翻越雪岭，感受彻骨寒凉，她摘下一朵高山菊插在头上。同是一片云，你走过时，为你遮阳，她遇上了，给她落雨。你所赞美的繁华，她感受到的可能是拥挤。世人所谓的下里巴，于你是桃花源，于她则是再熟悉不过的家。多数情况下，人与人的感受是不相通的，即便同杯而饮，即使同席共枕。世间只有一种感受是相通的——同是天涯沦落人，但是，需要一首琵琶曲。

藏在天山深处的这条路，连接起两个陌生的世界。一头是草原，一头是大漠。经由这根弹性充沛的血管，草原流淌的乳汁滋润沙漠，沙漠蕴藏的油气点燃草原。它们彼此感知到了对方的脉息。

独库公路，一首沟通天山南北的琵琶曲。

兄弟

老穆，这位昔日军校里的同窗，那时还是小穆。小穆体格单薄、身形细长，鼻梁上架一副近视眼镜，有书生之气。训练场上，他那纤瘦的身板操控威猛的坦克，显得有些吃力，不知他当初为何报考装甲院校。我和小穆就读同一专业，但分属不同班级，日常交往寥寥。他的性情、家世、志向，我知之甚少。

军校毕业，一纸命令将小穆送至新疆喀什。小穆是东北人，理应回归白山黑水，或是留在华北大地，而他却跨越万里江山投身西北军营，出人意料。更意外的是，小穆与我竟然分到同一个连队——某部特务连，我担任一排长，他就职三排长。自那时起，我们之间的交流才如春水般涌动，心灵的距离也日益拉近。

20世纪90年代，边疆基层部队的本科生排长很少，多数排长是由士兵提拔而来。连长表面上赞誉有加，实则对我和小穆的带兵能力持怀疑态度。我们也清楚自身的先天不足，即未曾经历士兵生涯，对士兵的思想、心理及成长轨迹不甚了解。反

观那些自士兵行列中脱颖而出的军官，更知兵心、更懂兵情。我阅人不多、知兵尚浅，却急于带好队伍，与士兵的矛盾冲突自是难以避免。

特务连是一支合成分队，兵员成分复杂。我们赴任之前连队刚经过整编，从多支部队抽调人员组建而成。谁愿意把得力干将拱手让与他人呢？所以特务连的士兵中不乏"刺头儿""老油子"。这些来自南北疆不同部队的兵，迅速以地域、军龄、兵种为纽带，结成各自的小圈子，无形中增加了管理难度。

有一次，一排的几个士兵同时请病假不出早操。我明知他们串通起来捉弄我，但拿不出他们装病的证据，束手无策之际，去找小穆商量。小穆不慌不忙，像解剖麻雀一样分析特务连。他那双小眼睛，躲在黑框眼镜后面，已然洞穿了连队的乾坤。特务连的职能特殊，完成特殊任务主要靠专业素质过硬的志愿兵。志愿兵都是服役5年以上的老兵，虽然仍是个兵，但有的志愿兵比连长经验丰富，比指导员军龄长，连队干部对他们多有仰仗。志愿兵如果"撂挑子"，连队工作就会"掉链子"。新排长要笼络住老志愿兵，能得到志愿兵的支持，遇事有志愿兵"站台"，排长的威信就容易树立起来。难怪小穆的工作顺风顺水，他早就搞定了三排的志愿兵。志愿兵说一句话或者使个眼色，年轻的士兵乃至班长都会给面子。

我按照小穆的思路调整工作方法，调动积极因素，克服消极阻碍，逐渐适应了连队生活。这时的小穆已经不动声色地融入士兵中，构建起自己的管理模型。他脑子里有无数个点子，可以在不经意间刷新战士的认知，进而提高自己的声望。我的表现欲强，争胜心重，好主动"揽活"。小穆心态淡定，很少发议论，只做该做的事，不争彩头，不抢功劳，小排长当得像个大首长。我在连长那里得到的表扬多，他在战士心目中的地位高。同一所军校、同样的专业和教官，为什么培养出来的学生差异如此之大？回想起来，我有限的想象力辜负了大学生活的无限可能性，我所看重的，正是小穆不在意的；他用心汲取的，恰恰被我忽视了。平心而论，小穆的带兵之道胜我一筹，而这些知识是书本上没有的。

我着实希望自己能像小穆那样，号准战士的脉，调准工作的弦，吃透上级的意图，把队伍带得虎虎生风，可是小穆告诉我，那都不重要，重要的是活出自己。在处处整齐划一的军营，怎样才算"活出自己"呢？这又是我当时无法领悟的。一天晚上，小穆叫我去他的"排部"坐坐。团有团部，连有连部，排长与士兵同吃同住，哪有什么排部？小穆在储藏室里开辟出一个狭小的私密空间，那就是他的排部。微弱的烛光下，几包零食，一瓶小酒。小穆说："今天我过生日。"天呐！这天也是我的生日，我俩居然是同年同月同日生，真是相知恨晚啊！有了这层关系，我们走得更近了。

军营崇尚绿色，官兵们一年到头身着军装，周末也不例外。小穆觉得不妥，周末休息时间，又不担负值班任务，军官为什么不能穿便装？条令对此并没有明确要求。于是我们俩换

上便装，休息就像个休息的样子。结果招致一片嘲讽，战士们戏言："小白脸就是爱穿奇装异服。"小穆不怕别人笑话，索性要来一次"胡服骑射"。他带我上街，买夹克，买风衣，买牛仔裤，款式都买一样的，只是颜色不同。周末，他穿一件白色风衣，我穿一件黑色风衣，领子都竖起来，走在军营的大路上，引来无数惊诧的目光。我听到有人在背后说："看那两个，黑白双煞。"

小穆依旧我行我素。周末和节假日，他喜欢听音乐，随身揣个小录音机，走路的时候戴着耳机，显得很"酷"。他爱嚼口香糖，会弹吉他，爱穿后跟较高的皮鞋，有几分"摇滚青年"的调性。小穆的一次次"闪亮登场"，在封闭的营区里刮起一阵阵旋风，在年轻的战士中间引起小小的共鸣。

小穆看起来有点放荡不羁，其实他对工作从不含糊。在特务连没待多久，他因带兵管理方面的优长被选调到机关任参谋。当时电脑还没有普及，机关总共只有五六台286型电脑。小穆自己掏钱买了一部小霸王学习机，玩命地练习打字，时间不长，他的汉字输入速度就在机关干部中名列前茅。那时的我，因为能写点小文章，也调入机关宣传部门，整天手握钢笔在稿纸上写啊写，写完草稿交给打字员。等到我能在电脑上熟练打字时，小穆已是参谋尖子，经常代表单位参加比武竞赛。

军营虽是男人的世界，但不是"被爱情遗忘的角落"，年岁既长，渐思佳偶，乃人之常情。可是，军营里没有女人，部队管理又严，官兵出营的机会很少，自然就很难接触到异性。

这事难不住小穆。他在《喀什日报》的中缝里发现了爱情的土壤，他要在那里播一粒爱情的种子。打征婚广告，我觉得不好意思，小穆说："世界上的好事，都是给脸皮厚的人准备的。"我们来到报社，交了80元广告费，在报纸中缝位置刊登一则"双人版"的征婚启事。

记得那是五一劳动节假期，"两名军官在报纸上征婚"的消息让平静的营区"开了锅"。领导把我和小穆叫到办公室教训了一通。领导说："你们的行为涉嫌泄密。"小穆说："我们使用化名，通信地址留的是部队代号，不涉密。"领导说："你们的做法有损军人形象，让外界以为军人找不上对象。"小穆说："军营里大龄青年多，是不争的事实，没准这是一条解决婚恋难的好路子。"小穆平时话不多，一旦开口，巧舌如簧，言语之中夹带着狡黠的幽默。讲小道理，领导不是小穆的对手。末了，领导无奈却又充满善意地提醒我们："注意影响，不要上当。"

没过几天，应征的信件如杨絮一般飘进营区。有的女子很聪明，一箭双雕，同时给小穆和我写信，代号分别是A和 B。收到来信，我俩聚在一起，各人先拆自己的信，然后交换着看，不合适的立即pass，有可能发展关系的就着手联系。广告词是我写的，我把自己吹得比较牛，我收到的信就比较多。收信虽多，我却始终没有找到心仪的对象，我也不相信通过这种方式能遇见真爱。经过几轮筛选，小穆确定了几个目标。周末他去约会，还要带上我这个"电灯泡"，嘴上说让我帮他参谋参谋，其实是让我当他的小跟班。他和姑娘在公园里聊天，我跑腿给他们买零食。他请姑娘吃饭，我端茶、倒酒、点菜、买单。后来，我就不愿意陪他去约会了。

广告征婚一事，让"学生官"又出了名，至于是美名还是臭名，见仁见智。闹腾了一两个月，我和小穆均未结缘中意之人。"AB 行动"无果而终。

小穆没有过多剖析行动失败的原因，他有更喜欢拆解的东西。录音机、游戏机、剃须刀、电视机，只要到了他的手里，他忍不住就要拆开看看，然后装上。如果开一个电器修理铺，他的生意一定不错。有的干部家里冰箱、电视坏了，原来要上街修，现在知道小穆懂电器，便来找他，多数时候他能够"手到病除"。

我谈恋爱时很笨拙，总是猜不透女孩子的心，常常手足无措。小穆是我的爱情顾问，他帮我分析"案情"，提出对策，我不方便或者不好意思做的事，他能想方设法替我创造条件，比红娘操的心还多。

那时年轻气盛，做事往往考虑不周，但也正是因为激情澎湃，不怕犯错，做了很多现在想起来有点荒唐的事。不过，我一点也不后悔，那就是该做荒唐事的年龄。20多岁的人需要爆发，需要狂妄，狂妄能体现青春的力量。有些事情，过了轻狂之年，就再也没胆量去做了。一个时代有一个时代的风格，身处什么时代，就大胆地去做属于那个时代的事情。年少时莫装老成，秋天来了，就别刮春风。

我调到乌鲁木齐工作的头几年没有搬家，妻子和女儿仍在喀什。家里的事情我顾不上，多亏小穆帮忙。电器坏了，他是修理工，下水道堵了，他找人来疏通。我岳父家搬房子，他既是清洁工，又是搬运工。我女儿该上幼儿园了，我妻子想找个好点的幼儿园，小穆托人帮我女儿顺利入园。女儿很调皮，刚入园时不听话，小穆便带着小丫头熟悉环境、认识老师。他很会哄小孩，我女儿跟他很亲近。那几年，女儿身上发生的许多有趣的事，都是小穆记录下来告诉我的。

不知从什么时候起，小穆变成了老穆。

回首30多年来我与老穆的交往，从陌生到熟悉，从不了解到相知，从小事的照应到大事的托付，友谊的小船经历过风浪，却从未出现险情，始终平稳向前。或许，这是因为我们在遥远的边疆并肩战斗过，但好像又不止于此。到底什么样的关系才配得上"兄弟"二字呢？一脉血缘，还是两肋插刀？以德报怨，还是志同道合？山涛与嵇康、李逵与宋江、鲁迅与知堂、格瓦拉与卡斯特罗，他们是兄弟吗？

一声兄弟，胜过千言万语。兄弟之间必定有某些共同的东西，但不是一般的、常规的生活态度、行为规则之类，只有在两个人都认为最重要的一点上保持一致，兄弟关系才是稳固的、兄弟情义才是可靠的。若是真兄弟，你和他都能感觉到，尽管未必说得清楚。他的身上有你的影子，你的日记里常出现他的名字。一事临头，他挺身而出，换作你，也会做出同样的选择。也许你与他同处一个城市，也许你们相隔千山万水，也

许你很少联系他，也许他多年没来看你，但是你们彼此知道，对方就在那里。

我离开部队、告别新疆时，老穆已定居成都，在他的鼓动下，我卖掉了装修好没住过一天的房子，带着家人落户蓉城。时隔14年，我和老穆又走到了一起。逢年过节，有事没事，我们聚一聚，叙一叙。如今的老穆滴酒不沾，我的酒量也大不如前，但有一样东西比以前更为醇厚，它犹如陈酿，历久弥香。

第四辑

雪泥鸿爪

满心东湖水

如果说土曼河是喀什温柔的秀发，那么东湖便是它明澈的眼睛。

初见东湖，在一个夏日的清晨。长途汽车星夜赶路，抵近喀什城区，我已身心俱疲。忽然，路边出现一泓湖水，烟波渺渺，内心大为震颤。戈壁的尽头，居然藏着一块冰清玉润的翡翠。岸边，芦苇轻摇，几只绿翅鸭刚刚苏醒。远处，水天一色，草树隐隐，如鸿蒙开启。只此一瞥，就想拥它入怀。可惜身不由己，遗憾地擦肩而过。

待到生活安顿下来，我去东湖拍过几张照片，寄回老家，让父母安心。此后很长时间，我与东湖未曾晤面。直到有一天，她来了，东湖向我敞开怀抱。

她是我的中学同学。那时候，男生女生几乎不说话，更不会结伴游戏。相互看着成长，谁也不了解谁。大学期间，虽天各一方，书信居然把我们联络到一起。信纸比窗户纸厚，没能轻易捅破。后来，我远赴新疆，操枪弄炮，她落子西安，在杂志社当编辑。仍有书信往来，我却再无非分之想。我们谈论最

多的是文学。文学有无尽的话题、无穷的想象。

南疆的春天，总是来之姗姗，去之匆匆。稍不留意，孟夏的激情就会覆盖暮春的馈赠。临近端午，风和日暖，喀什迎来最为舒爽的季节。她在敦煌参加完文学采风活动，只身来到喀什。早先在电话里，她说："千里奔波，只为看你。"我心潮涌动，情愫难言。那颗掉落戈壁的种子，似乎还有发芽的机会。

我陪她游览香妃墓、盘橐城、国际大巴扎；带她参观军营，钻进装甲战车，感受男子汉的气场。她喜欢新疆美食，特色风味让她尝个遍。临别之际，我考虑再三，唯有东湖适宜折柳。

我们乘坐1路公交在人民广场下车。那时的人民广场，不事雕琢，略显土气。足球场居中，裸露着黄土。环形跑道，仅铺煤渣。周边有几块草地、数株白杨。两座白色圆亭，独具西域风格。

从人民广场到东湖公园，步行需要10分钟。横穿马路时，我装作不经意，牵起她的手。一股电流从指尖传遍全身。她似乎并不介意，顺从而温柔。我心里热乎，手心出汗。过了马路，仍不舍纤纤玉手，直到公园门口。我不知道她当时是怎么想的，我只看见她的笑容。

入园，站在高处东望，湖面尽收眼底。碧波千亩，微光粼粼，湖心小岛，郁郁葱葱。谁能想到，这里曾是一片沼泽。20世纪70年代末，没有专项经费，亦无大型设备，数万军民蹈泥涉水，肩挑手提。荒草丛生的湿地，变得漾漾澄澄。虽经数次改造，仍留几分野性。从来素面朝天，绝无娇媚之气。我喜欢这样的气质，我以为她也会喜欢。

她的米色连衣裙，淡洁、素雅，与东湖的清纯质朴很是契合。我俩沿着长廊来到游船码头，租一条双人脚踏船，向湖心荡去。登船时，我又趁机握住她的手。

湖面仅有两三条游船。芦鸭在远处时起时落。湖水清澈，苦草柔软婆娑。离岸远了，我停止蹬踏，任小船随意漂泊。伸手触摸湖水，微凉爽快。撩起水花，一串珍珠便撒向湖面。我让她试一试，她只是微笑，不去触水。我揪住一缕金水藻，使劲拖拽。小船稍稍倾斜，她没能靠在我的身上。

她说："去湖心岛看看吧。"我调整航向，往岛岸踏去。湖心岛没有游船码头，水土接壤处犬牙参差，水位低浅，小船难以拢岸。绕岛半圈，发现岸边一棵大柳树下系着一条小船。此处可以上岛，已有人捷足先登。我把船靠过去。上岸，系缆。

湖心岛尚未开发，是一片处女地。岛上仅有一座绿色八角凉亭，像孤独的灯塔守望着一湖柔情。没有硬化的绿道，连一条曲曲弯弯的小路也没有。杂草蓬勃，杨柳依依，空气中弥漫着奇异的香味。我捡起一根树棍，驱虫探路，寻访香源。她跟着我来到一棵高大的树冠下。花枝繁密，芳香浓郁，仿佛闯进了公主的化妆间。她折下一枝，在我眼前晃荡。那逼人的异香，如同《哈利·波特》中赫敏的迷幻药，让我神魂不定。

她问："这是什么花，何以如此之香？"是啊，它为什么这样香呢？还不是为了招蜂引蝶，传播种子。在西北辽阔的大地，植物生存不易，须有特殊的本事，才能繁衍生息。不像在南方，弃种成苗、插枝成荫。我告诉她，这是沙枣花。她说要带几枝装进旅行箱，闻到香味，就能想起喀什。文艺青年，举手投足间都是抒情与浪漫。折几枝沙枣花算什么，她就是要带走这东湖水，我也愿意一勺一勺舀给她。我用沙枣枝编了一个花环，戴在她的头上，给女王加冕。我希望她当我的王。做她的奴隶，我永世无悔。

在喀什的这几年，我像一枚顽石，遗失在戈壁，荆棘做伴，狐狼为伍，天地视而不见，无人为我驻足。如今，一句问候，一程风雨，如飞天滴血，似玉兔洒泪，唤醒了我沉睡的灵魂。

她歪着头，两手牵起裙摆，让我拍照。我求之不得。多少次想要她的照片却张不开口。从此以后，我拥有了她永不消逝的微笑。书信是她的倾诉，我听到过她内心的泉鸣。照片则是她的邀约，我要读懂她的美意，给出恰如其分的承诺。我想多拍几张，她却不给机会了，转身走向凉亭。我跟在她的身后。她说："沙枣树若是种在咱们老家，还会这样香吗？"南橘北枳，一方水土养一方花木。沙枣花只有在边疆，才能如此迷人。文学的语言，蕴含隐晦之美。文学编辑的话，水中掩月，雾里藏花，岂是表面那么简单。可惜我当时没有留意，也未能理解。

凉亭里，一对男女正在亲热。她转身要走，我一把拉住她的手。"干啥？""不干啥！""别打扰人家。""谁打扰谁啊？他们能在这儿，我们为什么不能？"也许是听到脚步声和说话声，那对情侣相互松绑，抛下嫌弃的眼神，起身走了。我和她占据了荒岛上唯一的栖所。

坐在廊凳上，湖面有风吹来，吹进我的心里，心里有一棵狗尾巴草在摇。一抬头，看见凉亭顶部的水彩画：古代人物，有男有女。我问她："知道画的是什么吗？"她说："好像是《红楼梦》的故事。"我说那是《西厢记》，煞有介事地讲述了张生与崔莺莺的故事。其实，我也没看明白。如此装腔作势，只为显得有学问。她微笑着点头，好像是信了。我急于表现自己，又怕弄巧成拙，有些话酝酿很久，说出来却打了折扣。听她说话是一种享受，可她很少开口，总是若有所思，像一根芦苇。看得出来，她喜欢东湖的水，喜欢东湖的草木，但她慎于表达。

回到大柳树下，水面空空如也。我们的小船不见了。明明将缆绳系在树根上的。"在那儿！"她指着几十米外的小鸭船。小船怎么漂走了呢？一定是那对男女干的。我俩的出现，打扰了人家的好事。

她有点慌，催我想办法。我暗自高兴。没有船，回不去，岛上只有我俩，神仙眷侣一般。看她着急的样子，我解开衣扣，准备游过去，把船拉回来。她嗔笑我胡闹。我说："要不然生一堆火，吸引园丁注意，自会有人来救。"她说："就怕

救援人员未到，先引火烧身了。"玩笑之际，一条船绕岛而来。她挥手求助，好心人帮我们把船拖到岸边。荒岛求生的游戏没有开始就结束了。带着些许遗憾，我们登船离岛，驶向码头。

船在水中荡漾，我的心也随着摇晃。船儿啊，你慢些走，慢些走，我还有许多话要说给朋友。谢谢你啊，东湖水，给我亲近美玉的机会。谢谢你啊，脚踏船，让我与她同舟共济，谁也无法逃避。我从未有过如此真切的感觉，与另一个生命紧紧系在一起。风吹过她的脸颊，吹起她的乌发，我闻到了香水味。我们如此靠近，她呼出的气息进入我的肌体。不曾热烈，未曾亲昵，也不用打碎了揉合成泥，照样你中有我，我中有你。我陶醉在东湖赐予的梦境里。

一艘橡皮艇从身边驶过，拖着长长的尾翼。艇上有两个警察、几个园丁。一种不祥的预感袭来。我想避开码头上的纷扰，故意让小船偏离航向，驶往湖口的芦苇荡。她似乎受到某种启示，急于靠岸。我得承认，她比我敏感。

我们弃船登岸。码头变成了圣彼得堡火车站。黑色的塑料袋里躺着一位"安娜卡列尼娜"。这种事我没有兴趣围观。今天，我不关注别人，我只在乎一个人。不是我冷漠，我知道自己的光能辐射多远。她却一改方才的悠闲，像个新闻调查记者，向旁人打听发生了什么。她在侦破一起离奇的谋杀案，或者在构思一部情节曲折的长篇小说。此刻，她化身侦探，又俨然是个作家。而我，既不是她的助手，也不在她的小说里。

她带着沙枣花走了，顺便也捎走了我的一根神经。接连数日，我焦躁不安，手头积压的工作无心恋战，领导批评我像梦游。的确，我的梦还没有醒，满心都是东湖水，闭眼就是她的翩翩身影。我盼望着她的来信来电，比期待家信还要迫切。然而，没有等来她的信件，却得到另一个女人的消息。

东湖岸边，那个黑色塑料袋里的女人不是"安娜"，而是"杜十娘"。东湖码头也非"圣彼得堡火车站"，而是"瓜洲渡"。"杜十娘"千里迢迢来找她的未婚夫"李甲"。李公子早已变心，另有新欢，着实可恶。杜姑娘一怒之下，自沉湖底，很是可怜。更可气的是，这位李公子，我早就认识，以前我们是同一个单位的。李公子能入职公干，我曾助他一臂之力，不想竟是助纣为虐。

"李甲"贫贱之际，"杜十娘"把能给的都给了他。"李甲"谋得功名，始乱终弃。杜姑娘从熟悉的故乡来到陌生的边地，想要找回过去。李公子铁心冷面，毫无悔意。杜姑娘别无亲故，奔告无门，哭天抢地，天地不语。她既不能说服郎君回归原位，又不能无功而返，没脸见人。她没做错什么，她需要一个解除婚约的理由。她愿意让步，只要他回心转意。可她的忍让，换来的是他的决绝。弃她去者，昨日之日不可留；乱她心者，今日之日多烦忧。世上多有负心人，可怜痴情无所寄。她无路可走了，唯有纵身一跃。她应该还有选择，不必委屈自己，可她不想再作选择。有一种东西，来时山崩地裂，无法抗拒，去时洪泄潮退，无踪无迹。谁也说不清楚，谁也道不明白。

都说万事皆有因果报应，水不服气。水能无中生有，水能化有为无。水不仅滋养万物，亦能淹没生灵。你能问，土曼河为何泛滥？东湖水为谁发愁？河乃天地之子，自为天地而流。湖是人间泪腺，当为人间而愁。东湖的水啊，你那么清，那么纯，为何不能镜照人心。照见了，又能怎样，该走的还是要走。满心的东湖水，抵不过一阵风。风一吹，花就落了。

她终于来信了。没有甜言蜜语，没有柔情似水。有的，只是表达谢意，彬彬有礼。寥寥几笔，墨浓纸薄，渗漏的字句，把我的心火殄熄。渐渐地，尺素愈短，容颜依稀。一切又恢复了原迹。她没有骗我，千里奔波，只为看我。是的，只是看看而已。

本是折柳相送，偏要折花收藏。一枝柳，插入泥土，来日芊蔚青青。一束花再美，离开土地，都将失色谢幕。我恍然明白，古人送别为何折柳。柳是希望，是预期，是明日的新景。而鲜花，是当下，是眼前，是没有未来。花只适合迎接，柳才意味长久。

落花成泥，插柳成荫，我早该懂的。与其倾心捧水、痴情护花，不如在适合的泥土中，播一粒实实在在的种子。

玉成沙

绿洲，是雪山的爱妃，是大漠的情人。车队告别喀喇昆仑，扑向塔克拉玛干，迎面而来的欣喜，是叶尔羌绿洲。有人放歌，有人嗟叹，有人泪目，有人浮想联翩。我无牵无挂，只有吟诗自怜：昔我往矣，杨柳依依；今我来思，沙尘迷离。

演习结束了，将士归营。老秦即将拥抱他的"绿洲"，我也要回到我的三角屋，即便那是一片荒漠。

"晚上来家里吃饭，你嫂子肯定包了饺子。"

老秦的邀请，让我有点为难。我不想做那不长眼的风，吹得蜂蝶难着花蕊。可是，老秦是我的同乡，还是我师傅。好意难却，只好登门叨扰。

家里收拾得干干净净。茶几上，四盘小菜，一瓶老酒。老秦靠卧沙发，3岁的女儿骑在他腹部。父女尽享天伦。嫂子在厨房里忙乎。

老秦那个年纪的军官，多数在家乡找的媳妇。两地分居的日子很熬人，他们就那样忍耐着，凑合着。写信、打电话、每年一次探亲假，是他们全部的家庭生活。老秦的媳妇在家熬了

几年，每见陌上杨柳色，悔教夫婿觅封侯。于是，在无花果成熟的季节，她辞掉工作，带着女儿投奔军营，成为一名本本分分的随军家属。

随军的嫂子们都有过年轻的心，却少有亮眼的青春。生命被无聊的守候销蚀，浪漫只是心头的一缕向往。相夫教子，操持家务，她们能做的事情很少。她们把一切都寄托在丈夫身上，活成了菟丝子。植物学家称之为依附。诗人说，那叫依恋。我觉得她们可怜可叹。她们似乎不属于当下时代，还停留在"大门不出、二门不迈"的闺阁之中。她们的心里或许还装着"女子无才便是德"的教理。

她们是孤独的，又是热情的。她们从大江南北汇聚至小小的家属院，营造出独特的江湖和舞台。三五成堆，叽叽喳喳。传个闲话，聊聊八卦。东家长，西家短，小道消息赛过大喇叭。她们爱美，但不会化妆。要么不施粉黛，素面朝天，像村姑；要么浓妆艳抹，乌眉血唇，像唱戏的。有时打扮好了那张脸，却忘了脖颈和耳根。她们爱洒香水，也喜欢给家里喷空气清新剂。

她们千里万里追到边塞，搭起小窝，只为多看夫君几眼。这点小小的心愿，有时也难以实现。在机关上班的男人，管理相对宽松，每天可以回家。丈夫若是基层带兵人，一周只有两个晚上能回家。平日里，他们要与士兵"五同"（同吃、同住、同劳动、同操练、同娱乐）。家属院与营区仅一墙之隔，见一面并不容易。有些新婚不久的排长，半夜躲开巡逻队，骗过火眼金睛的哨兵，悄悄溜回家，天亮之前神不知鬼不觉地归队，倒也刺激。倘若部队执行特殊任务，或者外出驻训演习，几个月杳无信息，也是很正常的事，就像我和老秦这次出征雪域高原。

家是鲜活的港湾，不是青春的坟墓。一个个年轻女子独坐檐下，凭岁月蹉跎，任青丝染霜。时间虐杀了女人。这样的家庭生活，我不接受。我宁愿没有家。我不急。可我的父母着急。他们想在老家给我介绍对象，我4年才有一次探亲假，他们干着急没用。我身边有擅长"闪电战"的战友，利用休假的几十天，相亲、结婚、孕育，流水作业，水到渠成。我做不到，也没想那么做。即使有缘，幸遇良人，结婚就分居，征人泪，捣衣声，千里思君不见君。这样的婚姻之重，我承受不起。

老家没有机会，驻地的姑娘总可以找吧。我亦不想。小小一座边城，驻扎着不少部队，稍有姿色的女子都被穿军装的领回家了，本地青年大有意见。我不甘心在边城待一辈子。桃溪浅处不胜舟。我是要走的，离开边城，前往首府，或者回到内地。如果在本地成家，我的余生将留驻于此。我的孩子也将在这里出生、成长，甚至成为戍边人。我不希望这样的事发生。那时我的觉悟不高，总想往高处走。

我没有捷径，搭不上"天线"，只好在本职岗位下功夫。我相信，是金子就会闪闪发光，有本事就能被上级看见。从团部到师部，再到军部，晋阶之路就是我的逃离之旅。可喜的是，我的表现已经得到上级的认可。机会之门随时可能打开。

此等情势，我不能找个拖后腿的。我宁愿再等几年，待挤进都市，待职岗稳定，再成家不迟。年龄大点又有何妨。总之是不能在当地找对象。

以此观念看老秦一家的日子，似乎除了满足某种欲望，缺乏生活该有的精彩。老秦的妻子原本是幼儿园的教师，准确地说是保育员。没有正式编制，身份仍是农民。所谓的辞职，就是打声招呼走人。随军以后，她大部分时间待在家里，偶尔上街买菜，邻里间走动走动。整日无所事事，她好像并不觉得无聊。相反，她过得很开心，脸上的气色可以看出来。

这天，嫂子化了妆，淡淡的，比平时好看。虽然离开了幼儿园，穿着打扮、行为举止仍像个保育员。淡雅的毛衣，修长的筒裤，不突显曲线，也不遮掩身材，碎花布的围裙、干净展脱的护袖增添了几分干练。老秦情绪高涨，开怀畅饮。美酒再好，我不能多喝，只想快快吃完饺子，把良辰留给他们。热气腾腾的饺子端上来了。

"小岳，你知道饺子的来历吗？"

"不知道。"

嫂子能这样问，一定知道。

她当然知道。

在古代，男人外出打仗，女人在家劳作。有个女子一边挖野菜，一边思念夫君。累了，坐在草丛中休息，梦见丈夫从边关归来。女子醒后，发现身边有一种别样的野草，散发着异香。她把这种草割回家，当菜吃。晚上，又梦见了丈夫。女子意识到，想梦见丈夫，就吃这种野菜。不过，野菜闻起来香，吃起来苦，她就用面片包起来吃。后来慢慢演变成饺子。想在梦中见到思念的人，就吃一顿饺子吧。

从小到大，每年春节我都吃饺子，却很少梦见什么人。即使做梦，也是放鞭炮、发红包之类的事情。也许那时，我没有想见的人。亲人都在身边，无须思念。真的想一个人，我不会吃饺子，我会喝酒。

饺子很香，老秦的女儿却不吃。嫂子哄她说，饺子里有硬币，吃出来可以买糖。小丫头吃了两个，没发现硬币，就不吃了。嫂子说女儿以前可爱吃饺子了，现在有爸爸在身边，就不喜欢吃了。

嫂子劝我多吃几个饺子。我说没有想见的人。她说，找个女朋友，就有想见的人了。我笑而不答。似乎到这个年纪的女人，都喜欢当红娘。嫂子说，如果不想在本地找对象，她可以帮忙从老家介绍。她有个表妹，是县医院的护士，人长得漂亮，就想找当兵的。如果愿意，她让表妹来喀什。

老秦知道我那顽固的想法，劝妻子趁早打消攀亲戚的念头。嫂子却说："年轻人，不要挑花眼了，差不多就行。"

我哪里挑了？我一个都不见。

嫂子很认真地提醒我：时间过得很快，一晃30岁，就不好找了。什么年纪做什么事，要顺着来，不要跟命拧巴。该结婚就结婚，该生娃就生娃。

我嘴上感谢她的好意，心里暗笑她的无知。燕雀安知鸿鹄之志。

起风了，秋风。吹落的树叶敲打着窗棂，秋虫在门缝里低鸣。我不想再听村姑的絮叨。男人只要有事业，还愁找不到媳妇？我要走一条属于自己的路。

那天的饺子味道不错，可惜我依旧没有做梦。从昆仑雪山回到熟悉的营盘，办公室、食堂、三角屋，程序性的工作生活，在一声声军号中继续强化。我不愿意出营区，不想接触陌生人，尤其是异性。我只想干好工作，希望得到上级的赏识。

或许是连续加班熬夜，我的机体细胞愤然罢工。起初是牙疼，后来耳鸣。去卫生队拿些药片，吃过两天，不见好转，反而加重。口腔大面积溃烂，舌头生疮，饮食、言语均受影响。我一着急，加大了药量。体内的免疫细胞在药力加持下与病毒厮杀，杀得乌烟瘴气，杀得地暗天昏。我倒下了。嘴巴张不开，眼睛也肿了。浑身发痒，下半身尤甚。

我怀疑自己患上某种怪病。难言之隐折磨得我坐卧不宁。十二医院离得不远，应该有高明的医生。我拖着病体，步履蹒跚，溜着墙根走出营区，在路边拦了一辆马车。阳光有意与我作对，刺得我眼睛睁不开。风也欺负我，吹得我眼睛更痛，泪流不止。专家看过我的症状，询问病史及用药情况，随即断定：不是什么大病，是吃错药了。虚火上身，该吃清热祛火的药，但我吃的是磺胺类药。过敏了！停掉原来的药，吃点扑尔敏（氯苯那敏）即可。

回到三角屋，心可以放下了，但病情仍未缓解。放映员每天从食堂打饭给我。我难以下咽，只能喝点流食。躺在床上，眼泪忍不住地流。并非有伤心之事，只是控制不住泪腺。我想到了母亲。我想吃饺子。可是没有。即便有，也吃不下。

老秦和嫂子来了，给我送饭来的。保育员做的手工面，软乎，入口即化。菜和肉末也都柔嫩，无须咀嚼。连续几天，嫂子中午晚上都来送饭，换着花样做我能吃的。饭菜很像母亲做的。我心存感激，说不出口，眼泪就更多了。嫂子说，身边要是有个女人就好了。

也许她说得对，我是该有个女人了。身体恢复之后，嫂子特意包了一顿饺子，是我最爱吃的茴香馅。我想起她讲的那个故事，多么美好的期许。中国人走到哪里都要吃饺子，吃的是念想，是乡愁，是亲情。饺子不只是一种食物，分明是一种寄托。

观念的堤坝开始松动，我流露出在驻地找对象的想法。嫂子很热心，四处帮我物色。她一个没有文化的随军家属，能接触什么人。我没有指望她带给我惊喜。可她把这事当成一项重要使命。

嫂子带女儿去妇幼保健院打疫苗，一位年轻的女医生进入她的视野。嫂子与科主任套近乎，把姑娘的情况大致摸清。再次带孩子打针时，嫂子喊我一同去。我去看了一眼，感觉那姑娘不错，便开始行动。

嫂子给我出点子，教我下套子。我没听她的。事情虽有波折，倒也按部就班地推进。直到结婚的时候，我也没有想清

第四辑　雪泥鸿爪

273

楚，以后是否要留在边城。当时只为分房，匆匆把事办了。嫂子说，别想太多，别想太远，不要指望把一切想清楚再去做，想得太清楚，可能就不做了。

一阵从乡野刮来的清风，吹到海面，为我鼓帆，为我助力，促使我调整航向。我无法断定，这次偏航是否会导致远离既定目标。我对原来的执念产生了质疑。嫂子没念过多少书，她讲的不是大道理，是常识。顺其自然，不要拧巴。我的脑子里装着很多知识，但忘记了常识，忽略了常理。思想被知识迷惑，情感被理性绑架。我接受过严格的生存训练，却把最基本的生存之道丢了。

有的人像指挥棒，总在你身边指东道西，未必能指点迷津。有的人像钟槌，把钟敲响了，震动屋木，贯通幽明，惊走飞鸟，钟槌自己从不言语。嫂子是个平凡的女人。如果没有她的春风化雨，我注定遇不上现在的妻子，也不会在那个年纪结婚，孩子就是更加遥远的未知。我若固执己见，今天的我，会是怎样的我？和我在一起的人，又会是谁？

一切都是偶然，又都是必然。我渴望走一条不寻常的路，嫂子却指给我一条最寻常的路。这条路不是捷径，不是坦途，不是星光大道。它是走的人多了形成的路，稳当，实在。走在这条路上，我不必急急迫迫，多了些从从容容。我懂得了生命的意义在于看见，不是想见。这个世界的诞生并非为了让我们想象和思考，而是让我们触摸和感知，"想象意味着未能把握，思考意味着视力不好"。有些时候，你不需要哲学，需要的是感觉。影响你一生的人，可能不是英雄、不是哲人、不是明星，更不是位高权重者，而是身边那些微不足道的人。

我们的一生由许多人玉成，缺少哪一个都不行，并不是缺少哪一个都行。我们往往只记住关键时刻、重要人物，却淡忘了给我们微小助力的人和事。哪一片雪花导致雪崩，雪花无从知晓，但总有一片雪花是因由。一只蝴蝶扇动翅膀，可以引发一场海啸，蝴蝶并不知道，也无过错。一个极其微小的变量可能导致巨大的结局，这便是世界的真实。不要问明天一定会怎么，明天该怎么就怎样。放下昨天的事，做好今天的人，让明天待在梦里。

在这个如梦的世界上，我们每个人都是一粒沙子。沙子最终的形态、所处的位置、发挥的作用，不完全由它自己决定。无比辽阔的天地，无比复杂的自然，都是拨弄命运的大手。

一粒沙子，被长腿鹬送入蚌体，长成一颗珍珠。一粒沙子，被雪水带至玉龙喀什河，化作一块和田玉。一粒沙子，被风卷走，落入塔克拉玛干，成为死亡之海的一分子。无数个机缘巧合，无法言说的天造地设，无穷无尽的因果轮回，造就了一粒沙子的命运。

接受这世界的洗磨吧。

若不幸飘落大漠，无须记恨那场风。因为风也只是一场风而已。倘若成为珍珠，就多体谅河蚌的苦痛，多感激鹬鸟的无心。如果有幸化作美玉，请珍惜所有的相遇，更不要忘记泥石的包容与河水的浸润。

扎灯记

天气预报说，今晚有雪。但愿能下下来。暮色将至，走在回家的路上，看不出树枝的摇晃，能感觉到凛凛寒风。干冬，是喀什的常态。倘若春节前能落一场雪，无疑是上天对边城最好的馈赠。

怀着对炉火的向往，兴冲冲推开院门。天呐，这是要干什么？

母亲腰系一根麻绳，站在两米高的隔墙上，正往平房顶上爬。墙根有张桌子，姐姐站在桌边拍着手喊："奶奶，加油。奶奶，加油。"我没敢立即发声制止，怕母亲受到干扰，一脚踩空。母亲的动作并不笨拙，手脚协力，稳稳地爬上屋顶。绳子的另一头拖在地上，拴着竹篮，篮子里有一个装满泥巴的搪瓷碗。

"回来得正好，快来帮忙。"母亲站在屋顶指挥我，"把篮子顺过来，我要糊一糊烟筒缝。"

"这活你等我来干嘛。"我对母亲的冒险行为深表不满。

"你们都忙，我没事。"她倒无所谓，"一个冬天，烟筒快堵死了，我拆下来掸掸煤灰。"

"你上那么高，万一出点事……不是给人添麻烦吗？"

"能出啥事？我没你那么娇气。家里的马房柴棚漏雨，都是我跟你爸一起干的。我的腿还没硬。"

我不想跟母亲吵，由着她先把活干完。母亲吊起竹篮，几分钟就完工。上房容易下房难。我命令她在屋顶等着。我去电影队借来梯子，把这个自以为是的老太太接了下来。

母亲拍拍身上的灰，像是一只赶走野猫的老母鸡，满脸的成就感。母亲的胆子正，不怕事，她的优秀基因没传给我。我胆小，承受不起她有个闪失。母亲千里迢迢从老家来帮我们带娃。她出点事，我无法向父亲和哥姐交代。母亲是想帮我减轻负担，可她的到来没让我省心，反倒添了不少堵。

半年前，姐姐上幼儿园，母亲打电话说，她要来帮我们带孩子。母亲觉得，我哥的孩子是她一手带大的，我的孩子她没管过，所以一定要来，也是怕我妻子说她偏心。其实没必要，母亲多心了。

老家农村有数亩果园，一直是父母在侍弄。哥嫂在县城上班，都忙，母亲在城里住了6年，帮他们带孩子。父亲独自在家，扶犁握锄的笨手，也学会了做饭。母亲周末回家，收拾屋子，给父亲改善生活，抽空还要下地干活。侄女入学，母亲解放。回归田园才一年多，又惦记着给我当保姆。

我不想多此一举。可母亲是个有性格的人，她想干的事，别人拦不住。家里好多事，她说了算。我原以为，母亲没出过远门，我不去接，她来不了。可她偏偏就逮着一个机会。

有位战友回乡探亲，顺便看望我的父母。母亲缠着战友带她来新疆，还叮嘱战友不要走漏风声，她要给我一个惊喜。果然，她再次把父亲一个人扔在家，给我一个惊诧。

母亲的贸然行动，打破了某种平衡。仿佛山间静潭掉进一只挣扎的幼兽，水波久难平息。

单位新建的家属楼上，我有一套30多平方米的房子。空间虽小，功能齐全，生活还算便利。妞妞出生后，我们一家三口多数时候住在岳父家。岳父岳母均已退休，很乐意在家带娃。母亲一来，住岳父家不妥，我自己的房子又太小，总不能让母亲睡沙发。不得已，只好借住同事的房子。

同事外出进修一年，我把常用的家当收拾收拾，搬进他的平房小院。这种庭院建于20世纪60年代。正屋两间，院子里有个小厨房。没有暖气，冬天就用砖头砌个火炉，烟筒从这一间伸到另一间，再从屋顶出去。

妻子很不情愿搬家。住在娘家，楼房，干净暖和，离单位近，骑自行车上班，几分钟就到。搬进小院，房子破旧，上班也远，最不方便的是上厕所。老式院子没卫生间，得去公厕，还是旱厕。尽管家里备有夜壶，有时还得半夜起身，打着手电去公厕。我劝她说："我妈是来替换你爸你妈的，二老带娃辛苦，也该歇息歇息。"妻子勉强同意。她平时仍住娘家，周末才来小院。妞妞倒是很喜欢这个庭院。

我考虑，母亲来边城，人地两疏，语言不通，要不了多久，就会自己提出回老家。没想到，母亲居然待得心安理得。半年过去，并无撤离的意思。她在家属院交到了朋友，同样是带孩子的老人。也不知那些南腔北调，她怎么听得懂。

我不希望母亲来疆，除了她要照顾父亲，我还担心婆媳关系紧张。乡下人有乡下人的随性，城里人有城里人的讲究。饮食习惯不同，教育理念差异，遇事难免意见分歧。争吵，置气，一地鸡毛。我夹在中间，不好做人，徒生烦恼。这些都有前车之鉴。可是母亲已经来了，我又不能把她撵走。

起初，妞妞排斥奶奶，说奶奶做的饭不香。小家伙的味蕾是姥姥塑造的，在娘胎里就间接享用姥姥的美食，出生以后更不用说。姥姥的厨艺，把她养得白白胖胖。妞妞嫌奶奶做的臊子面太酸。陕西老家做面条，靠的就是陈醋和油泼辣子。妞妞爱吃羊肉抓饭，奶奶不会做。妞妞想吃拉条子，奶奶却做成皮带面。

母亲知道，要想站稳脚跟，得在孩子身上下功夫。有一次，去餐馆吃拌面。母亲用筷子在盘子里翻来翻去。妻子乜斜着眼看她，她浑然不觉。我问母亲找啥呢，母亲说看看厨师用什么菜，配什么料。没过多久，母亲就学会了新疆拌面，做出来的口味，妞妞很满意。

母亲是个勤快人，干活手脚麻利。年轻时在生产队出工，插秧的速度全队第一。割麦，打谷，扬场，样样能干，扶犁、耙地这种男人干的活，她也敢上手。家务活对她来说就像毛毛雨。可是，过于勤快，亦讨人嫌。

周末，我和妻子想睡懒觉。母亲早早起床，做饭，打扫卫生，家里叮叮当当。妻子睡不安稳，少不了抱怨。母亲还有个习惯，天亮之前要把夜壶倒掉，并清洗干净。在农村，谁家若是天亮之后倒夜壶，说明家里是个懒婆娘。母亲绝不让自己落那样的话。可是她这样做，就增添了新的不便。

春节临近，我劝母亲回家去陪父亲。母亲不回，她要把姐姐带满一年。她说，人的口味打小养成，到老不变。只有经历一年四季，她做的饭才能印在姐姐的记忆里。

我了解母亲的脾气。她不想走，就是赶，她也不会走。妻子无奈，只能隐忍。母亲不仅征服了姐姐的口味，还吊足了姐姐听故事的胃口。每天晚上，母亲不讲故事，姐姐就不肯睡。祖孙俩打得火热，跟炉子里的火一样。

掸过煤灰，炉子更旺了。

临睡前，我去母亲房间，姐姐坐在床上画画。图画本上，有个歪歪扭扭的灯笼。母亲坐在床沿，一条腿伸直放在床上，另一条腿垂着。我拍拍她裤子上的尘土。母亲倒吸一口气。

"腿怎么了？是不是爬墙时扭伤了。"

"没事没事。"

母亲的眼神飘忽不定。我觉得不对劲，让她把裤管挽起来。母亲按住腿说擦破点皮，不碍事。我一再逼问，她才道出实情。

下午，母亲接姐姐回家，过马路时，被一辆摩托车撞倒。骑车的小伙子飞驶而去，人影都没看清。她起来活动活动手脚，没啥毛病，就没在意。下午拆装烟囱，上房糊泥，腿都没疼。晚上闲下来，才感到腿疼。

我要带她去医院检查，她死活不同意，只说，没事没事。我知道，肇事者逃逸，母亲是怕花钱。我拿母亲没办法，但我必须想办法，是时候送她回家了。她留在这里，不知道哪天就会捅出大娄子。

妞妞举起图画本说："我要做一个灯笼，是老师布置的寒假作业。做得好，可以参加县城的元宵灯展。奶奶帮我做。"

"别麻烦奶奶，我找人替你做。"我说。

"不行。老师说了，必须是小朋友和家长一起做。不能买，也不能找别人做。"

元宵灯会，是疏勒县延续多年的传统。机关企事业单位都要手工制作灯笼，正月十四布展，上元夜闹元宵。我所在单位每年也办灯展，我可以找几个战士捎带做。妞妞不同意，要跟奶奶做。也好，这事我完全放心，母亲是扎灯笼的好手。

记得小时候，每到春节，母亲都要扎灯笼卖钱。她扎的莲花灯，造型逼真，颜色艳丽。一个灯笼5毛钱，一天能卖十几个，比父亲出卖劳力挣钱快。可是，在我这儿扎灯笼，行头和材料，要啥没啥。母亲不让我管，她自有她的办法。

当晚，雪如期而至，小到可以忽略不计。第二天又下了一天。老天爷这是在应付差事，地上像撒了一层霜。下班回家，我看到炉子跟前的椅背上挂着一条裤子，是母亲的。一双湿棉鞋靠在炉壁上，也是母亲的。

母亲系着围裙正在做饭。我随口问了一句："大冬天的，怎么把鞋裤都弄湿了？"

"下午出去割芦苇，不小心掉渠里了。"母亲说。

姐姐从另一间屋子跑过来说："奶奶骗人。奶奶不是掉水渠里，是掉池塘里了。"

"说好了不告诉爸妈的。"母亲赶快去堵姐姐的嘴。

"老师说过，小朋友要诚实，不能撒谎。奶奶你也别撒谎。"

瞒是瞒不过去，母亲只好坦白。扎灯笼需要竹篾，家里找不到，她就去池塘边割芦苇。池水结冰，冰不够厚。幸好，水不深，只把裤子和鞋子弄湿。

我很生气，提高嗓门说："你以后千万千万别做这些危险事了，好不好？不要成天叫人提心吊胆，行不行？"想想就后怕。万一水深，她掉进去怎么办？她还带着姐姐。

母亲见我发火，便不再吱声。

"以后不要让奶奶干这干那。"我指着姐姐的鼻子说。

"不是我让奶奶去割，是她自己要去。"姐姐噘着嘴。

"有什么事冲我来，别拿孩子撒气。"母亲把姐姐拉到一边。

这样的母亲，太让人操心了。我开始谋划如何将母亲"遣送"回家，尽管她还在用心地完成作业。

莲花灯笼有了龙骨雏形，糊灯笼的纸却无处可寻。母亲有自己的选材标准。她不用市面上的皱纹纸，她要自制一款褶子纸。以前家里穷，买不起纸，母亲把我们用过的作业本拆开，一张一张刷上红颜料。晾干之后，把红纸一层一层裹在棒槌上，用麻绳扎紧。再将棒槌伸进板洞，旋转推进，直到完全穿过。解开麻绳，挤压过的红纸就显出褶子，而且带有弧度。

这套行头，家里都有，可我上哪里找棒槌和洞板。在我看来，麻烦多多，困难重重。在母亲那里，都不是事。她居然找到一位木匠，帮她打磨出棒槌和洞板。母亲用老手艺做出来的褶子纸，纹理匀称，弹性十足。褶子纸稍加塑型，花瓣就成了，莲花就开了。

母亲先扎了一个小灯笼，精致漂亮，姐姐挑着在家属院炫耀。母亲又把比例放大，扎一个大大的莲花灯，作为幼儿园的作业。很多东西，小的时候萌态可掬，大了就不可爱了。灯笼也是如此。母亲对她的参赛作品信心满满，因为她听到过太多的赞美。她以为在遥远的边城，没人能超过她的手艺。

元宵之夜，全家人都去看灯展，也寻找母亲的手艺。县城不大，只有一条主街，两百多盏各式花灯，把街道照映得异彩纷呈。置身其中，仿佛穿越到东京汴梁的上元灯会。

往返几个来回，没有发现母亲扎的那朵红莲花。姐姐失望地说："奶奶扎的灯不好，幼儿园没评上。"母亲有些失落。她没意识到，老旧的手艺跟不上时代的潮流。边疆的小县城，比老家的农村时尚得多，鲜活得多。

元宵节一过，姐姐就要开学，谁去参加姐姐的家长会呢？母亲当仁不让。姐姐却不让奶奶送她。

"妈妈爸爸没时间，只有奶奶可以去。"我说。

"那就让姥姥去。"妞妞说。

"为什么不让奶奶去呢？"

"奶奶不会说普通话。奶奶说的土话，老师听不懂。"

母亲讪笑着回她的卧室，伴随着一声几乎感觉不到的叹息。我跟过去安慰母亲：莲花灯没能参展，不要放在心上，城里人眼光挑剔，欣赏不了乡下人的手艺。母亲没提灯笼的事。

"妞妞不想让我开家长会，我就不去了。"

"孩子小，有口无心，你别介意。"

"收音机你买了吗？"

"啊，这事我忘了。"一个月前，母亲让我买一台小收音机。她说在老家下地干活时，经常和父亲听戏，听评书，也听广播剧。她不喜欢看电视，不知道看什么。这年月，收音机不多见，也不好买，我没把它当回事。

"没买，就不用买了。给我买张火车票吧，我要回家。"

难以名状的滋味涌上我的心头。以前盼着母亲走，她不走。现在母亲主动提出来，我却有些不舍。母亲做的臊子面，我还没吃够。她想打搅团，因为锅小，没做成功。她还有很多厨艺没来得及展示。当地风景名胜，还没带她去看。

"留下来，啥也干不了，只会给你们添麻烦。妞妞不需要我，我还是走吧。老家的果园需要我，你那老父亲需要我。"

"一年时间还没到呢，你急啥？"

母亲没再说什么，坐上床，纳起鞋垫来。

我回到自己房间。妞妞睡了。我想，多年以后，当我老了，帮妞妞带孩子，她和她的孩子会怎样待我，我又该如何适应那个时代。我不会去爬房顶，估计也没机会割芦苇，我会做自以为正确的事情。那些事也许不合时宜，可我意识不到，就像当下的母亲。

"妈准备回老家去。"我对妻子说。

"啊——"妻子坐了起来，"为啥这时候走？"

"你不是嫌弃这房子嘛，妈一走，咱就可以搬回自己家。"

"现在不能走。我爸妈准备去乌鲁木齐装修房子，要在那边待两三个月……"

风雪果子沟

越野车驶出博乐时，北风搅扰着雪花，纷纷扬扬。路上辙痕依稀，车马寥寥。风雪击垮了擎天之柱，穹窿塌陷，几欲压顶。博尔塔拉在冬眠中做着来年的好梦。牛羊归圈，奶茶上桌，牧人早已开始猫冬。而我，仍将一驿一驿走下去。

行走的躯壳唯有承载使命，内心的渴望方能保持千里不竭。从这座营盘到那处要塞，操持同样的刀枪剑戟。意义似乎无所谓有，无所谓无。只因每一次的重复，映照崭新的面孔，重复便有了些许价值。身处其中的人，未必能清楚感知。他人的评价，仅出现在特定的时空。

山峦，草场，湖冰，结成银色同盟，替冬天宣示主权。赛里木湖变得羞涩拘谨，朦胧的面纱遮掩了她的深邃与迷人。草木无心，躲在雪被下修身养性，静待来年的春发。我不如草木大度，偏偏喜欢追忆夏日的赛里木湖。那时，芳草离离，水天碧玉，牛羊反刍往事，马儿自在不奋蹄。时空流转，我还是我，赛里木已不是往日的赛里木。

数日之前，我和心理医生从乌鲁木齐出发，沿天山北麓西行，为基层战士提供法律服务、心理咨询。路线由我们设定，但我们没有车马。我们就像邮件，被一个单位送交另一个单位。邮件不知道自己何时出发、何时驻足，要看老天爷的脸色和邮差的心情。

雪愈发猛烈了。如棉如絮，簇拥而坠。送行的上尉问我："要不要返回博乐？这样的天气穿越果子沟，怕是有些危险。"我打开车窗，让雪花和冷气飘进来。只有保持头脑清醒，才能做出正确的判断。

果子沟是乌鲁木齐前往伊犁的要道，山高路险，坡多弯急。当年成吉思汗的大军西征，逢山开路，遇水架桥，始得通行。清朝中后期，数任伊犁将军征发民力，开山拓路，增设桥梁，化险为夷。民国时，苏联专家亦曾帮助勘察、设计、改道。历经几代人苦心经营，天堑终变通途。道路虽然打通，气候不可能驯服。冬季的果子沟，雪厚路滑，风险重重。即使晴日，危机潜伏。若是遭遇大雪，就更需谨慎。

出发前，上尉跟伊犁的同志约定，在果子沟北口交接。这样的天气，他们能如约而至吗？果子沟会给我们"好果子"吃吗？上尉打通对方的电话，得知接应我们的中尉已经到位。我们别无选择，只能一条道走到底。

一辆迷彩越野车打着双闪停在路边。我们的车缓缓靠近。接我们的中尉帮忙把行李搬上车，交接就算完成了。

雪依然在下。衣服上的雪花凝结成小水滴，像银瓶炸裂催生的琵琶泪。我打开车窗，欣赏着童话般的世界。银鳞撒满丘

梁沟壑，雪松傲立斜岗阴坡。冰瀑挂于绝壁，河流隐入雪窝。

医生提醒我不要吹凉风，我便关上车窗。车内暖风融融，让人昏昏欲睡。想必医生也是头一次冒雪穿行果子沟，眼睛盯着窗外看了许久，若有所思地问：

"如此胜境，你最想做什么？"

"在山间盖一茅屋，隐居，做个无所事事的闲人。"

"不会吧。你只能是诗仙，是侠客，不可能是隐士。"

是的，我并非隐士，但我愿意以士自居。士不可以不弘毅。士勇于担当，士风雪无阻，士明知多饮伤身，毅然慷慨举杯，喝得大义凛然，喝得坦坦荡荡。酒后之言，总有几分狂放。若非如此，太白何以成仙。其实，我不羡慕青莲。仙不是修成的，仙是天生的，是上天派下凡的。我只想做个陶潜，逃离繁华世界，潜入天山深处。王摩诘栖隐的秦岭我看不上，那里多是"终南捷径"，少有空谷幽兰。果子沟远离尘嚣，超脱世外，有桃花源的神秘与饱满，无外来者的骚扰与窥探，是绝佳的归隐之处。

车如泥牛入潭，行驶缓慢。走着走着，停在路中间。路面结冰，司机让我们下车步行，待他把车开过冰面，我们再上车。

雪不知什么时候停了。天色渐明，宛如春梦初醒的少女。峰峦耸入天际，依次清晰，沟里传来冰层下河水的喘息。路边的山坡上，一条通往松林的小路，弯弯曲曲。小路消失的地方，有一座凉亭，原木搭建的，看起来有些笨拙。

我一时兴起，爬上雪坡。医生随我迤逦而行。空林一亭，远峰近壑，登高眺望，心潮激扬，如在岳阳楼上。山阴布满松林，阳坡仅有灌木。路上的汽车如同爬虫，谷底小桥上还有人影晃动。

绕过亭子，继续攀行，仿佛进入东北的林海雪原。没有路，只有没膝的雪。一只野兔窜了出来，向密林深处奔去。若是有一把弓箭就好了。医生劝我返回，我却意犹未尽，顺着兔子的脚印跟踪追击。

倏地，咔嚓一声，脚下冰凉。我踩碎冰层，鞋子湿了。那是厚厚的积雪下隐藏着的溪流。不远处，有一个小木屋。我径直前往，希望能遇见一位隐士，或者牧人。我需要烤干鞋子，或者讨一碗热茶。

小屋里没人，床榻角落堆着羊皮大衣，火塘里有燃烧未尽的木炭，旁边有一个铜壶。墙壁上挂着一个布袋。我从布袋里摸出几粒奶疙瘩。自己嚼了一颗，给医生一粒。医生不吃，一再提醒该回去了。我不着急。生起火，煮一壶雪，也烤烤鞋。

火苗忽闪忽闪，燃烧的干枝噼啪噼啪，屋外异常安静。医生坐立不安。我希望一直这样坐下去，就这样凝视火苗，听壶水的声音，任凉风从门窗挤进来。仿佛这不是牧人的临时落脚点，而是五柳先生的小屋，是西湖孤山的茅庐。

果子沟是个好地方。隐居，就来这里。不过，这间小屋离公路太近，应该再往深山里走一走。等我退休了，没有世事烦扰，在果子沟深处搭建一个小木屋，存几坛老酒，带一箱闲

书。藜藿为羹，牛羊做伴。春日与花对语，秋扫黄叶入溪。白天放牧、采果、挖药，探寻水出水没，坐看云起云落。夜晚读书写作，与老庄神交，邀李杜对饮，与天地万物为友。不出几年，坊间流传一册小书《果子沟》，像《瓦尔登湖》那样风靡于世。多么美好的事情啊！

咚！我的额头撞在前排座椅上。怎么回事？

车停了下来。

中尉说，前面发生雪崩，道路被阻。我醒了。刚才是在做梦，做了一个隐士梦。医生好像也睡着了，此时惊恐地望着窗外。

中尉和司机下车查看路况，我用手使劲搓了搓脸，感到脚有点麻。想起梦中踩到冰水里，在火塘前烤鞋子。

果子沟的冬天来得早，雪下得多。大车驶过路基，震醒了沉睡的积雪。亿万雪粒一拥而下，把本来不宽的道路完全堵塞。所幸我们的车距离雪崩处还有百米。大部分积雪滑落沟底，只有少部分留在路面上。就是这小部分，也如同一座山。南来北往的车辆都得在它面前俯首称臣。移走雪山，仅靠堵在路上的司乘很难做到，必须求援。中尉打电话给交管部门，得到的答复是，疏通人员和车辆已经出发，何时能抢通，尚未可知，建议不要原地等待，最好原路返回。

回博乐？不可能。送行酒都喝过了。前出无望，后退不能，只好静待救援。有些车掉头走了。不明情况的车陆陆续续跟上来，停在路边。有的开启警示灯，有的暂时熄火。洁净的空气中，飘散着汽车的尾气和焦躁的情绪。

谷底有几处蓝色工棚和一些施工机械，棚顶飘着红旗。中尉感叹道，哪一天果子沟大桥修好，高速公路通车，就不遭这罪了。类似今天的经历，他遇到过不止一次，所以他很淡定。

天快黑了，救援车队仍未出现。中尉从后备箱拿出工兵锹，招呼排队的司机乘客一起动手，挖雪开路。雪堆过于高大，聪明人不相信几把铁锹能打开通路，因而无人响应。中尉和司机带头挖起雪来。还是心理医生更懂人心，挨个车去动员，与其坐等救援，不如先行自救。起初三三两两，后来就热火朝天。拿锹铲的，拿板子推的，用收纳盒挖的，甚至有用双手刨的。越来越多的人加入进来，人换工具不停。众人齐心协力，雪堆渐渐缩小，道路一点点变宽。好多事情就是这样，没有陈胜吴广，人们都以为秦朝超级强大。大泽乡一声呐喊，铁血帝国顷刻瓦解。

天已黑透。车灯照射下，雪堆前的身影忙忙碌碌。突然，有人欢呼："救援车来了。"谷底一串车灯，龟速前行。是挖掘机，是推土机，是铲车。大伙的干劲更足了。希望比金子还宝贵。

这时，手机响了。我放下铁锹，回到车里接电话。是女儿妞妞打来的。她说，今天是她生日，她想妈妈，也想爸爸。我的眼泪一下子涌了出来。妞妞刚满7岁，生日这天，爸妈都不在她身边。

3年前，我从喀什调到乌鲁木齐，与妻子女儿相隔千里。去

年，我把妞妞接到首府上学，希望接受更好的教育。妻子仍在疏勒县上班。我时常要出差，就把妞妞寄托在学校附近一位老师家，周末接回家。老师还带着三五个孩子，管吃管住，也辅导学习。

妞妞说，今天老师给她买了蛋糕，小伙伴们给她唱了生日快乐歌，可她还是想爸爸妈妈。给妈妈打电话，没打通，就给我打。她没有哭，声音很低。我能感觉出来，她在克制自己。妞妞是个坚强的孩子，从小我就要求她自立自律。她两岁半上幼儿园，5岁时独自坐飞机。晚上如果她一个人在家，就把家里的灯全打开，还说一点都不害怕。

我调整情绪，告诉妞妞听老师的话，爸爸过几天回去。我是个不称职的父亲。我忘了女儿的生日，没给她准备礼物，没有提前打电话。不仅如此，还大言不惭、没心没肺地想当隐士。

挂了电话，我冲到雪堆前，抢过铁锹使劲地铲起来。我的疯狂把中尉吓着了。他问医生什么情况。医生只知道我接了个电话，怎么知道我内心的复杂。

我恨自己的无能，没把家安顿好。我没有本事把妻子调到省城，辞职又不甘心。我不能以照顾孩子为由逃避出差，家家都有难念的经。我做不了名士，因为不够风流。没有显赫的家世，没有卓越的才华，不敢洒脱任性，不敢离开体制，唯有谨小慎微，唯唯诺诺，夹着尾巴做人。我也做不了隐士，因为没有资格。不是不想逍遥，不是不慕神仙，而是有太多的放不下。放不下年迈的父母，放不下弱小的妻儿，放不下寒窗十年换来的稳定，放不下世俗中那点令人羡慕的旱涝保收。如此不堪，凭什么做隐士？动念都是错。《广陵散》几人能弹？桃花庵何人能眠？还是做个铁匠吧，把炉火烧旺，从生活的酸楚中锤打出咸，锤打出甜。

我知道，很多男人都做过隐士梦。梦也就梦了。我辈本是蓬蒿人，早点从梦中醒来，老老实实面对当下，该加班熬夜，就不要抱怨；该折腰求人，就多呈笑脸。生而为人，总有些不想做的事情需要去做。天地之间，大道无穷，做人的道理只有简单的几条。临渊羡鱼，不如退而结网，与其进山逃隐，不如大隐于市（何其冠冕堂皇）。

救援车队抵达的时候，路人已用双手将雪堆挖开缺口。大型机械没干几下，道路就打通了。

雪停了。云层退却，天空放晴，一弯新月悬于山巅。夜晚的果子沟，雪映苍穹，空无纤尘，满眼都是清洁的凉意。

越野车驶向谷底，有一种通透的感觉。这感觉不是梦中小屋的惬意，不是雪里酒后的狂放，而是忙里偷闲的舒松，是历经劫难的安宁。

茫茫然无所事事，我从后备箱摸出一瓶肖尔布拉克酒，打开喝了几口，蜷缩在座椅上，又打起盹来。

对饮天山

　　大块吃肉，大碗喝酒，此乃边疆人的豪气，亦属年轻人的激情。当生命的小船漂过"不惑"这段河道，饮酒于我而言，开始步入险滩。心力尚有富余，酒量断崖式下跌。曾经对酒当歌，江湖能奈我何？如今二两便倒，再狂放，只会沦为笑谈。

　　回首往昔，饮酒无度，醉酒无数。大年初一，在战友家吃完酒，骑自行车归营，一头扎进路边的树林。秋日雨夜，为兄弟饯行。兄弟登上火车，我醉倒在出租车里。那年暑期，酒后陪北京来的同学登红山，观乌鲁木齐夜景。凌晨醒来，发现自己坐在酒店门口的马路牙子上。若是隆冬，恐怕早已冻成僵虫。某个端午，同乡小聚。醉眼迷离中，先走错楼栋，又误入单元，好不容易才找对家门，新买的手机却再也找不回来了。还有一次，不，应该是多次，醉体难熬，踉跄前往门诊，或是久醉不醒，被人送至医院。凡此种种，丑态百出。平生好以酒仙自比，怎么看，都像个酒徒。

　　"天若不爱酒，酒星不在天。地若不爱酒，地应无酒泉。天地既爱酒，爱酒不愧天。"我对酒的偏爱，似乎与生俱来。

我家后院，与太泉烧坊一墙之隔。民间小酿，百年传承，世故而温厚。出前门，百步开外又是太白酒厂。一滴太白酒，十里草木香。从小到大，我天天能闻到酒糟的酸味。母亲在烧坊踩过酒曲，父亲在酒厂扛过大包。我和小伙伴经常溜进酒厂，捡拾煤渣，偷尝原浆。村里人说，他家老鼠都有二两酒量。老鼠的酒量我不知道，父母的酒量我还是清楚的。父亲不善饮酒，喝几口就脸红。母亲爱喝酒，酒量好，可年轻时哪有酒喝？现在不愁吃穿，人却老了。每当我们兄弟畅饮，母亲总是眼巴巴地盯着，或从父亲的杯底倒出几滴，润润嘴唇——真香。

我的酒量和酒胆，除了故乡的熏染，还得益于有意识训练。我读的那所军校，学风务实，理念包容。学员队队长是上过南线战场的猛男，他说敢喝是态度，能喝是本事，酒风体现战斗作风。所以在校期间，学员要练习喝酒，锻炼酒量，培养酒风。入校头两年，周六加餐，两人一瓶啤酒。后来人手一瓶。大三以后，周末餐桌上的燕京啤酒换成了二锅头。有些人的酒量是天生的，我更相信刻意练习。

酒量是练出来了，毕业分配到新疆喀什，却没有多少喝酒的机会。那正是喝酒的年纪。没有机会就自己创造机会。军人服务社出售一款2两杯装白酒——鹰牌佳酿，产地阿克苏，46度。5元的价格，适合我这样薪酬不高、嘴又很馋的人。隔三岔五，呼朋唤友，买点花生胡豆，钻进储藏室走一杯，困兽便插上鹰的翅膀。

2两小杯，难以尽兴。1斤装的三台老窖，两人喝正好。这

款产自吉木萨尔县三台镇的白酒，50度，包装像茅台，一瓶15元。那时候，我没喝过茅台，分不清什么是浓香型、酱香型。只觉得"三台"跟"茅台"差一个字，口味应该差不多。同乡聚会，战友话别，常喝这种酒。还有一款同样来自北疆昌吉的好酒——榆泉老窖，53度，20多元，算是中上等的好酒。我结婚时宴请宾朋，用的就是榆泉老窖。

后来，伊力老窖在喀什流行起来。半斤装，酒瓶像手雷，46度，微甘不辣。都说酒壮英雄胆，岂止如此，酒还能激发写作灵感。我写稿写到思维短路，捻断数根须也无济于事。这时候，需要来一枚"手雷"，炸开阴霾，引爆思绪。于是乎，下笔千言，飘飘欲仙。

在疆20载，酒中老友，当属伊力老窖，多年不改初衷。当然，新疆那么大，酒不只伊力一种。酒有千种，唯情有味。出差吐鲁番，我喝白粮液，甘爽滋润，略带清香。行至阿勒泰，我饮二牧场，味浓性烈，有哈萨克人的狂野。抵达石河子，我品白杨老窖，浓香、细腻、柔和，有屯垦人的坚韧。驻足阿克苏，来一杯托木尔峰，如沐沙漠之风。到了博尔塔拉，则痛饮赛里木，感受蒙古人的热情。若是踏上那拉提草原，啥也不用讲，举起肖尔布拉克，情谊比水长……

早年我也喝点杂牌酒，图便宜。贪小利往往吃大亏。有一次打牙祭，10元一瓶的白酒，15元的烧鸡，我和小李同学躲在车库里"搞腐败"。小李酒量小，多半瓶被我干掉。鸡没吃完，我胃里翻江倒海。紧急如厕，上吐下泻，连胆汁都吐了出来。不知是酒太次，还是鸡变质，卧床一整天才缓过劲。从那以后，再不敢乱喝杂牌酒。

那些年，不光喝白酒，啤酒也没少喝。白酒像大侠，行走江湖，仗剑天涯。啤酒多是地头蛇，横行本土，称霸一方。求学北京时，我喝燕京啤酒。回到故乡，专饮宝鸡啤酒。身在喀什，该喝喀什啤酒，可我更喜爱乌苏啤酒（也是新疆产的）。那款红色包装的，酒精度高，酒瓶子大，号称"夺命大乌苏"。

也有强龙压倒地头蛇的时候。从河西走廊闯入西域大地的西凉啤酒，几乎是一夜之间摆上喀什人的餐桌。我随波逐流，喜新厌旧，喝起西凉啤酒。然而，好景不长，西凉啤酒的口感变差。我以为远道而来的啤酒不够新鲜。仔细察看，发现西凉啤酒的产地变成喀什。大鱼吞掉了小鱼。酿酒设备可以搬迁，酿造工艺能够复制，酿酒之水从何而来？离开赤水，无以茅台。昆仑雪水酿不出河西美酒。那条强龙终究水土不服，带着懊悔飞离南疆。

啤酒顺口，难解千愁，遇事还得靠白酒。一酌千忧散，三杯万世空，十分一盏便开眉。酒是英雄帖，无酒便无友；酒是通行证，有酒好办事。迎接新伙伴，要喝入伙酒。执行特殊任务，必饮壮行酒。老兵复员，军官转业，如果送行酒没喝，在大伙儿心里，退伍就不算数。

在那遥远的地方，酒是生活的调味，是工作的补给，还是情感的良媒。当年我演"凤求凰"，没有绿绮琴，但凭杯

中物。

　　她在医院上班，好几个男生暗送秋波，这我知道。我唐突地闯进她的世界，她没把我放在眼里，我却把她放在心上。春节，同事同学结伙去她家拜年，我故意选在那天登门。她母亲早早做好准备，闲庭生暖意，金樽对盛筵。她父亲拿出珍藏十年的老酒，两瓶56度昆仑特曲，玻璃瓶上的标签已经发黄。老先生喝酒不用杯，用小碗。不管是独酌，还是共饮，仅此一碗，谁劝也不多喝。饮下那碗酒，他就面带微笑，看后辈比拼，忆好汉当年。

　　酒桌上的气氛热烈而激扬。两瓶酒显然不够，老同志又拎出一坛药酒，随便喝，管够。酒精的助力下，荷尔蒙加速分泌，几位男生情绪亢奋，像开屏的孔雀，纷纷跟我斗酒。我有备而来，处变不惊。2两的满杯，我一口闷，在气势上吓退酒量小的。随后一鼓作气，各个击破。"孔雀"们夹起漂亮的尾巴，倒在沙发上。我也喝了不少，出丑之前，及时撤出战场。那场酒后，追她的男生不敢再小觑我，她父亲对我很是欣赏，她的眼里开始有了我。以后的事，就顺理成章了。

　　那时流行一句话，"酒是粮食精，越喝越年轻"。可是有人说，酒是万恶之源。确实，喝酒伤身误事，酒后冲动犯浑，但那不是酒的错。"商纣因酒亡国"的说法值得怀疑，妲己、褒姒、杨玉环，是红颜，不是祸水。喜欢也罢，厌恶也好，重要时刻，酒总是在场。酒能给许多东西找到归宿。酒在战场，壮怀激烈。酒在刑场，收尸招魂。鼓吹酒的好处，未必能获取利益。禁止酒的生产流通，往往以失败告终。

喝与不喝，酒就在那里。禁与不禁，酒从不言语。周秦汉，元明清，历史上多次禁酒，酒却从不远人。大禹弃绝仪狄，美酒照样传世。曹操杀了孔融，解忧仍需杜康。"天有酒旗之星，地列酒泉之郡，人有旨酒之德。故尧不饮千钟（盅），无以成其圣。且桀纣以色亡国，今令不禁婚姻也"。唐宋酒肆繁盛，诗词日月同辉。陶公若无酒，何时得见桃花源。太白若无酒，千古诗坛少一仙。东坡若无酒，一蓑烟雨尽是寒。

美国曾用严刑峻法限制酒的流通，非但没有杜绝私酿，反而让不法分子渔利。黑社会控制酒市，政府丧失税源，民众被私酒所惑。这道不得人心的法令，施行13年后废止。

酒的存在，自有它的道理。且不说酒文化源远流长，仅就口舌之快、醉心之愉，酒有一万个存续下去的理由。达官贵人，喝茅台是身份象征。商界名流，收藏酒是品味所好。贩夫走卒，喝点小酒解乏。此等欲求，有何不可？于人无害，于己自在。怎么就成了万恶之源呢？

我有一瓢酒，可以慰风尘。酒虽是物质，却能滋养精神。哲人能从发现真理中得到愉悦，圣人可以从教化民众中获取幸福。凡人呢？在凡人的世界，酒是打通现实与愿景、物质与精神的便捷通道。酒能帮你羽化成仙，酒能在无形中消解时间。

喝酒可能犯错，那不是酒的错，是人的错。少饮怡情，喝多了，伤身，还可能招惹祸端。数十年来，因为醉酒，我误过

行程，说过傻话，做过蠢事。我深知那是酒该有的德性。我曾疑惑，古书所言酒事，或许欺人。竹林七贤，肆意酣畅，身体何以消受？饮中八仙，纵酒狂歌，难道醒来不悔？酒，毕竟是酒不是水。听闻几位友人因酒离世，戒酒的念头就在我脑子里萦绕。

一次大醉之后，终于下定决心戒酒。各种应酬能推就推，大小聚会能躲就躲。有些场合实在无法回避，就坐在角落，颔首低眉，不敢发言，只与邻座耳语。若被人发现杯中无酒，便只能厚着脸皮，接受酒司令的审判与嘲讽，像个犯错的孩子。至于接风送行、过节请客，唯有低调行事，以茶代酒。

戒酒，让我感觉低人一等。为人缺豪气，遇事少底气。不仅如此，因为戒酒，还酿出一场大祸，追悔莫及。

那年秋，老同学在奇台承包的工程完结，施工队伍即将撤点，他邀我小聚。他来新疆数月，我没请他喝过酒，再不赴约，他就回老家了。那天，我赶到工地，已是傍晚。大多数工人已拿钱离场，仅有几个同乡在做收尾工作。当晚，六七人聚在小餐馆。

工程完工，如释重负，众人喝得开心。那阵子，我正戒酒。老同学劝我、激我、骂我、数落我。任凭他说破天，我寸步不让，坚持滴酒不沾。他则不然。长久以来的压力，在那一夜得到释放。他喝醉了，酒酣胸袒。我扶他回宿舍，陪在他身边。

第二天早上，他还没醒。一个工人找他，说是马上要回家了，还没去过奇台县城，想去逛逛，顺便给老婆孩子买点东西。我以为他要请假，就说："你去吧，等老板醒来我告诉他。"这人在门口踅摸半天才说，想借老板的皮卡车跑一趟。这个工人昨晚喝得少，如此朴素的要求也不过分。我问他会不会开车。他说会开，经常在工地上开。我从老同学的床头拿过车钥匙交给他。

我犯了一个大错。

皮卡车离开工地不远，与一辆大货车相撞，开车的工人重伤不治。那工人没有驾照，平时仅在工地上开车运料，没上过公路。由于我的疏忽，一条鲜活的生命消失了。老同学为此支付了一大笔费用。我俩的友谊蒙上了阴影。我很后悔。如果那天晚上，我不那么矜持，放开喝酒。那个早晨，我就不会替同学做主。倘若我醉酒昏睡，工人就不可能拿到钥匙。这是一个清醒的错误。

事后许久，我的内心都不得安宁。几次梦见一个女人找我，怨我不该给她丈夫借车。我无言以对，只有喝酒忏悔。自此，对于戒酒，我再也不较真了。灵魂深处放不下。与酒绝缘，等于放弃生命中微薄的快意。生活已经够累，糊涂一阵子，天塌不下来，何必"世人皆醉我独醒"。

当然，开戒不等于纵酒，仍须控酒。每次不多喝，可以时常小饮。把握不好，数月酩酊一次。控制得当，两年不醉一回。这般饮酒境界，应该算不上酒鬼，最多是条酒虫，还是轻量级的。偶尔一醉，也无须大惊小怪。一生不曾醉酒，需要多

大的定力，又是何等的乏味。

酒能让理性坦然解体，能让程序暂时崩溃，让时空错位，让生命恢复感性的本质。生活，不就是生动活泼嘛。留一些冗余，多一点迷糊，没什么不好。水至清则无鱼，不必都学屈原和贾谊。"一生大笑能几回，斗酒相逢须醉倒。"不该醉的时候醉了，可笑。该醉的时候没有醉，可惜。

无意中翻看旧时的日记，扉页上写着：人生最大的快事，读好书，痛饮酒。那是指点江山、挥斥方遒的冲动华年。星月流转，酒量退化，酒风萎靡，酒胆也被摘掉了，人生的快意大打折扣。书还在读，有字的无字的。酒很少喝了，浅盏酬友。

时光荏苒，入口之酒不计其数。浓香，酱香，清香，凤香。上千元的，几百元的，十块钱的。白酒，红酒，啤酒，黄酒，米酒。有的甘甜，有的浓烈，有的热情，有的温婉，有的粗犷豁达，有的情真意切。

回顾我的饮酒历程，无悔于青春，未辜负美酒。在身体最能吸收酒精的年纪，驰骋在酒风最为淳朴的边疆，何其幸哉。现在虽然喝不动了，但可以欣慰地说，我喝过了。那些喝过的酒，融入我的血液，成为我身体的一部分。那些走过的路，化作记忆的斑点，镌刻在生命的年轮上。那些见过的人，或近或远，或聚或散，终将化为星座，布满我内心的苍穹。

"江不留水，水不留影，影不留年。"生命又能留住什么呢？我时常想，在人生的长河中，荡一叶小舟，饮几杯浊酒，顺着时间漂流，到什么山唱什么歌，何尝不是一种从容。

长安路远

大野沉沉睡去，繁星俯视人间。北辰清晰地指示着方位，我却不知该往哪里走。天黑透了。车没油了。巴掌大的高速公路停车区，除了一座简易厕所，别无他物。

辗转天山南北10多年，头一次开车回陕西老家，还没走出新疆就遇上麻烦。按理说不该如此狼狈。清早从乌鲁木齐出发时，油箱是满的。车过哈密，还可续航250公里，打算到了星星峡再加油住宿。可是，离目的地还有60公里，油表指针居然趋零。难道是老天有意考验我？毕竟车和驾驶证都是新的。

这段高速路也是新的，配套设施尚不完善。每隔几十公里有座收费站，卡在路中间，五元十元的收。公路两侧是一眼望不到边的戈壁。沿途没有服务区，发现车没油时已错过出口。这个小小的停车点，仅作休息区，并非补给站。夜幕下的戈壁，深沉如大海。远处有一团浓黑，闪烁着熹微的灯火，大概是个村落。孤独的村落。白日里繁忙的高速，此时冷冷清清，大大小小的车辆似乎都被霓虹挽留在城镇。

很多事情第一次做，即使准备充分，还是会手忙脚乱。好

在有野外生存训练打下的底子，不至于乱了阵脚。办法总会有的。我首先想到的是站在路边拦车，请求过路的司机帮忙，借点汽油，或者把我们捎到星星峡，明日再返回来开车。很快，我就否定了这个念头。大车烧的是柴油，拦了没用。小车油箱设有单向阀和滤网，油只能进不能出。借油不可能，会有司机让我们搭便车吗？万一他趁火打劫，把我们拉到一个罪恶的地方，麻烦就大了。想来想去，只剩打救援电话这一条路。

正在犹豫是打110，还是拨122，有人敲击我的车窗玻璃。星光下，来人裹着厚厚的大衣，脸看不清。在这前不着村后不着店的地方，突然冒出一个人，既惊喜又有些担心，就像鲁宾孙发现了星期五。我发动车子，将车窗打开一条缝，看到一张年轻的脸。小伙子问我，是不是车没油了，要不要加油。天无绝人之路。只要有需求，哪里都可以有市场。

我随年轻人来到厕所后面。毛驴车上绑着一个铁皮油桶。小毛驴愣愣地站在那里，像在打盹，又像在生闷气，见有人来，瞥了一眼，接着发呆。小伙子把橡胶管伸进油桶，嘴巴在另一头猛吸一口，汽油缓缓流入长嘴铁壶。1升汽油30元。明知宰客，也只能认栽。他就是要50元，我照样得买，而且要感谢他。没有他的独门生意，我们一家怕是要夜宿荒原。他虽坐地起价，但确实帮了我。

离开停车区时，我问小伙子这是什么地方？他说："苦水。"这地名，很是应景。戈壁茫茫，干燥缺水，好不容易发现一汪清流，水却是苦的，上天真是欺负人。想想刚才加入油箱的液体，那不是汽油，是苦水。

我吞下的，只是一小杯苦水，这年轻人拥有的，可是一大桶苦水。想必他就是戈壁深处那个村子里的人，曾经遇到类似的求助，于是发现了商机。他从很远的地方把油运过来，独自蹲在寒夜里守株待兔。我这样的菜鸟未必每天都能碰上。夜半无人时，他要牵着毛驴回村里去，有一盏孤灯、一碗热汤、一个温软的胸膛在等着他。他挣的并非不义之财，是辛苦钱，也是冒险钱。这种生意算不上刀尖舔血，但也需要胆量。如果被公安、工商、路政，任何一个穿制服的发现，非法所得要没收，罚款也少不了。只因为他的肩头有了责任，为自己，为子女，便只能这样辛苦地撑下去，像他的祖祖辈辈一样。

平沙万里，最初没有村落。一群逃难避灾的人流浪于此，不走了，硬生生把根扎在戈壁滩，从此这里便成了他们后人的故乡。先人们以为躲开了苦难，其实苦难只是换了一副嘴脸。生活在戈壁的人，有一滴水，就想办法收集起来育种；有一块绿地，就开垦出来种粮；发现一片茅草滩，就养几只羊；小溪流过的地方，便是他们的天堂。不管所过的是何等贫贱艰难的日子，他们从没有放弃求生的努力。哪怕只有一线生机，都会付出极大的气力。他们身处广阔天地，却无时不在夹缝中求取生路。命运在他们的爱憎得失里，摊派了太多的哀戚。

自然界的生命，哪个不是在夹缝中诞生，在夹缝中生存呢？能占住一个生态位，成为食物链中的一环，食他物，也被他物食，不幸中有幸运。这是进化的结果，也是宿命的使然。

每一个来到世间的婴儿，都要经过一段黑暗的甬道，才能见到光明。那条夹缝，是生命喷薄绽放的初始之地。

出生在苦水的人，难免要吃水的苦。生在长安者，有八水绕城，不必为饮水发愁，却要吃别的苦，比如远路上的归途之苦。记不清多少次，跨过浩瀚无边的戈壁大漠，穿越文明交汇的河西走廊。仿佛与过往的英雄先贤结伴同行，又似乎与远去的驼铃鼓角擦肩而过。一经苦水，不由得想起回家路上的辛酸。

初到南疆是20世纪90年代，回一趟家很难。4年一次探亲假，何时休，自己做不了主，要看工作任务，也取决于领导意愿。年初开训，工作头绪多，不能走。夏秋季节，演习考核任务重，不好意思走。到了年底，大家都想休假，论资排辈，年轻人只能往后靠。

那年春节前，我抱着试试看的心态呈上了休假报告。出乎意料，假很快就批了。从喀什坐长途汽车到乌鲁木齐，在火车站广场下了车，拎着行李直奔售票大厅。售票厅内黑压压一片。盯着票务显示牌看了又看，3天之内无票。卧铺没有，硬座没有，无座票也没有。

车站广场上，人头攒动。有人问我要不要去西安的票（那个年代，火车票没有实名制）。我让他出示车票，想看看真伪。那人说可以带我进站上车，上了车再补票。那就算了。刚打发走这个，又来一个。这人说他可以代买车票，去哪里都行，加50元订票费。若能买到真票，给点辛苦费不算什么，就怕买的是假票。我在这个火车站上过当，不敢轻信任何人。

为图方便和省钱，我在车站附近找了一家小旅馆住下，登记的是按床位收费的双人间。与我同住一室的是个西北大汉。我跟他没说几句话。他躲闪的眼神里流露着一丝警惕。可能因为我多看了几眼他的行李——两个蛇皮袋，一个帆布包，一个塞满杂物的水桶。他的车票买好了，尽管是无座票，他很满足，天一黑就上床睡觉，饭也没吃。看他的身板，估计会鼾声如雷。可他躺在床上没有一点声音，好像在装睡。他的枕头下有一个黄挎包，很像《天下无贼》里傻根的那个包。我操心我的行李，整晚半梦半醒。他恐怕比我更担心。

我天不亮就起床，赶到售票厅时，门还没开，门外簇拥着一群人。7点，售票厅开门，众人一窝蜂往里涌，结果卡在门口，谁也进不去。那是一道窄门，挤进去才有希望。我感到身后有一股强大的推力冲溃人堤，十几个窗口瞬间被占领。我以百米冲刺的速度，还是没抢到头名。排在我前面的有4个人，其中两人欣喜若狂，击掌相庆。回家，不过是为了回家，买票排个好位置都这么激动。9点开始售票（乌鲁木齐的冬天，9点上班算是早的）。轮到我时，我把写好时间、车次的纸条递进窗口。售票员敲击键盘的时候，我默默祈祷。

临时抱佛脚，佛不会显灵的。售票员说："软卧、硬卧和硬座都没有了，无座票买不买？"乌鲁木齐到宝鸡2000多公里，站着回去，腿和腰就废了。如果不买，明天可能还是同样的结果。我一时拿不定主意。售票员不耐烦了："到底买不

买？再不买连无座票也没了。"排在我后面的人也在催促叫嚷。我心一横，不买。

走出售票厅，心里很不是滋味。我不理解，排在我前面的仅有4人，五六分钟时间，就算所有窗口同时出票，也就卖出去百十张票，还未必是同一趟车，为什么就没有我要的票呢？票都去哪儿了？回一趟家咋就这么难？

回到旅馆，西北大汉已走。我的心空落落的。这样等下去不是个办法。我硬着头皮拨通了一个陌生人的电话。休假临走时，领导说他有个朋友在铁路局，如果实在买不到车票，可以去找他朋友。我不想麻烦别人，可那时的境况，不麻烦人就走不出乌鲁木齐。领导的朋友很爽快，让我去西站。西站不是客运站，是列车编组车站，工作人员上下车的地方。当晚我就赶到西站。

第二天，在约定的地点接头后我才知道，领导的朋友是列车长。我如愿登上开往西安的火车。列车长让我不要着急，找个地方待着，他先处理公务，等有了消息，他来找我。我就站在车门旁边傻等。虽然手中没票，但心里并不慌张。

乌鲁木齐南站是始发站，上车的人很多，车厢里挤得水泄不通。快到吐鲁番时，列车长走过来，在我耳边悄悄说："督查组在查票，放机灵点。"其实，我已经看出来了，人流从前往后挤，传导着一种焦躁不安。"查票了，查票了，都把车票拿出来。"查票，不就是针对我这样的人嘛。怎么办？我想，列车长是这列火车上的老大，有他在，我怕什么？列车长说，这是铁道部派出的督导组，不光是查旅客，还查乘务人员有没有私下带人上车。列车长看起来有点紧张。他一紧张，我就更紧张了。

我拖着行李箱准备往后面车厢去，能躲一阵是一阵。列车长拉住我说，别往后去了，后面还有一组督查呢。这是要前后夹击，不使一人漏网。列车长让我迎着前面的督查走过去，他们要查票，你就说是前面一节车厢的，来这边上厕所，车票在家人手里。我不会撒谎，不善变通，心里怦怦乱跳。急事当头，不容多想，只能按他的嘱咐去做。刚走两步，列车长又说："哪有上厕所还拖着行李箱的？"我便把箱子放在车门旁边，明知山有虎，偏向虎山行。他跟在我的身后，一同朝前挤去。

督查组一男一女，身着蓝黑色制服。女的口气很凶，让我拿出车票。我按列车长教的搪塞。她追问道，几号车厢，哪个座位？我随口报了个数。督查嘴里念叨着，似乎在回忆刚才查过的座位。列车长赶忙打圆场："这小子是从前面过来的，刚才放行李还跟人吵架，我见过他。"督查没再纠缠。在乘客眼中，堂堂列车长，整列火车都是他说了算，没想到在上级督查组面前，也只是个卑微的小人物。看起来大权在握、风光无限的人，何尝不是活在夹缝中。

总算躲过一劫，我的额头冒汗，手心也湿了。如此逃票，像在演电影，可我不是个好演员。督查再多问几句，我肯定露出马脚。还好，有列车长照应。他先给我安排了一个座位，说

有了卧铺再通知我。能有个座位，我已知足，卧铺不敢奢望。三人一排的座椅，我夹在中间。过道里挤满了人和行李，插一只脚进去都很难。有人索性钻到座位下面，不管干不干净，不顾脚气汗味，眼睛一闭，万事休矣。脸面不重要，重要的是在车上。人多，干什么都不方便。吃方便面需要开水，烧煤的茶炉隔几节车厢才有一个，仅在饭点供应开水。打水免不了排队，排到跟前，可能就没开水了。吃喝麻烦，吃了喝了上厕所更麻烦。厕所门口啥时候都有人排队。有的人无处容身，躲在厕所里休息。

车厢里实在太拥挤了。但凡有一点空间，都会塞进去一个身躯。人人都在夹缝里。轨道狭窄而冰冷，轨道之间却包裹着温暖。来自不同生活的人们，在特定的时间，涌进同一个逼仄的空间，共同走过一段人生旅程。谁都知道，路的尽头是同样的归宿。与其哀伤，不如吵闹，不如欢笑。这一路，有人上车，有人下车，一别永世不见。若干年后，谁会记得曾经同处一条时空隧道。

火车驶出新疆，进入河西走廊，列车长把我叫到车厢连接处，塞给我一张纸条："卧铺搞定了，去找乘务员补票吧。"我捏着纸条，连声道谢，心里已经没有多少兴奋了。一张小小的车票，牵动多少人的神经。那不是一张普通的纸片，那是走向远方的机会，是夹缝中人的小欢喜。

长长的河西走廊，是高原的缝线，是文明的吸管。这条班超、岑参、林则徐走过的路，今天的人们还在走。霍去病激战、西路军洒血的地方，并未开出富贵美艳的牡丹。自西汉打通丝绸之路，无数勇敢者穿行其中。从长安西去，穿过千里长廊，便是辽阔的天地，可以纵马弯弓，万里封侯。从西域前往关中，走出这条狭路，迎面即是辉煌的舞台，尽可施展才华，题名雁塔。无论西出东归，无论建功立命，谁都绕不过这条历史的夹缝。张骞出使，凿通西域，河西为奴13载。玄奘取经，断粮绝水，阳关道上历经磨难。郭荷避乱，儒学西迁，祁连山下隐忍终年……

千百年，多少事，无数人。曾经为活路挣扎，如今依然在局促里奋争。终究是夹缝求生，与其逆来顺受，不如鼓起勇气走出去。无问东西，不惧风雨。做自己认为对的事情吧，感谢它给予的丰厚回馈，也接受它带来的事与愿违。

谢谢你为我遮风挡雨

1

你像一位慈祥的祖母，喜欢孩子们围在膝下，听你讲故事。稚子一拨一拨在故事中长大，离你而去。你在日月流转里一岁岁衰老，往事都成追忆。

我见到你的时候，你年纪大了，满脸都是往日的痕迹。可你依旧敞开胸怀，拥抱来自天南地北的孩子。我离家数千里，人地两疏。你的呵护，使飘萍有了依附。

你毕竟不是真正的祖母。你只是一座建筑，老掉牙的平房，砖混结构的。屋顶是槽型板，四周红砖墙，木门木窗。你的羽翼之下，一个大通铺，我和十几个战士一起住。夜里，磨牙的、打呼噜的，此起彼伏；换哨的、上厕所的，进进出出。我没有睡在门口，还是常被吵醒。日子久了，耳膜脱敏，任凭风吼雷鸣、人来人往，都可以一觉到天亮。

你出生的年代，家里缺粮少钢。你能稳稳地站立，心里必提着一口气。后来家境改善，有人想给你穿衣戴帽，梳洗打扮。费了好大劲，旧窗户居然拆不下来。你骨头硬，又坚守了十几年。

你生活俭朴，能省就省。夏天，没有风扇，也没有空调。冬季，你让我们用砖头砌个炉子，烟筒从屋顶伸出去。火生起来，屋里暖和，空气浑浊。炉子上随时有热水。睡前泡个脚，舒服。不过，十几双胶鞋散发的气味，能把污染指数拉到爆表。为防煤气中毒，门始终留缝。睡在门口的班长最倒霉，可也没办法，那就是他的铺位。熄灯以后，有哨兵巡查炉火。周末，要把烟筒取下来清扫积尘，防止煤灰堵塞。

熟悉了周遭环境，我便想摆脱你，不愿意再听你絮絮叨叨。我希望拥有自己的独立空间。我把储藏室的货架重新归整，用布帘作隔断，在靠窗的角落摆两个行李箱，架上板子，搭起小桌。方寸之间，可以读书写信，约兄弟聊天。偶尔用电热杯煮一包方便面，或者买些鱼皮花生、怪味胡豆，与哥们喝点小酒。幸福，来得就是这么容易。

20多年过去，我知道，你已不在人世。你永远站在我心里。从今以后，你还会留在我的文字里，谁也拆不掉。

那是另一种永恒。

2

你是三角形的。在电影院的二楼。最初的设计可能是库房，后来成了我的宿舍。我给你起的名字——棱角轩，你没意见吧？做人要有棱有角，可我时时处处被打磨。

单位规定，干部战士不允许单独居住。棱角轩实在太小，

摆不下两张单人床。楼层又矮，支不起架子床。于是，我独自占有了你。

一张单人床，一套桌椅，空间虽小，我心足矣。在棱角轩，可以做些私密的事情。最令人满意的是常明电。夜晚读书再久，都有灯光陪伴。若是在连队，熄灯号一响，全连拉闸，储藏室也没有电。想看书，只能点蜡烛，还得用黑布将窗子遮严。万一被巡逻队发现，受批评事小，私密空间暴露，事就大了。

因为独居，无涉他人，我可以装扮你。门后挂地图，墙上贴球星，还有一幅聊以自勉的《陋室铭》。若是集体宿舍，这些是多余的，绝对不允许。你和我一样，喜欢安静。除了集会或者放电影，平时没人打扰咱们。

你陪我时间不长，给过我很多不切实际的幻想。

你还记得那位漂亮的维吾尔族姑娘吗？

3

怎么说你呢？大户人家嫁不出去的老姑娘——你肯定不爱听。爱听不爱听，接触过你的人，心里都是这样认为的。直白地说，你是机关干部集体宿舍。

四张单人床各占一角，每人一张桌子，相向摆在窗下。暖瓶、水桶、脸盆架，置于床尾。洗漱用水，去院子里的龙头接，打开水，上锅炉房。有常明电。夜里，不是用小霸王学习机练打字，就是组队玩魂斗罗。

你啊，不食人间烟火，也不顾人情冷暖。本来有条件，可你不装暖气。你不怕冷，还爱干净，不让我们生炉子。取暖，我们只能靠电热毯。你的固执守旧，终于在一个平平常常的冬夜，引发了一场意外。

那段时间，室友出差休假，只有我一人在。凌晨两点，我加完班回去。一开门，呛人的烟雾扑面而来。不好，着火了！我伸手去拉灯绳，灯不亮。我赶忙叫醒隔壁的同事，拿着手电察看火情。滚滚浓烟喷涌而出，看不清内里什么情况。我把门窗打开，待浓烟稍散，再次进屋寻找火源。

我想可能是我的床铺着火了，加班的时候，电热毯是开着的。但是，出乎意料。火是从西北角燃起的，那是陈干事的铺位。床板没着火，床下的皮箱纸箱冒着火星。几桶水浇上去，火灭了。损失不大，都是陈干事的衣物和书籍。

当晚，我借住别处。天亮之后看你，满面尘灰烟火色，两鬓苍苍十指黑。我的被褥、书籍、毛巾，全是灰烬。陈干事的物品，火烧了一部分，水浇了一部分。电工查看现场，断定是老鼠惹的祸。还好，不是我的责任。

你就不担心吗？我可是心有余悸。如果那天晚上我没有加班，早早入睡，火在梦中燃起，后果将是严重的。所幸，那几天工作任务重，加班救了我的命。你的身体你清楚，你从来没提醒过我。

据说，你已经从人间消失了。灰飞烟灭。

每当我看到书架上那套被熏得黑乎乎的《史记》，我就会

想起你。

4

谁家小女初长成，一出深闺人便识。

你是新建的家属楼，是村里的小芳，一亮相就吸引了众人的目光。大家都喜欢你，我也想拥有你。按照条件，已婚，且家属在驻地，才有资格分房。那时，我还在恋爱，没考虑结婚。可是，过了这个村，就没这个小芳。我动之以情，晓之以理，连哄带骗，说服女朋友闪电领证。有些事，若不抓紧，可以拖两三年。真要想办，两三天。别人结婚，是为了爱。我结婚，是为了房。

你的身上洋溢着现代气息。有暖气，不用生炉子，带卫生间，不必去旱厕。你小巧精致，30多平方米。卧室足够放下一米五的大床。厨房，我设在阳台上。灶台，找修理工焊的。放置案板的小橱柜，退役的同事送的。你能陪我多久，谁也说不准。我想在家里洗澡，又不愿意花钱装一个拆不走的热水器，只好另想办法。

夏天好办，买一个黑色塑料水袋放在楼顶。上水管连接龙头，出水口置于卫生间。仅靠最原始的太阳能，就能洗上热水澡。中午时分，水还烫人呢。不过，晒水袋冬天就不好使了。

我从五金店买来电热管，又去铁匠铺打制了一个长方形的水箱。再把电热管镶在水箱底部。找修理工借来电钻，将水箱固定在卫生间的墙壁上。设置好上下水管。一个自制的电热水器就搞定了。洗澡前，通电，给水箱加热。水温多少度，不知道。靠手的触觉。感觉差不多了，就拔掉电源插头。

那时候，但凡能自己动手做的，就不会花钱去买。有些旧物件，修理修理，捯饬捯饬，用着也挺好。如今，动手能力退化。凡是能买的，都懒得动手做。

与你相处的那几年，愉快而且充实。

因为有你，我实现了多个梦想：结婚、生子，通过司法考试，从县城调往都市。

5

你是我调入乌鲁木齐的第一个窝——单身宿舍。

冬天，你的暖气烧得很热乎。夏天，你也很温暖。可我在你这里感受到的，多是清冷和孤寒。无数个夜晚，只有一台14英寸的小电视陪在我身边。

我以为咱们只是泛泛之交，谁能料到，我与你，竟然纠缠了两三年。

6

你像隔壁的大妈，身上有家的气味。

我来到你身边时，想必你已惯看秋月，历览人间。你的长裙披肩，焕然一新。你的眉宇脸颊，涂脂抹粉。可是，再怎么遮掩，总还是一脸沧桑。

跟你在一起，我也算在城里有了家。你的面积60多平方米，结构不合理，我找人稍做改造。将套间隔成两间卧室。原有的暖气片拆掉，换上新式的。水泥地铺上人造革。收拾妥当，我把家从喀什搬到乌鲁木齐。

改装过的暖气，冬天室温保持在20度以上，最高可达28度。室外冰天雪地，进屋就得脱衣。温暖的不仅是身体，还有心灵。过年的时候，我把同事请来，吃吃喝喝，热热闹闹。只有我这样从偏远地方来的人，才乐意在家里待客。客厅虽小，容得下一个餐桌。塑料凳子摆起，能坐12人。至于吃什么，不重要。无非是鸡鱼鸭、牛羊肉。鸡，就炒大盘鸡。鱼，我擅长酸菜鱼。牛腱子肉，卤好浇汁凉拌。羊肉，大块清炖。再配几道爽口凉菜、小炒热菜，就是丰盛的佳肴。

你都看到了。我请过同事，聚过同乡，招待过外地来的同学，也留宿过前往南疆的战友。你让我找到了在大都市扎根的感觉。

有点遗憾的是，你的隔音效果不佳。经常能听到楼上吵架、楼下猜拳，还有半夜奇怪的叫声。

北疆的冬季寒冷而漫长，户外活动不便，我买来一台跑步机。结果成了摆设。不是不想跑，而是不敢跑。只要我踏上跑步机，没跑几步，楼下就来抗议，说是噪音太大，影响他们的生活。为减少噪声，我在跑步机下面铺上橡胶垫。试过几次，楼下仍不满意。又在橡胶垫下加铺泡沫板，人家还是嫌弃。我只好在跑步机上走。走了3年。

7

北京办奥运会那年，我遇见你——没落的贵妇。

红颜已悴，风韵犹存。你以前的主人应该是位大人物。实木地板，走在上面咚咚咚，如同阁楼行宫。我的所有家当和跑步机全搬进来，房间仍显空阔。

宽敞明亮的大阳台，若是种上蔬菜，足够一家人吃。我不会种菜，我用它来养狗。你心里一定在骂，暴殄天物。

小女喜欢狗，非要养。实在拗不过，去华凌市场，花50元买了一只刚满月的小狗。阳台便是它的家。女儿不懂如何喂养，我也没工夫学。小狗在阳台便溺。每天上班前，我在阳台铺一层报纸，下班回来打理。没养几天，小狗生病。喂药，它不吃。给牛奶，它也不喝。我去宠物医院咨询，兽医说要住院，医疗费大概2000元。我无法接受这样的价格，买了药，放在食物里哄小狗吃。病情好转之后，我把小狗送给了收废品的老人。女儿回来不见小狗，哭了好几天。

你见多识广，大人不计小人过。在你眼里，我就是个不入流的小人物。

8

你系出名门，是大家闺秀，站在乌鲁木齐北门外，高挑的身材，优雅而孤傲。

清晨，不用闹钟，窗帘缝隙挤进来的光，就能把人叫醒。夕阳西下，从书房窗户看出去，雅玛里克山顶，久久世纪亭身

披霞光，熠熠生辉。

我游走天山南北20载，你是我最好的相遇。18楼，90多平方米，精装。南北通透。两个卧室各据东西，书房居中。光线敞亮，视野开阔。

职业的流动性，让我没有兴趣购置家具，即使遇见如此优秀的你。电视、冰箱、衣柜、餐桌，是从喀什搬家带来的。书桌、书柜、单人布艺沙发，是单位改善办公条件淘汰的。玻璃茶几和电视柜，是花350元从华凌市场买的。

你的精致秀丽，带给我很多欣喜。可惜我们缘分太浅，恨不相逢未嫁时。仅仅一年后，我就离开乌鲁木齐，调往西藏阿里。

走的时候，绿萝把一面墙铺满了。

9

无形的大手推着我，从这里走向那里。家人也跟着四处流离。

从老屋搬进新居，从边地迁入城区。一个又一个你，陪我走过人生的风风雨雨，见证我的荣辱与进退。那么多年过去，少年的玫瑰依旧藏在中年的灵魂里，从未枯萎。

你一定记得，谁曾把家小托付给你，谁又祸害过你；谁给你施粉描眉，谁又把你转让出去。你的眼睛雪亮，看见了人间悲喜。你就像母亲，来者都是子女。你就是大地，我们都是蝼蚁。

现在的你在哪里，跟谁在一起？

不管你消失在尘烟里，还是尽心陪护着谁，我都要郑重地说一声：谢谢你为我遮风挡雨。

寻找自己的星座

星空是人间的映照。12星座，28宿，都是在辽阔深邃的星空划片。将几十亿人投射在有限的几个区域，未免太过拥挤。让千万人的性格命运同质，世界何其无趣。无尽的宇宙，容得下无数的星辰。我相信，每一个生存过的人，都相应有一颗星星在天空闪耀。那颗星所在的位置，便是他的星座，独一无二。

地上出生一个婴儿，天上就多一个星座。婴儿不知道自己的星座。上天告诉过他，他太小，没记住。父母也不清楚孩子属于哪个星座。人的一生，为衣食奔波，替子女赴汤蹈火，照顾父母安度晚年。看似挣扎于尘世，实则在宇宙中求索，寻找自己的星座。找对了，神魂附体，一路阳光高歌。找不对，忙忙碌碌，一辈子恍恍惚惚。那个遥远的星座，即使无人认领，仍将永存宇宙。

从黄土高坡前往皇城根下，是寻找。从卢沟桥畔来到喀什噶尔，还是寻找。

漂亮的维吾尔族姑娘，吸引了我的目光；成就事业的冲动，刺激着我的血脉；爽口的异域美食，暂时填补了内心的虚空。那时的我，涉世未深，以为远离繁华，人性必然良善。现实，冰冷的现实很快就教育了我。头顶的天空，脚下的大地，远非想象的那般美好。从一座营房迁徙到另一座营房，始终无法摆脱被打磨的命运。我忽视了一个事实——有人的地方就有江湖。江湖再远，也不可能死水微澜。江湖从来都是波诡云谲，暗流涌动。

于是，我想换一种活法。

经验告诉我，出身贫寒，无所倚仗，改变命运的途径唯有勤学苦读。当年高考，逆天改命，靠的是十年寒窗，冷板凳、笨功夫。走上工作岗位，想要实现跨越，考研不失为一条出路。20世纪90年代，研究生是稀缺品。考上研究生，可以安静地读几年书，毕业后命运将重新洗牌。读大学时之所以没考研，是想早点参加工作，挣钱补贴家用。世异时移，心态变了。

能不能考上，暂且不论。让不让考，是首要问题。按当时的规定，工作满两年，经组织批准，方能报考硕士研究生。边远的基层单位，人才相对匮乏，分来不久的大学生想考研，领导会认为这小子不安心。在我之前，几个年轻人申请考研，组织没批，理由是：工作需要。

我工作还算勤勉，也没犯什么错误，符合报考条件。我旁敲侧击，向领导透露自己的想法。领导坦言："你面临职务晋升，就不要瞎折腾了，考上研究生又能怎样？读研期间职级冻结，不划算。"我理解领导的好意，不敢再提考研的事，但心有不甘，于是去找师兄商量。

师兄这人，心直口快，下笔如刀。他提建议，让人脸红心跳，额头冒汗。他写调查报告，一针见血，入木三分。有人欣赏他的文笔，有人忌惮他的执着。师兄没给我支着，泼了一头凉水。他的意思是，既来之，则安之，稍遇挫折就想着转身，那是逃兵。我碰了一鼻子灰，只好将欲念深埋心底。

一个偶然的机会，将要熄灭的火星重又燃起。单位选派人员去政治学院进修一年，我积极争取，竟然得以成行。没有工作上的羁绊，充足的时间可以用来复习考研。可是，报名资格仍是问题。恰好有位教官与我的领导相熟，我请他帮忙协调。教官毕竟是教官。我不知道他用什么理由说服我的领导，使我有机会走进研究生的考场。

付出总有回报，回报多少，并不取决于付出多少。我把很多精力投入英语，英语却辜负了我。成绩出来，总分过线，英语单科不合格。我没能参加复试。通过考研转换赛道的努力，以失败告终。我意识到，只要考研还有英语科目，我就永远不可能"上岸"。假如我把学英语的时间用来学其他知识，收获必定远大于此。

此路不通，又无他径，只好认命。回到单位的我，清除杂念，静心本职。这时候我发现，那些有利的条件、积极的因素都在向我靠拢，有种鱼入深潭的感觉。领导认可，同事羡慕，激起我更大的动力，工作和生活渐入佳境。那段时间，我立功受奖、提前晋职，还收获了爱情，结婚成家。

正当形势大好时，一件突如其来的事件，打乱了我的进步节奏，给前途蒙上阴影。那是一件不便言说的事情，职责所系，我参与其中。事后追究责任，总得有人"背锅"。我调离原来岗位，去到一个边缘部门。算不上晴天霹雳，却也是一次重大打击。"知错能改，还有机会"，那是说说而已。事实上，一次犯错，足以断送前程。如果连岗位都调整了，大概率成为弃子。彷徨，忧郁，失落。敢问路在何方？

是时候，该为后路做些准备了。

身处封闭的环境，长期与外界隔阂，时代早已将我抛下。操枪弄炮的手，离开军营，能干什么？坦克兵的身份，似乎只能去开推土机。一番斟酌之后，我决定报考首届全国统一司法考试。若能通过，转业安置就多一些选择。

我在备考，师兄也在备考。他参加自学考试，汉语言文学专业。我学法律，是配置备胎；他考语言文学，是想文以载道。我另寻出路，是逃避；他坚守阵地，在精进。我看不惯的东西，障目不烦；他发现的歪风邪气，敢于直面斗争。我看到的，多是灰色；他的眼里，总是闪烁着光芒。我笑他学的专业毫无价值；他说我不悟大道，唯求小术。我觉得他过于感性；他指出我被理性绑架。我们谁也说服不了谁。在他看来，法律只是工具，而我不缺工具，缺的是信仰。我没有被他玄之又玄的说教迷惑，坚持打造工具。

备考期间，我无法照顾家庭，也无心顾及身体。妻子带着

女儿住在娘家，我独居斗室。每晚只睡四五个小时，白天补一小时午觉。中性笔成捆买，笔记抄了十几本，书本被我翻得散页，每一页都有密密麻麻的批注。走路时耳朵也不闲着，名师讲座的录音反复听，直到烂熟于胸。高强度的学习，导致我的视力急剧下降。有一天，我去岳父家，进门时看见沙发上坐着一个人。我以为是客，很礼貌地打了声招呼。等我换好鞋子，走近才发现，那人是孩子她姨妈。

考试虽波澜不惊，公布成绩那一刻，还是令人激动。零点刚过，我拨通电话，输入准考证号。语音报出成绩的一刹那，我兴奋地跳起来，椅子都被我掀翻了。挂掉电话，在屋里转了几圈，我有点不敢相信自己的耳朵。这是真的吗？会不会听错？我只关注了总分，四张卷子的小分没留意听。必须再查一次。这时再拨电话，就打不通了，始终占线。兴奋很快变成紧张。越是急于拨通，占线的声音就越是恼人。一时间，大汗淋漓。反复多次拨打，电话终于再通。我按下免提键，拿起笔，把每张卷子的分数记下来。没错，高出分数线39分。我扔下电话，打开窗子，冲着夜空大喊一声："我考过了！"压抑许久的心彻底解放。整个家属院或许都听到我的狼嚎。抱歉，好多人的梦被我打扰了。

我迫切地想把好消息与妻子分享，等不到明天。骑上自行车，我连夜赶到岳父家。全家人都睡了。我叫醒妻子，走出小区，街上的夜市还没收摊。啤酒、烤肉、花生、毛豆，好吃的尽管上。我一口气喝了三瓶啤酒，豪壮地对妻子说："从今往后，我会让你过上好日子。"

然而，好日子并没有随着考试通过而到来。鸟儿划过长空，却好像从未飞过。冷静下来，我郑重地提出转业申请，我要去法律的海洋畅游。组织没有批准，也没有给出理由。与我相反，师兄并未申请，却被安排转业了。他的兵龄不长，职务不高，何以这么早离开军营。他是一个想干事，也能干事的人，可他却走了。在一个闲散的单位做着闲散的事情。那里不该是他的星座。哪里又是我的星座呢？

不久，我离开喀什，调到乌鲁木齐，成为一名审判员。法律条文和案件材料占据了我的生活，我以为这便是我的星座了。没过几年，职业生涯就遇到瓶颈。回顾过往，展望前路，我发现审判台并非我的星座。我还要去寻找，寻找那个属于我的星座。

地球上离星空最近的地方是青藏高原。我将目光移向世界屋脊的屋脊，希望在那里发现一颗最亮的星辰。我向组织递交申请，请求去西藏阿里工作。组织的关照来得十分爽快，还给我很高的评价。其实我没那么高尚。我的小心思，被师兄一眼看穿。

从乌鲁木齐前往阿里，要在喀什转机，其间，我去看望师兄。他身处闲职，心忧天下。他的文章多次登上重要刊物，独到的见解、犀利的笔锋，颇得有关领导赏识，组织准备调他去一个重要部门工作。他是有信仰的人，在他面前，我显得有些狭隘、渺小。相识多年，他一直试图影响我，希望我成为一个

有理想的人。可我冥顽不化，不愿上道。或者说，我是揣着明白装糊涂。我是个庸俗的人，无法达到他的境界。我不理解他，但我敬重他。他送我一套已经停刊的旧杂志合订本，嘱我好好阅读。我辜负了他，很多年过去，也没读完那厚重的嘱咐。

西藏阿里，平均海拔4000多米，环境恶劣，空气稀薄。阿里缺氧，但不缺信仰。可是，信仰并不代表星座。在离星空最近的地方，我依然没有找到属于自己的星座。

当我脱下军装，告别高原，汇入时代洪流，我的心无处安放，我的星座还是模糊不清。我又想起师兄。给他打电话，关机。给他发微信，许久不复，QQ也联系不上。我四处打听，最后从老战友那里得到消息，一个令人心碎的消息——师兄失踪了。活不见人，死不见尸。有人说，他工作屡遭打击，想不开，跳河了。我不信。他对生命的热爱胜过事业。他说过，痛苦并不能毁灭生活，一切痛苦都是给生命淬火。他怎么可能投河呢？他又不是屈原。也许，他去了一个遥远的地方，寻找自己的星座。

我后悔这些年在别人定义的轨道上疲于奔命，没有跟师兄多联系。寻找星座没错，但寻找的思路和方法可能出了问题。师兄的开导及棒喝，未能引发我的顿悟。我承认，我怕他直抵心门的叩问，不敢面对他饱含真理的眼神。在很长的时间里，我像一条断缆失桨的小船，漂泊在大海之上。我寻找归岸的方向，却看不见灯塔，只剩下仰望星空。星空实在辽远，我辨不清方位，确定不了坐标。师兄是座灯塔，始终在召唤，我却一叶障目，与他失之交臂。师兄更像个历史的起草者，试图把我这个方块字塞入史册。审定者认为我多余，又把我删除。最后侥幸挤进千古文章，也只是个虚词。我希望自己是个实词，可历史是胜利者书写的。我翻出师兄送的杂志，寻找那些真真切切的实词。我发现，实词都是感性的，生活的本质也是感性的。感性或许表现得不够精准，那是模糊的智慧，世界本来就是一个复杂的混沌体。理性常常有科学的背书，有时却成为看不见的枷锁和陷阱。

我曾羡慕那些理性充沛、行思缜密的人，他们似乎很容易就找到了自己的星座。后来我知道，不是所有人都那么幸运。如今，我更钦佩那些从感性出发，孜孜求索生命意义的人。他们不顾一切，左突右奔，即使最终难及彼岸，也不枉一世为人。

孔夫子劝人"毋意，毋必，毋固，毋我"。我如此执着地寻找自己的星座，是否与夫子的教导相悖？可是，如果我停止探寻，认准当初的选择一味坚持下去，岂不是另一种"固我"？蒋梦麟鼓励西南联大的学生：做人的方法，就是要时时修改我们的理想，去适应现实。

为了那个命定的星座，我愿意一生寻找，时时修正。或许直至终老，仍未找到可以为之"夕死"的道。那又如何？莫道繁华无凭，山鸟记得百花开过。

后记

每一本书，都有孕育它的母腹。

1995 年夏天，我第一次踏上新疆的土地，既兴奋，又迷茫。当时无论如何不会想到，我将在新疆生活 20 多年。那是何等漫长的岁月。然而，当我卸下戎装，告别天山，回到故土中原，过去的双秩华年，仿佛只是一场浅短的梦。去时少不更事，归来青丝成雪。那个叫作"青春"的玩意儿，我曾经拥有，可我没在意，蓦然回首，它已一去不返。好在还有记忆的碎片，可是这些碎片随时都在风化，就让文字来作个见证吧，尽管写下并不意味着永恒。

我的写作，本意是记录生活、审视人生，享受耕种文字的辛劳与快意。之所以付梓成册，无非是想，蜂蜜不该只存于蜂巢内。文字可以甜腻，也可以霹雳，但那都不是我想要的。我搁置偏好，按捺情绪，小心翼翼地捕捉世相、搜集样本，下笔力求轻盈温厚，与人为善。虽然文辞笨拙、干燥，流露着胆怯，甚至不成章法，但它与我的能力是匹配的。

西域沧桑，人文荟萃。白骨与辉煌同在，苦寒与勃兴并存。史册英雄，无须我锦上添花。现世风流，轮不到我称颂吹捧。我的笔尖愚钝，还带着钩，漫步书卷，不经意间就钩出正史边缘的亲历者。他们的隐忍、挣扎、低吟早已风干，但他们的魂魄犹存。我在漠风中闻到过他们的气味。我的眼界低窄，游移塞外，所见多是卑微的生命个体。他们顽强抗争，未必功成名就。他们泯然众人，却又超尘拔俗。他们是真实的，又是虚幻的。我记得他们的笑容和眼泪，淡忘了他们的名和姓。那时我身在军旅，有机会走进天山南北大小军营。有的蛰伏城市角落，有的伫立边境前沿。封闭，隔绝，自成一体。那里有一群特殊的人，做着特别的事情。我"画"他们，没敢素描，只是速写，极少用工笔，多数为写意。

这些来自远方、来自底层的切片上，有血迹，我没动刀剪；有汗渍，我没去擦拭；有真情，时隔多年余温尚在。历史已经翻过青黄册页，往事却并不如烟。所有的今天，都是从昨天走来的。读懂了过去，对未来就多了一分坦然。

如今，离开新疆已 10 年，我的心时常回到大漠西缘，回到塔河岸边。我之于新疆，犹如一粒沙子掉落塔克拉玛干，微不足道。新疆之于我，是生命长河中的黄金水道，无以替代。

梁漱溟说，每个人都有自己的英雄时代，就是年轻的时候。我的英雄时代远去了，我的短章小集才刚刚诞生，它是新疆孕育的。感谢辽阔而深情的西域大地，感谢这片土地上平凡而勇敢的人。

后记

2024 年 12 月于太白山下水竹轩